# HARRY POTTER
## E A CÂMARA SECRETA

**J.K. ROWLING** é a autora da eternamente aclamada série Harry Potter.

Depois que a ideia de Harry Potter surgiu em uma demorada viagem de trem em 1990, a autora planejou e começou a escrever os sete livros, cujo primeiro volume, *Harry Potter e a Pedra Filosofal*, foi publicado no Reino Unido em 1997. A série, que levou dez anos para ser escrita, foi concluída em 2007 com a publicação de *Harry Potter e as Relíquias da Morte*. Os livros já venderam mais de 600 milhões de exemplares em 85 idiomas, foram ouvidos em audiolivro ao longo de mais de 80 milhões de horas e transformados em oito filmes campeões de bilheteria.

Para acompanhar a série, a autora escreveu três pequenos livros: *Quadribol através dos séculos*, *Animais fantásticos e onde habitam* (em prol da Comic Relief e da Lumos) e *Os contos de Beedle, o Bardo* (em prol da Lumos). *Animais fantásticos e onde habitam* inspirou uma nova série cinematográfica protagonizada pelo magizoologista Newt Scamander.

A história de Harry Potter quando adulto foi contada na peça teatral *Harry Potter e a Criança Amaldiçoada*, que Rowling escreveu com o dramaturgo Jack Thorne e o diretor John Tiffany, e vem sendo exibida em várias cidades pelo mundo.

Rowling é autora também de uma série policial, sob o pseudônimo de Robert Galbraith, e de dois livros infantis independentes, *O Ickabog* e *Jack e o Porquinho de Natal*.

J.K. Rowling recebeu muitos prêmios e honrarias pelo seu trabalho literário, incluindo a Ordem do Império Britânico (OBE), a Companion of Honour e o distintivo de ouro Blue Peter.

Ela apoia um grande número de causas humanitárias por intermédio de seu fundo filantrópico, Volant, e é a fundadora das organizações sem fins lucrativos Lumos, que trabalha pelo fim da institucionalização infantil, e Beira's Place, um centro de apoio para mulheres vítimas de assédio sexual.

J.K. Rowling mora na Escócia com a família.

Para saber mais sobre J.K. Rowling, visite: jkrowlingstories.com

J.K. ROWLING

# HARRY POTTER
## E A CÂMARA SECRETA

ILUSTRAÇÕES DE MARY GRANDPRÉ

TRADUÇÃO DE LIA WYLER

Rocco

Título original
HARRY POTTER
and the Chamber of Secrets

Copyright do texto © J.K. Rowling, 1998
Direitos de publicação e teatral © J.K. Rowling

Copyright das ilustrações de miolo, de Mary GrandPré © 1999 by Warner Bros.

Copyright ilustração de capa, de Kazu Kibuishi © 2013 by Scholastic Inc.
Reproduzida com autorização.

Todos os personagens e símbolos correlatos
são marcas registradas e © Warner Bros. Entertainment Inc.
Todos os direitos reservados.

Todos os personagens e acontecimentos nesta publicação, com exceção
dos claramente em domínio publico, são fictícios e qualquer semelhança
com pessoas reais, vivas ou não, é mera coincidência.

Nenhuma parte desta obra pode ser reproduzida, armazenada em sistema,
ou transmitida, sob qualquer forma ou meio, sem a autorização prévia, por escrito,
do editor, não podendo, de outro modo, circular em qualquer formato de impressão
ou capa diferente daquela que foi publicada; sem as condições similares, que inclusive,
deverão ser impostas ao comprador subsequente.

Direitos para a língua portuguesa reservados
com exclusividade para o Brasil à
EDITORA ROCCO LTDA.
Rua Evaristo da Veiga, 65 – 11º andar
Passeio Corporate – Torre 1
20031-040 – Rio de Janeiro, RJ
Tel.: (21) 3525-2000 – Fax: (21) 3525-2001
rocco@rocco.com.br / www.rocco.com.br

Printed in Brazil/Impresso no Brasil

Preparação de originais
MÔNICA MARTINS FIGUEIREDO

CIP-Brasil. Catalogação na fonte.
Sindicato Nacional dos Editores de Livros, RJ.

| | |
|---|---|
| R778h | Rowling, J.K. (Joanne K.), 1967-<br>Harry Potter e a Câmara Secreta / J.K. Rowling;<br>ilustrações Mary GrandPré; tradução Lia Wyler. –<br>1ª ed. – Rio de Janeiro: Rocco, 2015.<br>il.<br><br>Tradução de: Harry Potter and the Chamber of Secrets<br>ISBN 978-85-325-2996-1<br><br>1. Literatura infantojuvenil inglesa. I. GrandPré, Mary, 1954-.<br>II. Wyler, Lia, 1934-. III. Título. |
| 15-22823 | CDD-028.5<br>CDU-087.5 |

O texto deste livro obedece às normas
do Acordo Ortográfico da Língua Portuguesa

Impressão e Acabamento: GEOGRÁFICA

PARA SEÁN P. F. HARRIS,
MOTORISTA DO CARRO DE FUGA
E AMIGO DOS DIAS TEMPESTUOSOS

# 1
## O PIOR ANIVERSÁRIO

Não era a primeira vez que irrompia uma discussão à mesa do café da manhã na rua dos Alfeneiros número 4. O Sr. Válter Dursley fora acordado nas primeiras horas da manhã por um pio alto que vinha do quarto do seu sobrinho Harry.

— É a terceira vez esta semana! — berrou ele à mesa. — Se você não consegue controlar essa coruja, teremos que mandá-la embora!

Harry tentou explicar, mais uma vez.

— Ela está *chateada*. Está acostumada a voar ao ar livre. Se eu ao menos pudesse soltá-la à noite...

— Eu tenho cara de idiota? — rosnou tio Válter, um pedaço de ovo pendurado na bigodeira. — Eu sei o que vai acontecer se você soltar essa coruja.

Ele trocou olhares assustados com sua mulher, Petúnia.

Harry tentou argumentar, mas suas palavras foram abafadas por um alto e prolongado arroto dado pelo filho de Dursley, Duda.

— Quero mais bacon.

— Tem mais na frigideira, fofinho — disse tia Petúnia, voltando os olhos úmidos para o filho maciço. — Precisamos alimentá-lo bem enquanto temos oportunidade... Não gosto do jeito daquela comida da escola...

— Bobagem, Petúnia, nunca *passei* fome quando estive em Smeltings — disse tio Válter animado. — Duda come bastante, não come, filho?

Duda, que era tão gordo que a bunda sobrava para os lados da cadeira da cozinha, sorriu e virou-se para Harry.

— Passe a frigideira.

— Você esqueceu a palavra mágica — disse Harry irritado.

O efeito desta simples frase no resto da família foi inacreditável. Duda ofegou e caiu da cadeira com um baque que sacudiu a cozinha inteira; a Sra. Dursley soltou um gritinho e levou as mãos à boca; o Sr. Dursley levantou-se com um salto, as veias latejando nas têmporas.

— Eu quis dizer "por favor"! — explicou Harry depressa. — Não quis dizer...

— QUE FOI QUE JÁ LHE DISSE — trovejou o tio, borrifando saliva pela mesa — COM RELAÇÃO A DIZER ESSA PALAVRA COM "M" NA NOSSA CASA?

— Mas eu...

— COMO SE ATREVE A AMEAÇAR DUDA! — berrou tio Válter, dando um soco na mesa.

— Eu só...

— EU O AVISEI! NÃO VOU TOLERAR A MENÇÃO DA SUA ANORMALIDADE DEBAIXO DO MEU TETO!

Harry olhava do rosto purpúreo do tio para o rosto pálido da tia, que tentava pôr Duda de pé.

— Está bem — disse Harry —, *está bem*...

O tio Válter se sentou, respirando como um rinoceronte sem fôlego e observando Harry com atenção pelos cantos dos olhinhos penetrantes.

Desde que Harry voltara para passar as férias de verão em casa, tio Válter o tratava como uma bomba que fosse explodir a qualquer momento, porque Harry Potter *não era* um menino normal. Aliás ele era tão anormal quanto era possível ser.

Harry Potter era um bruxo — um bruxo que acabara de terminar o primeiro ano na Escola de Magia e Bruxaria de Hogwarts. E se os Dursley se sentiam infelizes de tê-lo ali nas férias, isso não era nada comparado ao que Harry sentia.

Sentia tanta falta de Hogwarts que era como se tivesse uma dor de barriga permanente. Sentia falta do castelo, com seus fantasmas e suas passagens secretas, das aulas (exceto talvez a de Snape, o professor de Poções), do correio trazido pelas corujas, dos banquetes no Salão Principal, de dormir em uma cama de baldaquino no dormitório da torre, das visitas ao guarda-caça, Hagrid, em sua cabana na orla da Floresta Proibida nos terrenos da escola, e, principalmente, do quadribol, o esporte mais popular no mundo dos bruxos (seis postes altos para delimitar o gol, quatro bolas voadoras e catorze jogadores montados em vassouras).

Todos os livros de feitiços, a varinha, as vestes, o caldeirão e a vassoura Nimbus 2000, último tipo, pertencentes a Harry tinham sido trancados no armário debaixo da escada pelo tio Válter no instante em que o sobrinho pisara em casa. Que importava aos Dursley se Harry perdesse o lugar no time de quadribol da Casa porque não praticara o verão inteiro? O que significava para os Dursley que Harry voltasse para a escola sem os deveres de casa feitos? Os Dursley eram o que os bruxos chamavam de trouxas (sem um pingo de sangue mágico nas veias) e na opinião deles ter um bruxo na família era uma questão da mais profunda vergonha. Tio Válter havia até passado o cadeado na gaiola da coruja de Harry, Edwiges, para impedi-la de levar mensagens para alguém no mundo dos bruxos.

Harry não se parecia nada com o resto da família. Tio Válter era corpulento e sem pescoço, com uma enorme bigodeira preta; a tia Petúnia tinha uma cara de cavalo e era ossuda; Duda era louro, rosado e lembrava um porquinho. Já o Harry era pequeno e magricela, com olhos verde-vivos e cabelos muito pretos que estavam sempre despenteados. Usava óculos redondos e, na testa, tinha uma cicatriz fina em forma de raio.

Era esta cicatriz que tornava Harry tão diferente, mesmo para um bruxo. A cicatriz era o único vestígio do seu passado muito misterioso, da razão por que fora deixado no batente dos Dursley, onze anos antes.

Com a idade de um ano, Harry por alguma razão sobrevivera aos feitiços do maior bruxo das trevas de todos os tempos, Lorde Voldemort, cujo nome a maioria dos bruxos e bruxas ainda tinha medo de pronunciar. Os pais de Harry morreram ao serem atacados por Voldemort, mas o garoto escapara com a cicatriz em forma de raio e por alguma razão – ninguém entendia muito bem – os poderes de Voldemort tinham sido destruídos na hora em que não conseguira matá-lo.

Assim, Harry fora criado pela irmã e o cunhado de sua falecida mãe. Passara dez anos com os Dursley, sem nunca compreender por que fazia coisas estranhas acontecerem o tempo todo sem querer, acreditando na história dos Dursley de que sua cicatriz resultara do acidente de automóvel que matara seus pais.

Então, há exatamente um ano, Hogwarts escrevera a Harry, e a história toda fora revelada. O garoto ocupara sua vaga na escola de bruxaria, onde ele e sua cicatriz eram famosos... mas agora o ano letivo terminara, e ele voltara à casa dos Dursley para passar o verão, voltara a ser tratado como um cachorro que andara se esfregando em alguma coisa fedorenta.

Os Dursley nem sequer se lembraram que hoje, por acaso, era o décimo segundo aniversário de Harry. Naturalmente ele não alimentava grandes esperanças; seus parentes jamais tinham lhe dado um presente de verdade, muito menos um bolo – mas esquecê-lo completamente...

Naquele momento, o tio Válter pigarreou cheio de pose e disse:

– Hoje, como todos sabemos, é um dia muito importante.

Harry ergueu os olhos, mal se atrevendo a acreditar.

— Hoje talvez venha a ser o dia em que vou fechar o maior negócio de minha carreira.

Harry tornou a se concentrar em sua torrada. *Naturalmente*, pensou com amargura, *tio Válter estava falando daquele jantar idiota*. Não falava de outra coisa havia duas semanas. Um construtor rico e sua mulher vinham jantar e tio Válter tinha esperanças de receber um grande pedido (a companhia de tio Válter fabricava brocas).

— Acho que devemos repassar o programa mais uma vez — disse ele.

— Precisamos todos estar em posição às oito horas. Petúnia, você vai estar...?

— Na sala de visitas — disse tia Petúnia sem pestanejar — esperando para dar as boas-vindas como manda a etiqueta.

— Ótimo, ótimo. E o Duda?

— Vou esperar para abrir a porta. — Duda deu um sorriso desagradável e hipócrita. "Posso guardar os seus casacos, Sr. e Sra. Mason?"

— Eles vão *adorá-lo*! — exclamou tia Petúnia arrebatada.

— Excelente, Duda — disse tio Válter. Em seguida dirigiu-se zangado a Harry. — E você?

— Vou ficar no meu quarto, sem fazer barulho, fingindo que não estou em casa — disse Harry monotonamente.

— Exatamente — disse tio Válter, sarcástico. — Eu levo o casal para a sala de visitas, apresento você, Petúnia, e sirvo os drinques. Às oito e quinze...

— Eu anuncio o jantar — disse tia Petúnia.

— E Duda, você vai dizer...

— Posso acompanhá-la à sala de jantar, Sra. Mason? — disse Duda oferecendo o braço gordo a uma mulher invisível.

— Meu perfeito cavalheirinho! — fungou tia Petúnia.

— E *você*? — perguntou tio Válter malevolamente a Harry.

— Vou ficar no meu quarto, sem fazer barulho, fingindo que não estou em casa — respondeu Harry sem emoção.

— Precisamente. Agora vamos procurar fazer uns elogios realmente bons ao jantar. Petúnia, alguma sugestão?

— Válter me contou que o senhor é um *excelente* jogador de golfe, Sr. Mason... Onde foi que a senhora comprou o seu vestido, me conte, por favor, Sra. Mason...

— Perfeito... Duda?

— Que tal... Tivemos que fazer uma redação na escola sobre o nosso herói, Sr. Mason, e *eu* escrevi sobre o *senhor*.

Essa foi demais tanto para Petúnia quanto para Harry. Tia Petúnia debulhou-se em lágrimas e abraçou o filho, e Harry mergulhou embaixo da mesa para que não o vissem rindo.

— E você, seu moleque?

Harry fez força para manter a cara séria enquanto se endireitava.

— Vou ficar no meu quarto, sem fazer barulho, fingindo que não estou em casa.

— E pode ter certeza que vai — disse tio Válter com vigor. — Os Mason não sabem que você existe e vão continuar sem saber. Quando terminar o jantar, você leva a Sra. Mason de volta à sala de visitas para o cafezinho, Petúnia, e eu vou puxar o assunto das brocas. Com alguma sorte, o contrato vai estar assinado e selado antes do noticiário das dez. Amanhã a esta hora vamos estar procurando uma casa de férias em Majorca para comprar.

Harry não conseguiu se animar muito com a ideia. Não achava que os Dursley fossem gostar mais dele em Majorca do que gostavam na rua dos Alfeneiros.

—Tudo certo, estou indo à cidade apanhar os smokings para mim e Duda. E *você* — rosnou ele para Harry —, trate de ficar fora do caminho de sua tia enquanto ela está limpando a casa.

Harry saiu pela porta dos fundos. Fazia um dia claro e ensolarado. Ele atravessou o jardim, se largou em cima de um banco e cantou baixinho:

— Parabéns para mim... parabéns para mim...

Nada de cartões, nada de presentes e ia passar a noite fingindo que não existia. Ele contemplou, infeliz, a sebe do jardim. Nunca se sentira tão solitário. Mais do que qualquer outra coisa em Hogwarts, mais até que do jogo de quadribol, Harry sentia falta dos seus melhores amigos, Rony Weasley e Hermione Granger. Mas parecia que os amigos não estavam sentindo falta dele. Nenhum dos dois lhe escrevera o verão inteiro, embora Rony tivesse dito que o convidaria para passar uns dias em sua casa.

Inúmeras vezes, Harry estivera a ponto de usar a magia para destrancar a gaiola de Edwiges e mandá-la a Rony e Hermione com uma carta, mas não valia o risco. Bruxos menores de idade não podiam usar a magia fora da escola. Harry não contara isso aos Dursley; sabia que era apenas o terror que sentiam de que ele os transformasse em besouros bosteiros que os impedira de trancá-lo no armário embaixo da escada com a varinha e a vassoura. Mas, nas primeiras semanas de sua volta, Harry se divertira em murmurar palavras sem sentido, baixinho, e em observar Duda sair correndo da sala o mais depressa que suas pernas gordas podiam aguentá-lo. Mas o longo silêncio de

Rony e Hermione fizera com que Harry se sentisse tão desligado do mundo da magia que até atormentar Duda tinha perdido a graça – e agora os dois amigos tinham se esquecido do seu aniversário.

O que ele não daria agora para receber uma mensagem de Hogwarts? De algum bruxo ou bruxa? Conseguiria até se alegrar com a visão do seu arqui-inimigo, Draco Malfoy, só para ter certeza de que tudo não passara de um sonho...

Não que o ano todo em Hogwarts tivesse sido uma brincadeira. No finzinho do último trimestre, Harry se vira frente a frente com Lorde Voldemort em pessoa. O bruxo poderia ser um destroço do que fora, mas ainda inspirava terror, ainda era astuto, ainda estava decidido a retomar o poder. Harry escorregara por entre as garras de Voldemort uma segunda vez, mas fora por um triz, e mesmo agora, semanas depois, Harry continuava a acordar à noite, encharcado de suor frio, imaginando onde estaria Voldemort neste momento, lembrando-se do seu rosto lívido, dos seus olhos arregalados e delirantes...

Harry endireitou-se de repente no banco do jardim. Estivera olhando distraidamente para a sebe – *e a sebe estava olhando para ele.* Dois enormes olhos verdes tinham aparecido entre as folhas.

O garoto levantou-se de um salto no mesmo instante em que uma voz debochada atravessou o gramado.

– Eu sei que dia é hoje – cantarolou Duda, andando feito um pato em sua direção.

Os olhos enormes piscaram e desapareceram.

– Quê? – disse Harry sem despregar os olhos do lugar onde os tinha visto.

– Eu sei que dia é hoje – repetiu Duda, aproximando-se.

– Muito bem – disse Harry. – Até que enfim você aprendeu os dias da semana.

– Hoje é o seu *aniversário* – caçoou Duda. – Como é que você não recebeu nenhum cartão? Será que você não tem amigos nem naquele lugar esquisito?

– É melhor não deixar sua mãe ouvir você falando da minha escola – disse Harry com toda a calma.

Duda puxou para cima as calças que estavam escorregando pelo seu traseiro gordo.

– Por que é que você estava olhando para a sebe? – perguntou, desconfiado.

— Estou tentando decidir qual será o melhor feitiço para tacar fogo nela — respondeu Harry.

Duda recuou aos tropeços na mesma hora, com uma expressão de pânico no rosto.

— Você não p-pode, papai disse que você não pode fazer m-mágicas, disse que expulsa você de casa, e você não tem para onde ir, você não tem nenhum amigo que possa ficar com você...

— Jígueri pôqueri! — disse Harry com ferocidade. — Hócus pócus... esquígli wígli...

— MÃÃÃÃÃÃE! — berrou Duda, tropeçando nos próprios pés enquanto disparava para dentro de casa. — MÃÃÃÃE! Ele está fazendo aquilo que você sabe!

Harry pagou muito caro por aquele momento de prazer. Como nem Duda nem a cerca tinham sido molestados, tia Petúnia viu que ele não tinha feito mágica alguma, mas ainda assim ele precisou se encolher quando a tia tentou acertar sua cabeça com uma pesada frigideira cheia de sabão. Em seguida ela lhe deu trabalho para fazer, com a promessa de que ele não iria comer nada até terminar.

Enquanto Duda ficou por ali apreciando e se enchendo de sorvete, Harry lavou as janelas, lavou o carro, aparou o gramado, limpou os canteiros, podou e regou as roseiras e repintou o banco do jardim. O sol escaldava lá no alto, queimando sua nuca. Harry sabia que não devia ter mordido a isca de Duda, mas o primo dissera exatamente aquilo que ele andara pensando com os seus botões... talvez não tivesse amigos em Hogwarts...

*Gostaria que eles pudessem ver o famoso Harry Potter agora*, pensou com selvageria enquanto espalhava estrume nos canteiros, com as costas doendo e o suor escorrendo pelo rosto.

Eram sete e meia da noite quando finalmente, exausto, ele ouviu tia Petúnia chamá-lo.

— Venha já aqui! E ande em cima dos jornais!

Harry transferiu-se com prazer para a sombra da cozinha reluzente. Em cima da geladeira estava o pudim do jantar: uma montanha de creme batido e violetas cristalizadas. Um lombo de porco assado chiava no forno.

— Coma depressa! Os Mason não vão demorar a chegar! — disse com rispidez tia Petúnia, apontando para as duas fatias de pão e um pedaço de queijo em cima da mesa da cozinha. Ela já pusera o vestido de noite salmão.

Harry lavou as mãos e engoliu seu jantar miserável. No instante em que terminou, a tia retirou seu prato.

— Já para cima! Depressa!

Ao passar pela porta da sala de visitas, Harry vislumbrou o tio e Duda de gravata-borboleta e smoking. Mal acabara de chegar ao patamar do primeiro andar quando a campainha tocou, e a cara furiosa do tio Válter apareceu ao pé da escada.

— Lembre-se, seu moleque, nem um pio...

Harry foi para o seu quarto na ponta dos pés, se esgueirou para dentro, fechou a porta e se virou para cair na cama.

O problema foi que já havia alguém sentado nela.

# 2

## O AVISO DE DOBBY

Harry conseguiu não gritar, mas foi por pouco. A criaturinha em sua cama tinha orelhas grandes como as de um morcego e olhos esbugalhados e verdes do tamanho de bolas de tênis. Harry percebeu na mesma hora que era aquilo que o andara observando na sebe do jardim àquela manhã.

Enquanto se entreolhavam, Harry ouviu a voz de Duda no hall.

– Posso guardar os seus casacos, Sr. e Sra. Mason?

A criatura escorregou da cama e fez uma reverência tão exagerada que seu nariz, comprido e fino, encostou no tapete. Harry reparou que ela vestia uma coisa parecida com uma fronha velha, com fendas para enfiar as pernas e os braços.

– Ah... alô – cumprimentou Harry nervoso.

– Harry Potter! – exclamou a criatura com uma voz esganiçada que Harry teve certeza de que seria ouvida no andar de baixo. – Há tanto tempo que Dobby quer conhecê-lo, meu senhor... É uma grande honra...

– Ob-obrigado – respondeu Harry, andando encostado à parede para se largar na cadeira da escrivaninha, perto de Edwiges, que dormia em sua gaiola espaçosa. Teve vontade de perguntar "Que coisa é você?", mas achou que poderia parecer muito mal-educado, e em vez disso perguntou: – Quem é você?

– Dobby, meu senhor. Apenas Dobby. Dobby, o elfo doméstico – disse a criatura.

– Ah... é mesmo? Ah... não quero ser grosseiro nem nada, mas... a hora não é muito própria para ter um elfo doméstico no meu quarto.

Ouviu-se a risada aguda e falsa de tia Petúnia na sala. O elfo baixou a cabeça.

– Não que eu não esteja contente de conhecê-lo – acrescentou Harry depressa –, mas, ah, tem alguma razão especial para você estar aqui?

— Ah, claro, meu senhor — disse Dobby muito sério. — Dobby veio dizer ao senhor, meu senhor... é difícil, meu senhor... Dobby fica se perguntando por onde começar...

— Sente-se — disse Harry gentilmente, apontando para a cama.

Para seu horror, o elfo caiu no choro — um choro muito alto.

— S-sen-te-se! — chorou. — Nunca... nunca na vida...

Harry pensou ter ouvido as vozes no andar de baixo hesitarem.

— Me desculpe — sussurrou. — Não quis ofendê-lo nem nada...

— Ofender Dobby! — engasgou-se o elfo. — Dobby nunca foi convidado a se sentar por um bruxo... como um igual...

Harry, tentando ao mesmo tempo fazer o elfo se calar e dar a impressão de consolá-lo, levou Dobby de volta à cama, onde o elfo se sentou entre soluços, parecendo uma boneca enorme e muito feia. Por fim ele conseguiu se controlar e se sentou, os grandes olhos fixos em Harry com uma expressão de aquosa admiração.

— Vai ver você nunca encontrou muitos bruxos decentes — disse Harry para animá-lo.

Dobby sacudiu a cabeça. Depois, sem aviso, saltou da cama e começou a bater a cabeça, furiosamente na janela, gritando "Dobby mau! Dobby mau!".

— Não... que é que está fazendo? — Harry sibilou, levantando-se depressa para puxar Dobby de volta para a cama. Edwiges acordara com um pio particularmente alto e batia as asas assustada contra as grades da gaiola.

— Dobby teve que se castigar, meu senhor — disse o elfo, que ficara ligeiramente vesgo. — Dobby quase falou mal da própria família, meu senhor...

— Sua família?

— A família de bruxos a que Dobby serve, meu senhor... Dobby é um elfo doméstico, obrigado a servir a uma casa e a uma família para sempre...

— E eles sabem que você está aqui? — perguntou Harry curioso.

Dobby estremeceu.

— Ah, não senhor, não... Dobby terá que se castigar com a maior severidade por ter vindo vê-lo, meu senhor. Dobby terá que prender as orelhas na porta do forno por causa disto. Se eles vierem a saber, meu senhor...

— Mas eles não vão reparar se você prender as orelhas na porta do forno?

— Dobby duvida, meu senhor. Dobby está sempre tendo que se castigar por alguma coisa, meu senhor. Eles nem ligam para Dobby, meu senhor. Às vezes me lembram de cumprir uns castigos a mais...

— Por que você não vai embora? Foge?
— Um elfo doméstico tem que ser libertado, meu senhor. E a família nunca vai libertar Dobby... Dobby vai servir à família até morrer, meu senhor...

Harry ficou olhando.
— E eu achei que era ruim continuar aqui mais quatro semanas. Isto faz os Dursley parecerem quase humanos. E ninguém pode ajudá-lo? Eu não posso?

Quase imediatamente Harry desejou não ter falado. Dobby desmanchou-se outra vez em guinchos de gratidão.
— Por favor — Harry sussurrou nervoso —, por favor, fique quieto. Se os Dursley ouvirem alguma coisa, se souberem que você está aqui...
— Harry Potter pergunta se pode ajudar Dobby... Dobby ouviu falar de sua grandeza, senhor, mas de sua bondade Dobby nunca soube...

Harry, que estava sentindo o rosto ficar decididamente quente, disse:
— Seja o que for que você ouviu sobre a minha grandeza é tudo bobagem. Não sou nem sequer o primeiro da minha série em Hogwarts; Hermione, sim, ela...

Mas se calou depressa, porque pensar em Hermione doía.
— Harry Potter é humilde e modesto — disse Dobby, reverente, as órbitas dos olhos brilhando. — Harry Potter não fala de sua vitória sobre Aquele--Que-Não-Deve-Ser-Nomeado...
— Voldemort?

Dobby cobriu as orelhas com as mãos e gemeu.
— Não fale o nome dele, senhor! Não fale o nome dele!
— Desculpe — disse Harry depressa. — Sei que muita gente não gosta de falar. Meu amigo Rony...

E calou-se outra vez. Pensar em Rony também doía.
Dobby curvou-se em direção a Harry, seus olhos redondos parecendo faróis.
— Dobby ouviu falar — comentou com voz rouca — que Harry Potter encontrou o Lorde das Trevas pela segunda vez, faz pouco tempo... que Harry Potter escapou *novamente*.

Harry confirmou com a cabeça e os olhos de Dobby, de repente, brilharam de lágrimas.
— Ah, meu senhor! — exclamou, secando o rosto com a ponta da fronha suja que usava. — Harry Potter é valente e audacioso! Já enfrentou tantos perigos! Mas Dobby veio proteger Harry Potter, alertá-lo, mesmo que ele

tenha que prender as orelhas na porta do forno depois... *Harry Potter não deve voltar a Hogwarts.*

Fez-se um silêncio interrompido apenas pelo tinido dos talheres lá embaixo e o reboar distante da voz do tio Válter.

— Q-quê? — gaguejou Harry. — Mas eu tenho que voltar, o trimestre começa em primeiro de setembro. É só o que me anima a viver. Você não sabe o que passo aqui. O *meu lugar* não é aqui. O meu lugar é no seu mundo, em Hogwarts.

— Não, não, não — guinchou Dobby, sacudindo a cabeça com tanta força que as orelhas esvoaçaram. — Harry Potter deve ficar onde está seguro. Ele é grande demais, bom demais, para perder. Se Harry Potter voltar a Hogwarts, vai encontrar um perigo mortal.

— Por quê? — perguntou Harry surpreso.

— Há uma trama, Harry Potter. Uma trama para fazer coisas terríveis acontecerem na Escola de Magia e Bruxaria de Hogwarts este ano — sussurrou Dobby, tomado de repentina tremedeira. — Dobby sabe disso há meses, meu senhor. Harry Potter não deve se expor ao perigo. Ele é demasiado importante, meu senhor!

— Que coisas terríveis? — perguntou Harry na mesma hora. — Quem está planejando essas coisas?

Dobby fez um barulho engraçado como se engasgasse e em seguida bateu com a cabeça na parede num frenesi.

— Está bem! — exclamou Harry, agarrando o braço do elfo para fazê-lo parar. — Você não pode me dizer. Eu compreendo. Mas por que é que você está alertando a mim? — Um pensamento súbito e desagradável lhe ocorreu. — Espere aí, isso não tem nada a ver com Vol... desculpe... com Você-Sabe--Quem, tem? Você só precisa fazer com a cabeça sim ou não — acrescentou ele depressa quando a cabeça de Dobby voltou a se inclinar de modo preocupante para o lado da parede.

— Não... não *Aquele-Que-Não-Deve-Ser-Nomeado*, meu senhor.

Mas os olhos de Dobby se arregalaram e ele parecia estar tentando dar uma indicação ao garoto. Mas Harry, no entanto, não entendeu nada.

Dobby sacudiu a cabeça, os olhos mais arregalados que nunca.

— Então não consigo pensar quem mais teria uma chance de fazer acontecer coisas terríveis em Hogwarts — disse Harry. — Quero dizer, tem o Dumbledore, você sabe quem é Dumbledore, não sabe?

Dobby inclinou a cabeça.

— Alvo Dumbledore é o maior diretor que Hogwarts já teve. Dobby sabe disso, meu senhor. Dobby ouviu dizer que os poderes de Dumbledore se rivalizam com os d'Aquele-Que-Não-Deve-Ser-Nomeado, no auge de sua força. Mas, meu senhor... – a voz de Dobby se transformou em um sussurro urgente – há poderes que Dumbledore não... poderes que nenhum bruxo decente...

E antes que Harry pudesse impedi-lo, Dobby saltou da cama, agarrou o abajur da escrivaninha de Harry e começou a se golpear na cabeça, com ganidos de furar os tímpanos.

Fez-se um silêncio repentino no andar de baixo. Dois segundos depois, Harry, com o coração batendo loucamente, ouviu tio Válter entrar no corredor falando:

– Duda deve ter deixado a televisão ligada outra vez, o pestinha!
– Depressa! Dentro do armário! – sibilou Harry, empurrando Dobby, fechando a porta e se atirando na cama bem na hora em que a maçaneta girou.

– Que... *diabo*... você... está... fazendo? – disse tio Válter por entre os dentes cerrados, o rosto horrivelmente próximo do de Harry. – Você acabou de estragar o fecho da minha piada sobre o golfista japonês... Mais um ruído e você vai desejar nunca ter nascido, moleque!

Ele saiu do quarto pisando forte.

Trêmulo, Harry deixou Dobby sair do armário.

– Está vendo como é aqui? – perguntou. – Está vendo por que preciso voltar para Hogwarts? É o único lugar onde tenho... *acho* que tenho amigos.

– Amigos que nem *escrevem* a Harry Potter? – perguntou Dobby manhoso.

– Acho que eles estiveram... espere aí – disse Harry amarrando a cara. – Como é que *você* sabe que meus amigos não têm escrito?

Dobby arrastou os pés.

– Harry Potter não deve se zangar com Dobby. Dobby fez isso para ajudar...

– *Você andou interceptando minhas cartas?*

– Dobby está com elas aqui, meu senhor – respondeu o elfo. Saindo de fininho do alcance de Harry, ele puxou um maço grosso de envelopes de dentro da roupa. Harry conseguiu distinguir a letra caprichosa de Hermione, os garranchos de Rony e até umas garatujas que pareciam ter vindo do guarda-caça de Hogwarts, Hagrid.

Dobby piscou ansioso para Harry.

– Harry Potter não deve se zangar... Dobby tinha esperanças... se Harry Potter achasse que os amigos tinham esquecido dele... Harry Potter talvez não quisesse voltar à escola, meu senhor...

Harry não estava ouvindo. Tentou agarrar as cartas, mas Dobby saltou para longe do seu alcance.

— Harry Potter as receberá, meu senhor, se der a Dobby sua palavra de que não vai voltar a Hogwarts. Ah, meu senhor, este é um perigo que o senhor não deve enfrentar! Diga que não vai voltar, meu senhor!

— Não — respondeu Harry zangado. — Entregue-me as cartas dos meus amigos!

— Então Harry Potter não deixa a Dobby outra escolha — disse o elfo triste.

Antes que Harry pudesse se mexer, Dobby se precipitou para a porta do quarto, abriu-a e correu escada abaixo.

A boca seca, o estômago revirando, Harry saltou atrás dele, tentando não fazer barulho. Pulou os últimos seis degraus, caindo como um gato no tapete da entrada, procurando Dobby por todo lado. Da sala de jantar ele ouviu tio Válter dizer:

"... conte a Petúnia aquela história engraçada dos encanadores americanos, Sr. Mason. Ela anda doida para ouvir..."

Harry correu pelo corredor em direção à cozinha e sentiu o coração parar.

A obra-prima de tia Petúnia, aquele pudim coberto de creme e violetas cristalizadas, estava flutuando junto ao teto. Em cima de um guarda-louça no canto, encontrava-se agachado Dobby.

— Não — disse Harry quase sem voz. — Por favor... eles vão me matar...

— Harry Potter deve prometer que não vai voltar à escola...

— Dobby... por favor...

— Prometa, meu senhor...

— Não posso!

Dobby lançou-lhe um olhar trágico.

— Então Dobby vai fazer isso, meu senhor, pelo bem de Harry Potter.

O pudim caiu no chão com um baque de fazer parar o coração. O creme sujou as janelas e as paredes quando o prato se espatifou. Com um estalido que parecia uma chicotada, Dobby desapareceu.

Ouviram-se gritos vindos da sala de jantar e tio Válter irrompeu pela cozinha onde encontrou Harry, paralisado de choque, coberto com o pudim de tia Petúnia da cabeça aos pés.

A princípio, pareceu que o tio Válter ia conseguir explicar a coisa toda. ("É o nosso sobrinho... muito perturbado... ver estranhos o perturba, então nós o mantemos no primeiro andar...") Ele tangeu os Mason, muito chocados, de volta à sala de jantar, prometeu a Harry que ia chicoteá-lo e deixá-lo quase morto quando os Mason fossem embora e lhe entregou um esfregão.

Tia Petúnia desencavou um sorvete do congelador e Harry, ainda tremendo, começou a limpar a cozinha com o esfregão.

Tio Válter talvez ainda tivesse conseguido fechar o negócio se não fosse pela coruja.

Tia Petúnia estava oferecendo uma caixa de bombons de hortelã, depois do jantar, quando uma enorme coruja mergulhou pela janela da sala de jantar, deixou cair uma carta na cabeça da Sra. Mason e tornou a sair. A Sra. Mason berrou como uma alma penada e saiu porta afora gritando que havia doidos lá dentro. O Sr. Mason se demorou o suficiente para dizer aos Dursley que sua mulher tinha um medo mortal de pássaros de qualquer tipo e tamanho, e para perguntar se aquilo era a ideia que faziam de uma brincadeira.

Harry ficou na cozinha, segurando o esfregão à procura de apoio, quando tio Válter avançou para ele, um brilho demoníaco nos olhinhos miúdos.

– Leia isto! – sibilou malignamente, sacudindo a carta que a coruja entregara. – Vamos... leia isso!

Harry apanhou a carta. Não continha votos de feliz aniversário.

*Prezado Senhor Potter,*

*Fomos informados de que um feitiço de levitação foi usado esta noite em seu local de residência às 9:12.*

*Como o senhor sabe, bruxos de menor idade não têm permissão para fazer feitiços fora da escola e, a continuar esta prática, o senhor poderá ser expulso da referida escola (Decreto para restrição racional da prática de bruxaria por menores, 1875, parágrafo C).*

*Gostaríamos também de lembrar-lhe que qualquer atividade mágica que possa chamar a atenção da comunidade não mágica (trouxa) é uma infração grave, conforme seção 13 do Estatuto de Sigilo em Magia da Confederação Internacional de Bruxos.*

*Boas férias!*

*Atenciosamente,*

Mafalda Hopkirk
Escritório de Controle do Uso Indevido de Magia
Ministério da Magia

Harry ergueu os olhos da carta e engoliu em seco.

— Você não nos disse que não tinha permissão de usar magia fora da escola — disse tio Válter, um brilho insano dançando nos olhos. — Esqueceu-se de mencionar... Vai ver lhe escapou...

O tio veio avançando para Harry como um grande buldogue, os dentes arreganhados.

— Muito bem, tenho novidades para você, seu moleque... Vou prendê-lo... Você nunca mais vai voltar para aquela escola... nunca... e se tentar se soltar por magia, eles é que vão expulsá-lo!

E dando risadas como um maníaco, arrastou Harry para o quarto.

Tio Válter não faltou com sua palavra. Na manhã seguinte, ele pagou um homem para instalar grades na janela de Harry. Ele mesmo instalou a portinhola na porta do quarto, para que, três vezes por dia, eles pudessem empurrar pequenas quantidades de comida para dentro. Soltavam Harry de manhã e de noite para usar o banheiro. À exceção disso, ele permanecia preso no quarto, dia e noite.

Três dias depois, os Dursley continuavam a não dar sinais de compadecimento, e Harry não via nenhuma saída para sua situação. Deitava-se na cama observando o sol se pôr por trás das grades da janela e se perguntava, infeliz, o que iria lhe acontecer.

De que adiantava se libertar do quarto por meio de mágica se Hogwarts o expulsaria por isso? Contudo, a vida na rua dos Alfeneiros atingira seu ponto crítico. Agora que os Dursley sabiam que não iam acordar transformados em morcegos comedores de frutas, Harry perdera sua única arma. Dobby talvez o tivesse salvo dos horríveis acontecimentos em Hogwarts, mas do jeito que as coisas caminhavam, ele provavelmente morreria de fome.

A portinhola bateu e a mão da tia Petúnia surgiu empurrando uma tigela de sopa em lata para dentro do quarto. Harry, cujas entranhas doíam de tanta fome, saltou da cama e apanhou-a. A sopa estava gelada mas ele bebeu metade de um gole só. Depois, atravessou o quarto até a gaiola de Edwiges e empurrou as verduras moles do fundo da tigela para a bandeja vazia da coruja. Ela sacudiu as penas e lhe lançou um olhar de profundo nojo.

— Não adianta empinar o bico para a comida: isto é só o que temos — disse Harry sério.

Ele repôs a tigela vazia ao lado da portinhola e se deitou na cama, sentindo-se mais faminto do que estivera antes da sopa.

Supondo que continuasse vivo dali a quatro semanas, o que aconteceria se não se apresentasse em Hogwarts? Mandariam alguém para saber por que ele não voltara? Conseguiriam obrigar os Dursley a soltá-lo?

O quarto foi escurecendo. Exausto, com a barriga roncando, a cabeça girando com a mesma pergunta irrespondível, Harry mergulhou num sono agitado.

Sonhou que estava sendo exibido num zoológico, com uma etiqueta presa à gaiola em que se lia: BRUXO MENOR DE IDADE. As pessoas o observavam por trás das grades, faminto e fraco, deitado numa cama de palha. Ele viu o rosto de Dobby na multidão e gritou pedindo ajuda, mas Dobby respondeu: "Harry Potter está seguro aí, meu senhor!" e desapareceu. Então os Dursley apareceram e sacudiram as grades da gaiola, rindo-se dele.

— Parem — murmurou Harry enquanto o barulho das grades martelava em sua cabeça dolorida. — Me deixem em paz... parem com isso... estou tentando dormir...

Ele abriu os olhos. O luar entrava pelas grades da janela. E alguém o espiava pelas grades: alguém de rosto sardento, cabelos vermelhos e nariz comprido.

Rony Weasley se achava do lado de fora da janela de Harry.

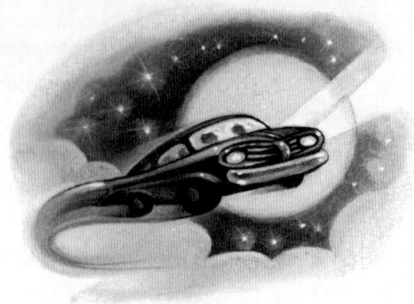

# 3

## A TOCA

— Rony! — murmurou Harry, deslizando furtivamente até a janela e abrindo-a de modo que pudessem conversar através das grades. — Rony, como foi que você... Que é...?

O queixo de Harry caiu quando o impacto do que via o atingiu por inteiro. Rony estava debruçado na janela traseira de um velho carro turquesa, estacionado *no ar*. Do banco dianteiro sorriam, para Harry, Fred e Jorge, os irmãos gêmeos de Rony, mais velhos que ele.

— Tudo bem, Harry? — perguntou Jorge.

— Que é que está acontecendo? — perguntou Rony. — Por que você não tem respondido às minhas cartas? Convidei-o a vir nos visitar umas doze vezes e então papai chegou em casa e disse que você tinha recebido uma advertência oficial por usar magia na frente de trouxas...

— Não fui eu... e como é que ele soube?

— Ele trabalha no Ministério. Você *sabe* que não temos permissão para usar magia fora da escola...

— Olha quem fala — respondeu Harry olhando para o carro que flutuava.

— Ah, isto não conta — respondeu Rony. — É só emprestado. É do papai, não fomos *nós* que o enfeitiçamos. Mas fazer mágica na frente desses trouxas com quem você mora...

— Eu já disse que não fiz... mas vai levar muito tempo para explicar agora. Olha, será que você pode avisar em Hogwarts que os Dursley me trancaram e não vão me deixar voltar e, é claro, não posso sair usando mágica, porque o Ministério vai achar que é a segunda mágica que faço em três dias, e aí...

— Pare de falar coisas sem sentido — disse Rony. — Viemos levá-lo para casa conosco.

— Mas vocês também não podem me tirar usando mágica...

— Não precisamos — disse Rony, indicando com a cabeça o banco dianteiro do carro e sorrindo. — Você esqueceu quem foi que eu trouxe comigo.

— Amarre isso nas grades — mandou Fred, atirando a ponta de uma corda para Harry.

— Se os Dursley acordarem, estou morto — comentou Harry enquanto amarrava a corda bem firme em volta da grade e Fred acelerava o carro.

— Não se preocupe — falou Fred —, e dê distância.

Harry recuou para as sombras próximas a Edwiges, que parecia ter percebido como aquilo era importante e ficou parada e silenciosa. O carro roncou cada vez mais alto e, de repente, com um ruído de trituração, as grades foram totalmente arrancadas da janela, enquanto Fred continuava a subir no ar. Harry correu à janela e viu as grades balançando a pouco mais de um metro do chão. Rony, ofegante, guindou-as para dentro do carro. Harry escutava ansioso, mas não vinha o menor ruído do quarto dos Dursley.

Depois que as grades foram guardadas no banco traseiro do carro, ao lado de Rony, Fred deu marcha a ré até chegar o mais próximo possível da janela de Harry.

— Entre — convidou Rony.

— Mas todo o meu material de Hogwarts... minha varinha... minha vassoura...

— Onde está?

— Trancado no armário embaixo da escada, e não posso sair deste quarto...

— Não tem problema — disse Jorge do banco dianteiro do carro. — Saia da frente, Harry.

Fred e Jorge entraram no quarto de Harry pela janela, feito gatos. A pessoa tinha que tirar o chapéu para eles, pensava Harry, quando Jorge puxou um grampo do bolso e começou a arrombar a fechadura.

— Tem muito bruxo que acha que é uma perda de tempo conhecer macetes de trouxas como esse — disse Fred —, mas nós achamos que vale a pena aprender essas habilidades, mesmo que sejam um pouco demoradas.

A porta fez um clique e se abriu.

— Então, vamos apanhar o seu malão, e você pega o que precisar do seu quarto e passa para o Rony — murmurou Jorge.

— Cuidado com o último degrau, ele range — murmurou Harry para os gêmeos que desapareceram no corredor escuro.

Harry correu pelo quarto reunindo seus pertences e passando-os a Rony pela janela. Então, foi ajudar Fred e Jorge a carregar o malão para cima. Harry ouviu o tio Válter tossir.

Finalmente, ofegantes, eles chegaram ao alto da escada e carregaram o malão pelo quarto de Harry até a janela aberta. Fred pulou a janela de volta ao carro para puxar o malão com Rony, enquanto Harry e Jorge o empurravam pelo lado de dentro. Pouco a pouco, o malão deslizou pela janela. Tio Válter tossiu outra vez.

– Mais um pouquinho – arfou Fred, que estava puxando o malão para dentro do carro. – Mais um bom empurrão...

Harry e Jorge jogaram os ombros contra o malão e ele deslizou da janela para o assento traseiro do carro.

– Muito bem, vamos – cochichou Jorge.

Mas quando Harry subia no parapeito da janela ouviu um guincho alto atrás dele, seguido imediatamente pela voz trovejante do tio Válter.

– ESSA CORUJA DESGRAÇADA!

– Eu esqueci a Edwiges!

Harry precipitou-se de volta ao quarto na hora em que a luz do corredor se acendeu – agarrou a gaiola, correu à janela e passou-a a Rony. E estava subindo de volta na cômoda quando o tio Válter socou a porta destrancada e ela se escancarou.

Por uma fração de segundo, o tio Válter parou emoldurado pelo portal, em seguida deixou escapar um urro como o de um touro enfurecido e atirou-se contra Harry prendendo-o pelo tornozelo.

Rony, Fred e Jorge agarraram os braços de Harry e o puxaram com toda a força que tinham.

– Petúnia! – berrou tio Válter. – Ele está fugindo! ELE ESTÁ FUGINDO!

Mas os Weasley deram um puxão gigantesco e a perna de Harry se soltou da garra do tio Válter – e Harry já estava no carro e batia a porta.

– Pé na tábua, Fred! – gritou Rony, e o carro disparou de repente em direção à lua.

Harry não conseguia acreditar – estava livre. Baixou a janela, o ar da noite chicoteou seus cabelos, e ele virou a cabeça para contemplar os telhados da rua dos Alfeneiros que desapareciam ao longe. Tio Válter, tia Petúnia e Duda estavam todos debruçados, estupefatos, na janela de Harry.

– Vejo vocês no próximo verão! – gritou Harry.

Os Weasley soltaram gargalhadas e Harry se acomodou no banco, sorrindo de orelha a orelha.

– Solte a Edwiges – pediu ele a Rony. – Ela pode voar atrás do carro. Há séculos que não tem uma chance de esticar as asas.

Jorge passou o grampo a Rony e, um momento depois, Edwiges voou feliz pela janela e ficou deslizando ao lado do carro como um fantasma.

— Então, qual é a história, Harry? — perguntou Rony impaciente. — Que aconteceu?

Harry contou tudo sobre Dobby, o aviso que dera a Harry e o desastre com o pudim de violetas. Fez-se um silêncio longo e assombroso quando ele terminou.

— Muito esquisito — disse Fred finalmente.
— Decididamente suspeito — concordou Jorge. — E ele nem quis lhe dizer quem estaria tramando tudo isso?
— Acho que ele não podia — respondeu Harry. — Eu lhe contei, todas as vezes que ele estava quase deixando escapar alguma coisa, começava a bater a cabeça na parede.

Harry viu Fred e Jorge se entreolharem.
— O quê, vocês acham que ele estava mentindo para mim? — perguntou Harry.
— Bom — respondeu Fred —, vamos colocar a coisa assim... elfos domésticos têm poderes mágicos próprios, mas em geral não podem usá-los sem a permissão dos donos. Calculo que o velho Dobby foi mandado para impedir que você voltasse a Hogwarts. Deve ser a ideia que alguém faz de uma brincadeira. Você pode imaginar alguém na escola que tenha raiva de você?
— Claro — disseram Harry e Rony na mesma hora.
— Draco Malfoy — explicou Harry. — Ele me odeia.
— Draco Malfoy? — perguntou Jorge, virando-se. — O filho de Lúcio Malfoy?
— Deve ser, não é um nome muito comum, é? — disse Harry. — Por quê?
— Já ouvi papai falar nele. Era um grande seguidor de Você-Sabe-Quem.
— E quando Você-Sabe-Quem desapareceu — acrescentou Fred, esticando-se para olhar para Harry —, Lúcio Malfoy voltou dizendo que nunca tivera intenção de fazer nada. Um monte de bosta... Papai acha que ele fazia parte do círculo íntimo de Você-Sabe-Quem.

Harry já ouvira esses comentários sobre a família Malfoy antes e não se surpreendeu nem um pouco. Draco Malfoy fazia Duda Dursley parecer um menino bom, atencioso e sensível.

— Não sei se os Malfoy têm um elfo doméstico... — disse Harry.
— Bom, seja quem for, os donos dele devem ser uma família de bruxos antiga e rica — disse Fred.
— É, mamãe sempre desejou que a gente tivesse um elfo doméstico para passar a roupa — comentou Jorge. — Mas só o que temos é um vampiro velho e incompetente no sótão e gnomos por todo o jardim. Elfos domésticos

combinam com grandes casas senhoriais, castelos e lugares do gênero; você não toparia com um na nossa casa...

Harry estava calado. A julgar pelo fato de que Draco Malfoy em geral tinha do bom e do melhor, a família devia rolar em dinheiro de bruxo; ele podia até imaginar Malfoy se pavoneando por uma grande casa senhorial. Mandar o criado da família impedir Harry de voltar a Hogwarts também parecia bem o tipo de coisa que Malfoy faria. Ele teria sido tão burro a ponto de levar Dobby a sério?

— Em todo o caso, fico contente que a gente tenha vindo buscá-lo. Eu estava ficando realmente preocupado quando você não respondeu minhas cartas. Primeiro pensei que tinha sido culpa de Errol...

— Quem é Errol?

— Nossa coruja. Ele é velhíssimo. Não seria a primeira vez que desmaiaria ao fazer uma entrega. Então tentei pedir o Hermes emprestado...

— Quem?

— A coruja que mamãe e papai compraram para Percy quando ele foi nomeado monitor — explicou Fred do banco da frente.

— Mas Percy não quis me emprestar. Disse que precisava dele.

— Percy anda se comportando de forma muito estranha este verão — disse Jorge franzindo a testa. — E tem despachado um bocado de cartas e passado um tempão trancado no quarto... Quero dizer, tem limite o número de vezes que a pessoa pode querer dar brilho num distintivo de monitor... Você está se afastando demais para oeste, Fred — acrescentou, apontando a bússola no painel do carro. Fred corrigiu o rumo girando o volante.

— E seu pai sabe que você está dirigindo o carro? — perguntou Harry, já adivinhando a resposta.

— Ah, não — disse Rony —, ele teve que trabalhar hoje à noite. Com sorte conseguiremos guardar o carro de volta na garagem antes que mamãe note que saímos com ele.

— Afinal, que é que seu pai faz no Ministério da Magia?

— Ele trabalha no departamento mais monótono de todos — disse Rony. — O do Controle do Mau Uso dos Artefatos dos Trouxas.

— O quê?

— Tratam do feitiço lançado em objetos feitos pelos trouxas, sabe, no caso de acabarem indo parar numa loja ou numa casa de trouxas. Como no ano passado, uma velha bruxa morreu e o seu serviço de chá foi vendido a uma loja de antiguidades. Uma mulher trouxa comprou o serviço, levou para casa e tentou servir chá aos amigos. Foi um pesadelo, papai ficou trabalhando depois do expediente durante semanas.

– Que aconteceu?

– O bule de chá endoidou e espirrou chá fervendo para todo lado, e um homem foi parar no hospital com as pinças de açúcar presas no nariz. Papai quase ficou louco, só existe ele e um velho bruxo chamado Perkins no escritório, e os dois tiveram que usar feitiços para apagar lembranças e outros tipos de recursos para abafar o caso...

– Mas o seu pai... este carro...

Fred riu.

– É, papai é doido por tudo que os trouxas produzem; nosso barraco de ferramentas é cheio de coisas de trouxas. Ele desmonta um objeto, enfeitiça e torna a montá-lo. Se ele revistasse a nossa casa, teria que se dar ordem de prisão. Mamãe fica danada.

– Aquela é a estrada principal – disse Jorge, espiando para baixo pelo para-brisa. – Estaremos lá em dez minutos... Antes assim, já está clareando...

Uma ligeira claridade rosada tornava-se visível na linha do horizonte a leste.

Fred fez o carro baixar um pouco, e Harry viu uma colcha de retalhos feita de campos e arvoredos.

– Moramos um pouquinho fora da cidade – disse Jorge. – Ottery St. Catchpole...

O carro voador continuava a descer. A auréola escarlate do sol agora brilhava por entre as árvores.

– Pousamos! – exclamou Fred quando, com um ligeiro solavanco, tocaram o chão. Tinham pousado ao lado de uma garagem desmantelada num pequeno quintal, e Harry olhou pela primeira vez para a casa de Rony.

Parecia ter sido no passado um grande chiqueiro de pedra, a que foram acrescentando cômodos aqui e ali até ela atingir vários andares, e era tão torta que parecia ser sustentada por mágica (o que, Harry lembrou a si mesmo, era provável). Quatro ou cinco chaminés estavam encarrapitadas no alto do telhado vermelho. Em um letreiro torto enfiado no chão, próximo à entrada, lia-se A TOCA. Em volta da porta de entrada amontoava-se uma variedade de botas de borracha e um caldeirão muito enferrujado. Várias galinhas castanhas e gordas ciscavam pelo quintal.

– Não é muita coisa – disse Rony.

– É *maravilhosa* – comentou Harry feliz, pensando na rua dos Alfeneiros. Eles desembarcaram do carro.

– Agora vamos subir muito quietinhos – recomendou Fred – e esperar mamãe nos chamar para tomar o café da manhã. Então, Rony, você desce correndo e diz: "Mamãe, olhe só quem apareceu durante a noite!" e ela vai ficar contente de ver o Harry e ninguém vai precisar saber que saímos voando no carro.

— Certo — concordou Rony. — Vamos Harry, eu durmo no... no alto...

O rosto de Rony ganhou um tom verde esquisito, seus olhos se fixaram na casa. Os outros três se viraram.

A Sra. Weasley vinha atravessando o quintal, espantando galinhas, e para uma senhora baixa, gorducha, de rosto bondoso, era incrível como estava parecendo um tigre-dentes-de-sabre.

— Ah! — exclamou Fred.

— Essa não! — exclamou Jorge.

A Sra. Weasley parou diante deles, as mãos nos quadris, olhando de uma cara culpada para a outra. Vestia um avental florido com uma varinha saindo pela borda do bolso.

— Muito bem — disse ela.

— Bom dia, mamãe — disse Jorge, no que ele audivelmente pensou que era uma voz lampeira e cativante.

— Vocês fazem ideia da preocupação que tive? — perguntou a Sra. Weasley num sussurro letal.

— Desculpe, mamãe, mas, sabe, tínhamos que...

Os três filhos da Sra. Weasley eram mais altos do que ela, mas encolheram à medida que a raiva da mãe ia desabando sobre eles.

— *As camas vazias! Nenhum bilhete! O carro desaparecido... podia ter batido... louca de preocupação... vocês se importaram?... nunca em minha vida... esperem até seu pai voltar, nunca tivemos problemas assim com o Gui nem com o Carlinhos nem com o Percy...*

— O Percy perfeito — resmungou Fred.

— VOCÊS PODIAM SE MIRAR NO EXEMPLO DO PERCY! — berrou a Sra. Weasley, metendo o dedo no peito de Fred. — Vocês podiam ter *morrido*, podiam ter sido *vistos*, podiam ter feito seu pai perder o *emprego*...

Parecia que o sermão estava durando horas. A Sra. Weasley ficou rouca de tanto gritar até se virar para Harry, que recuou.

— Estou muito contente em vê-lo, Harry, querido — disse ela. — Entre, venha tomar café.

Deu meia-volta e entrou em casa, e Harry, depois de lançar um olhar nervoso a Rony, que acenou com a cabeça animando-o, acompanhou-a.

A cozinha era pequena e um tanto apertada. Havia ao centro uma mesa de madeira muito escovada e cadeiras, e Harry se sentou na beirada de uma, espiando à sua volta. Nunca estivera numa casa de bruxos antes.

O relógio na parede em frente só tinha um ponteiro e nenhum número. Havia escritas em torno do mostrador coisas assim, Hora de fazer chá, Hora de dar comida às galinhas e Você está atrasado. Havia livros arrumados em fileiras triplas sobre o console da lareira, livros com títulos do gênero Enfeitice o seu próprio queijo, Feitiço no forno e Festas de um minuto – um Encantamento! E, a não ser que os ouvidos de Harry o enganassem, o velho rádio ao lado da pia acabara de anunciar que o próximo programa era "Hora de Encantos, com a popular cantora bruxa, Celestina Warbeck".

A Sra. Weasley batia pratos e panelas, preparando o café da manhã um pouco a esmo, lançando olhares feios aos filhos, enquanto atirava salsichas na frigideira. De vez em quando resmungava coisas como "não sei o que estavam pensando" e "eu nunca teria acreditado".

– Não estou culpando você, querido – ela tranquilizou Harry, servindo oito ou nove salsichas no prato dele. – Arthur e eu estivemos preocupados com você, também. Ainda na outra noite estávamos falando que iríamos buscá-lo pessoalmente se você não escrevesse a Rony até sexta-feira. Mas francamente – (ela agora acrescentava três ovos fritos às salsichas) – atravessar metade do país em um carro ilegal, vocês podiam ter sido vistos...

Ela acenou a varinha displicentemente em direção aos pratos na pia, que começaram a se lavar, entrechocando-se de leve ao fundo.

– Estava nublado, mamãe! – exclamou Fred.

– Você fique de boca fechada enquanto come! – ralhou a Sra. Weasley.

– Estavam matando ele de fome, mamãe! – disse Jorge.

– E você! – disse a Sra. Weasley, mas foi com uma expressão ligeiramente mais branda que ela começou a cortar e passar manteiga no pão para Harry.

Naquele momento surgiu uma distração sob a forma de uma figura pequena, de cabelos vermelhos, que vestia uma longa camisola, e apareceu na cozinha, deu um gritinho e saiu correndo outra vez.

– Gina – disse Rony baixinho para Harry. – Minha irmã. Andou falando em você o verão inteiro.

– É, ela vai querer o seu autógrafo, Harry – disse Fred com um sorriso, mas viu que a mãe o olhava e baixou o rosto para o prato, calando-se. Nada mais foi dito até os quatro pratos ficarem limpos, o que levou um tempo surpreendentemente breve.

– Putz, estou cansado – bocejou Fred, pousando finalmente a faca e o garfo. – Acho que vou me deitar e...

– Não vai, não – retrucou a Sra. Weasley. – A culpa foi sua se ficou a noite toda acordado. Você vai desgnomizar o jardim para mim; eles estão ficando completamente rebeldes outra vez.

— Ah, mamãe...
— E vocês dois — disse ela, olhando feio para Rony e Fred. — Você pode ir se deitar, querido — acrescentou dirigindo-se a Harry. — Você não pediu a eles para voarem naquele carro infernal.

Mas Harry, que se sentia completamente acordado, disse depressa:
— Vou ajudar o Rony. Nunca vi fazer uma desgnomização...
— É muito gentil de sua parte, querido, mas é trabalho monótono — disse a Sra. Weasley. — Agora vamos ver o que Lockhart tem a dizer sobre o assunto.

Ela puxou um livro pesado de cima do console. Jorge gemeu.
— Mamãe, nós sabemos como desgnomizar um jardim.

Harry espiou a capa do livro da Sra. Weasley. Escritas na capa em arabescos dourados havia as palavras *Guia de pragas domésticas* de Gilderoy Lockhart. Havia na capa uma grande foto de um bruxo bonitão de cabelos louros ondulados e olhos azuis muito vivos. Como sempre no mundo dos bruxos, a foto se mexia; o bruxo, que Harry supunha que fosse o tal Gilderoy Lockhart, não parava de piscar, muito animado, para todos.

— Ah, ele é um assombro — disse a mãe. — Conhece bem as pragas domésticas. É um livro maravilhoso...
— Mamãe tem um xodó por ele — disse Fred num sussurro muito audível.
— Não seja ridículo, Fred — retorquiu a Sra. Weasley, o rosto muito corado. — Está bem, se vocês acham que sabem mais do que Lockhart, podem ir fazer o trabalho, mas tenho pena de vocês se tiver sobrado um único gnomo naquele jardim quando eu sair para inspecioná-lo.

Aos bocejos e resmungos, os Weasley saíram se arrastando, com Harry em sua cola. O jardim era grande e, aos olhos de Harry, exatamente como um jardim deveria ser. Os Dursley não teriam gostado — havia muito mato e a grama precisava ser aparada —, mas havia árvores nodosas a toda volta dos muros, plantas que Harry nunca vira saindo de cada canteiro e um grande tanque de águas verdosas cheio de sapos.

— Os trouxas também têm gnomos de jardim, sabe — Harry contou a Rony quando cruzavam o gramado.
— Sei, já vi aquelas coisas que eles acham que são gnomos — disse Rony, com o corpo dobrado e a cabeça enfiada num pé de peônias —, como papais noéis baixinhos e gordinhos segurando varas de pescar...

Ouviram um ruído de alguém se debatendo violentamente, o pé de peônia estremeceu e Rony se levantou.

— Isto é um gnomo — disse sério.

— Tire as mãos de cima de mim! Tire as mãos de cima de mim! — guinchou o gnomo.

Decerto não parecia nada com um Papai Noel. Era pequeno, a pele parecia um couro, a cabeçorra cheia de calombos e careca, igualzinha a uma batata. Rony segurou-o a distância enquanto o gnomo o chutava com os pezinhos calosos; o garoto o agarrou pelos tornozelos e o virou de cabeça para baixo.

— Isto é o que a gente tem que fazer — explicou. E ergueu o gnomo acima da cabeça ("Tire as mãos de mim!") e começou a rodá-lo em grandes círculos como se fosse laçar um boi. Ao ver a cara de espanto de Harry, Rony acrescentou: — Isto não *machuca*, você só precisa deixá-los bem tontos para não poderem encontrar o caminho de volta para as tocas de gnomos.

Ele soltou os tornozelos do gnomo: que voou uns seis metros para o alto e caiu com um baque surdo no campo do outro lado da sebe.

— Lamentável! — exclamou Fred. — Aposto que posso atirar o meu bem além daquele toco de árvore.

Harry aprendeu depressa a não sentir muita pena dos gnomos. Resolveu simplesmente deixar cair por cima da sebe o primeiro que pegou, mas o gnomo, pressentindo fraqueza, enterrou os dentes afiados como navalhas no seu dedo, e Harry teve muito trabalho para sacudi-lo longe, até que...

— Uau, Harry, esse deve ter caído a uns quinze metros...

O ar não tardou a ficar coalhado de gnomos voadores.

— Está vendo, eles não são muito inteligentes — disse Jorge, agarrando cinco ou seis gnomos de uma vez. — Na hora em que descobrem que está havendo uma desgnomização, aparecem correndo para dar uma espiada. Era de se esperar que já tivessem aprendido a ficar quietos.

Logo os gnomos atirados no campo começaram a se afastar em uma linha descontínua, os ombrinhos curvados.

— Eles vão voltar — disse Rony enquanto observavam os gnomos desaparecerem na sebe do outro lado do campo. — Eles adoram isso aqui... Papai é muito mole com eles; acha que são engraçados...

Naquele instante, a porta de entrada bateu.

— Ele voltou! — disse Jorge. — Papai está em casa!

Os garotos atravessaram correndo o jardim e entraram em casa.

O Sr. Weasley estava largado numa cadeira da cozinha, sem óculos e de olhos fechados. Era um homem magro, começando a ficar careca, mas o pouco cabelo que tinha era ruivo como o dos filhos. Usava vestes verdes e longas, que estavam empoeiradas e amarrotadas da viagem.

– Que noite! – murmurou, tateando à procura do bule de chá enquanto todos se sentaram à sua volta. – Nove batidas. Nove! E o velho Mundungo Fletcher ainda tentou me lançar um feitiço quando eu estava de costas...

O Sr. Weasley tomou um longo gole de chá e suspirou.

– Encontrou alguma coisa, papai? – perguntou Fred ansioso.

– Só encontrei umas chaves para portas que encolhem e uma chaleira que morde – bocejou o Sr. Weasley. – Houve algumas ocorrências feias, mas não foram no meu departamento. Mortlake foi levado para interrogatório sobre umas doninhas muito esquisitas, mas isto foi com a Comissão de Feitiços Experimentais, graças a Deus...

– Mas por que alguém ia se dar o trabalho de fazer chaves que encolhem? – perguntou Jorge.

– Só para aborrecer os trouxas – suspirou o Sr. Weasley. – Vendem a eles uma chave que encolhe até desaparecer, de modo que nunca conseguem encontrá-la quando precisam... É claro que é muito difícil processar alguém porque nenhum trouxa vai admitir que a chave dele não para de encolher, insistem que vivem a perdê-las. Deus os abençoe, eles vão a extremos para fingir que magia não existe, mesmo que esteja no nariz deles... mas as coisas que o nosso pessoal anda enfeitiçando, vocês não iriam acreditar...

– COMO CARROS, POR EXEMPLO?

A Sra. Weasley aparecera, empunhando um longo atiçador como uma espada. Os olhos do Sr. Weasley se arregalaram. Ele olhou com cara de culpa para a mulher.

– C-carros, Molly, querida?

– É, Arthur, carros – disse a Sra. Weasley, os olhos faiscando. – Imagine só um bruxo comprar um carro velho e enferrujado e dizer à mulher que só quer desmontá-lo para ver como funciona, quando na *realidade* o enfeitiçou para fazê-lo *voar*.

O Sr. Weasley piscou os olhos.

– Bom, querida, acho que você vai descobrir que ele estava agindo dentro da lei quando fez isso, mesmo que... ah... tivesse agido melhor se, hum, se tivesse contado a verdade à mulher... Há um furo na lei, você vai descobrir... Desde que ele não tivesse *intenção* de voar no carro, o fato de que o carro *poderia* voar não...

– Arthur Weasley, você providenciou para que houvesse um furo nessa lei quando a escreveu! – gritou a Sra. Weasley. – Só para você poder continuar a se distrair com aquela lixaria dos trouxas no seu barraco! E para sua informação, Harry chegou hoje de manhã naquele carro que você não tinha intenção de fazer voar!

– Harry?! – exclamou o Sr. Weasley sem entender. – Que Harry? Ele olhou à volta, viu Harry e deu um salto.

– Deus do céu, é Harry Potter? Muito prazer em conhecê-lo. Rony tem falado tanto em...

– Os seus filhos foram naquele carro até a casa de Harry e voltaram de lá ontem à noite! – gritou a Sra. Weasley. – Que é que você me diz disso, hein?

– Vocês fizeram mesmo isso? – perguntou o Sr. Weasley, ansioso. – E o carro voou bem? Eu... eu quero dizer – gaguejou, enquanto voavam faíscas dos olhos da Sra. Weasley – que... isso foi muito errado, meninos... muito errado mesmo...

– Vamos deixar eles discutirem – Rony sussurrou para Harry quando a Sra. Weasley inchou como um sapo-boi. – Vamos, vou-lhe mostrar o meu quarto.

Os dois saíram discretamente da cozinha e seguiram por um corredor estreito até uma escada irregular, que subia em zigue-zague pela casa. No terceiro patamar, havia uma porta entreaberta. Harry vislumbrou dois grandes olhos castanhos e vivos que o espiavam antes da porta fechar com um clique.

– Gina – explicou Rony. – Você não sabe como é estranho ela estar tão tímida. Normalmente ela nunca para de falar...

Eles subiram mais dois lances e chegaram a uma porta com a tinta descascada e uma pequena placa onde se lia "Quarto do Ronald".

Harry entrou, a cabeça quase tocando no teto inclinado, e piscou os olhos. Era como entrar num forno. Quase tudo no quarto de Rony era de um tom violentamente laranja: a colcha da cama, as paredes e até o teto. Então Harry percebeu que Rony tinha coberto praticamente cada centímetro do papel de parede gasto com pôsteres dos mesmos sete bruxos e bruxas, todos usando vestes laranja-vivo, segurando vassouras e acenando com animação.

– O seu time de quadribol? – perguntou Harry.

– O Chudley Cannons – disse Rony, apontando para a colcha laranja, que exibia um brasão com dois enormes $C's$ pretos e uma bala de canhão em movimento. – Nono lugar na divisão.

Os livros escolares de feitiçaria que pertenciam a Rony estavam empilhados de qualquer jeito num canto, junto com um monte de histórias em quadrinhos que pareciam conter a mesma tira, *As aventuras de Martin Miggs, o trouxa pirado*. A varinha de condão de Rony estava em cima de um aquário cheio de ovas de rã, no peitoril da janela, ao lado do seu rato cinzento e gordo, o Perebas, que tirava um cochilo numa nesga de sol.

Harry pulou por cima de um baralho de cartas autoembaralhantes que estava no chão e espiou pela janelinha. No campo, lá embaixo, ele viu uma turma de gnomos que voltavam sorrateiros, um a um, pela cerca dos Weasley. Depois virou-se para olhar Rony, que o observava quase nervoso, como se esperasse ouvir sua opinião.

— É meio pequeno — disse Rony depressa. — Nada como aquele quarto que você tinha na casa dos trouxas. E estou bem debaixo do vampiro no sótão; sempre batendo nos canos e gemendo...

Mas Harry, com um grande sorriso, disse:

— Esta é a melhor casa que já visitei.

As orelhas de Rony ficaram vermelhas.

## 4

## NA FLOREIOS E BORRÕES

A vida n'A Toca era a mais diferente possível da vida na rua dos Alfeneiros. Os Dursley gostavam de tudo limpo e arrumado; a casa dos Weasley era cheia de coisas estranhas e inesperadas. Harry teve um choque na primeira vez que se mirou no espelho sobre o console da lareira da cozinha, pois o espelho gritou: *"Ponha a camisa para dentro, seu desleixado!"* O vampiro no sótão uivava e derrubava canos sempre que sentia que a casa estava ficando demasiado quieta, e as pequenas explosões que vinham do quarto de Fred e Jorge eram consideradas perfeitamente normais. Porém, o que Harry achou mais fora do comum na vida na casa de Rony não foi o espelho falante nem o vampiro baterista: mas o fato de que todos pareciam gostar dele.

A Sra. Weasley se preocupava com o estado das meias dele e tentava forçá-lo a repetir a comida três vezes por refeição. O Sr. Weasley gostava que Harry se sentasse ao lado dele, à mesa do jantar, para poder bombardeá-lo com perguntas sobre a vida com os trouxas, pedindo-lhe para explicar como funcionavam coisas como as tomadas e o correio.

— *Fascinante!* — exclamou, quando Harry lhe contou como se usava o telefone. — *Engenhoso*, verdade, quantas maneiras os trouxas encontraram de viver sem o auxílio da magia.

Harry recebeu notícias de Hogwarts, numa bela manhã, cerca de uma semana depois de chegar À Toca. Ele e Rony desceram para tomar café e encontraram o Sr. e a Sra. Weasley e Gina já sentados à mesa da cozinha. No instante em que viu Harry, Gina sem querer derrubou a tigela de mingau no chão fazendo um estardalhaço. A garota parecia muito propensa a derrubar coisas sempre que Harry entrava. Ela mergulhou debaixo da mesa para apanhar a tigela e reapareceu com o rosto rubro como um sol poente. Harry, fingindo não notar, sentou-se e aceitou a torrada que a Sra. Weasley lhe oferecia.

— Cartas da escola — disse o Sr. Weasley, passando a Harry e Rony envelopes idênticos de pergaminho amarelado, endereçados com tinta verde.

— Dumbledore já sabe que você está aqui, Harry, ele não perde um detalhe, aquele homem. Vocês dois também receberam — acrescentou ele, quando Fred e Jorge entraram descontraídos, ainda de pijamas.

Durante alguns minutos fez-se silêncio enquanto todos liam as cartas. A de Harry mandava-o tomar o Expresso de Hogwarts como sempre na estação de King's Cross, no dia 1º de setembro. Trazia também uma lista dos novos livros que ia precisar para o próximo ano letivo.

> MATERIAL PARA OS ALUNOS DA SEGUNDA SÉRIE
> Livro padrão de feitiços, 2ª série
> de Miranda Goshawk
> Como dominar um espírito agourento
> de Gilderoy Lockhart
> Como se divertir com vampiros
> de Gilderoy Lockhart
> Férias com bruxas malvadas
> de Gilderoy Lockhart
> Viagens com trasgos
> de Gilderoy Lockhart
> Excursões com vampiros
> de Gilderoy Lockhart
> Passeios com lobisomens
> de Gilderoy Lockhart
> Um ano com o Iéti
> de Gilderoy Lockhart

Fred, que terminara de ler a lista, deu uma espiada na de Harry.

— Mandaram você comprar todos os livros de Lockhart também! — admirou-se. — O novo professor de Defesa Contra as Artes das Trevas deve ser fã dele, aposto que é uma bruxa.

Ao dizer isto, o olhar de Fred cruzou com o de sua mãe e ele rapidamente voltou a atenção para a sua geleia.

— Esse material não vai sair barato — comentou Jorge, lançando um olhar rápido aos pais. — Os livros de Lockhart são bem carinhos...

— Daremos um jeito — disse a Sra. Weasley, embora tivesse a expressão preocupada. — Espero poder comprar a maioria do material de Gina de segunda mão.

— Ah, você vai entrar para Hogwarts este ano? — perguntou Harry a Gina.

Ela confirmou com a cabeça, corando até a raiz dos cabelos flamejantes e enfiou o cotovelo na manteigueira. Felizmente ninguém viu, exceto Harry porque, naquele momento, o irmão mais velho de Rony, Percy, entrou na cozinha. Já estava vestido, o distintivo de monitor de Hogwarts preso no suéter sem mangas.

– Dia – disse Percy animado. – Lindo dia.

Sentou-se na única cadeira desocupada, mas quase imediatamente levantou-se de um salto, erguendo do assento um espanador de penas cinzentas que parecia estar na muda – pelo menos foi isso que Harry pensou que fosse, até ver que a coisa respirava.

– Errol! – exclamou Rony, recolhendo a coruja inerte da mão de Percy e extraindo uma carta que ela trazia presa sob a asa. – *Finalmente* chegou a resposta de Hermione. Escrevi a ela avisando que íamos tentar salvar você dos Dursley.

Ele levou Errol até um poleiro na porta dos fundos e tentou fazê-lo encarrapitar-se, mas a coruja tornou a desmontar, por isso Rony a deitou na tábua de escorrer, resmungando "Patético". Em seguida ele abriu a carta de Hermione e leu-a em voz alta.

*Queridos Rony, e Harry se estiver aí.*

*Espero que tudo tenha corrido bem, que Harry esteja bem e que você não tenha feito nada ilegal para tirá-lo de lá, Rony, porque isso criaria problemas para o Harry também. Tenho estado realmente preocupada e, se Harry estiver bem, por favor, mande me dizer logo, mas talvez seja melhor usar outra coruja, porque acho que mais uma entrega talvez mate essa aí.*

*Estou muito ocupada, estudando, é claro...*

– Como é que pode! – exclamou Rony horrorizado. – Estamos de férias!

*... e vamos a Londres na próxima quarta-feira comprar os livros novos. Por que não nos encontramos no Beco Diagonal?*

*Mande notícias do que está acontecendo, assim que puder.*

*Afetuosamente,*

*Hermione.*

– Bom, isso se encaixa perfeitamente. Podemos ir comprar todo o material de vocês, também – disse a Sra. Weasley, começando a tirar a mesa. – Que é que vocês estão planejando fazer hoje?

Harry, Rony, Fred e Jorge estavam pensando em subir o morro até um pequeno prado que pertencia aos Weasley. Era cercado de árvores que bloqueavam a visão da cidadezinha embaixo, o que significava que podiam praticar quadribol lá, desde que não voassem muito alto. Não podiam usar bolas de quadribol de verdade, pois seria difícil explicar se escapulissem e sobrevoassem a cidade; em vez disso, atiravam maçãs uns para os outros. Revezaram-se para montar a Nimbus 2000 de Harry, que era, sem nenhum favor, a melhor vassoura; a velha Shooting Star de Rony muitas vezes perdia na corrida para as borboletas que apareciam.

Cinco minutos depois os garotos estavam subindo o morro, as vassouras nos ombros. Tinham perguntado a Percy se queria acompanhá-los, mas ele respondera que estava ocupado. Harry até ali só tinha visto Percy às refeições; ele passava o resto do tempo trancado no quarto.

— Gostaria de saber o que ele está aprontando — disse Fred, franzindo a testa. — Está tão mudado. O resultado das provas dele chegou um dia antes de você; doze N.O.M.s e ele nem cantou vitória.

— Níveis Ordinários em Magia — explicou Jorge, vendo o olhar intrigado de Harry. — Gui recebeu doze também. Se não nos cuidarmos, vamos ter outro monitor-chefe na família. Acho que não iríamos suportar a vergonha.

Gui era o filho mais velho dos Weasley. Ele e o irmão logo abaixo, Carlinhos, já tinham terminado Hogwarts. Harry nunca vira nenhum dos dois, mas sabia que Carlinhos estava na Romênia estudando dragões e Gui, no Egito, trabalhando no banco dos bruxos, o Gringotes.

— Não sei como mamãe e papai vão poder comprar todo o nosso material escolar este ano — disse Jorge depois de algum tempo. — Cinco conjuntos de livros do Lockhart! E Gina precisa de vestes, uma varinha e todo o resto...

Harry não disse nada. Sentiu-se um pouco constrangido. Guardada no cofre subterrâneo do Banco de Gringotes, em Londres, havia uma pequena fortuna que seus pais lhe haviam deixado. Naturalmente, era somente no mundo dos bruxos que ele tinha dinheiro; não se podia usar galeões, sicles e nuques em lojas de trouxas. Ele nunca mencionara aos Dursley sua conta no Banco de Gringotes, pois achava que o horror que eles tinham à magia não se estenderia a um montão de ouro.

A Sra. Weasley acordou-os bem cedo na quarta-feira seguinte. Depois de comerem rapidamente uma dúzia de sanduíches de bacon cada um, eles vestiram os casacos e a Sra. Weasley apanhou um vaso de flor no console da cozinha e espiou dentro dele.

— Estamos com o estoque baixo, Arthur — suspirou. — Teremos que comprar mais hoje... Ah, muito bem, hóspedes primeiro! Pode começar, Harry querido!

E ela lhe ofereceu o vaso de flor.

Harry olhou para os Weasley, que o observavam.

— Q-que é que eu tenho que fazer? — gaguejou.

— Ele nunca viajou com Pó de Flu — disse Rony de repente. — Desculpe, Harry, eu me esqueci.

— Nunca? — admirou-se o Sr. Weasley. — Mas como foi que você chegou ao Beco Diagonal para comprar seu material escolar no ano passado?

— Fui de metrô...

—Verdade?! — exclamou o Sr. Weasley animado. — Havia *escapadas* rolantes? Como é que...

— *Agora* não, Arthur — disse a Sra. Weasley. — O Pó de Flu é muito mais, rápido, querido, mas, meu Deus, se você nunca o usou antes...

— Ele vai conseguir, mamãe — disse Fred. — Harry, observe a gente primeiro.

Fred apanhou uma pitada de pó brilhante no vaso de flor, foi até a lareira e atirou o pó no fogo.

Com um rugido, as chamas ficaram verde-esmeralda e mais altas do que Fred, que entrou nelas e gritou "Beco Diagonal!" e desapareceu.

— Você precisa falar bem claro, querido — disse a Sra. Weasley a Harry quando Jorge mergulhou a mão no vaso. — E se certifique se está saindo na grade certa...

— Na o quê certa? — perguntou Harry, nervoso, enquanto as chamas rugiam e arrebatavam Jorge de vista.

— Bem, há um número enorme de lareiras de bruxos para você escolher, sabe, mas se você falar com clareza...

— Ele vai acertar, Molly, não se preocupe — disse o Sr. Weasley, servindo-se de Pó de Flu, também.

— Mas, querido, se ele se perder, como é que iríamos explicar à tia e ao tio dele?

— Eles não se importariam — tranquilizou-a Harry. — Duda ia achar que teria sido uma piada genial se eu me perdesse dentro de uma lareira, não se preocupe.

— Bem... está bem... você vai depois de Arthur — disse a Sra. Weasley. — Agora, quando entrar no fogo, diga aonde vai...

— E mantenha os cotovelos colados ao corpo — aconselhou Rony.
— E os olhos fechados — recomendou a Sra. Weasley. — A fuligem...
— Não se mexa — disse Rony. — Ou pode acabar caindo na lareira errada...
— Mas cuidado para não entrar em pânico e sair antes da hora; espere até ver Fred e Jorge.

Harry, fazendo força para guardar tudo isso na cabeça, apanhou uma pitada de Pó de Flu e avançou até a beira do fogo. Inspirou profundamente, lançou o pó nas chamas e entrou; o fogo lhe lembrou uma brisa morna; ele abriu a boca e imediatamente engoliu um monte de cinzas quentes.

— B-be-co Diagonal — tossiu.

A sensação era de que estava sendo sugado por um enorme ralo. Ele parecia estar girando muito rápido... o rugido em seus ouvidos era ensurdecedor... e tentou manter os olhos abertos, mas o rodopio das chamas verdes lhe dera enjoo... uma coisa dura bateu no seu cotovelo e ele o prendeu com firmeza junto ao corpo, sempre girando... agora a sensação era de mãos geladas esbofeteando seu rosto... apertando os olhos por trás dos óculos ele viu uma sucessão de lareiras indistintas e relances de aposentos além... os sanduíches de bacon reviravam em sua barriga... ele tornou a fechar os olhos desejando que aquilo parasse e então... caiu, de cara no chão, em cima de uma pedra fria e sentiu a ponte dos óculos se partir.

Tonto e machucado, coberto de fuligem, ele se levantou desajeitado, segurando os óculos partidos na frente dos olhos. Estava totalmente sozinho, mas *onde* estava, ele não fazia ideia. Só sabia dizer que estava de pé numa lareira de pedra, em um lugar que parecia ser uma loja de bruxo grande e mal iluminada — mas nada que havia ali tinha a menor probabilidade de aparecer numa lista de material escolar de Hogwarts.

Um mostruário próximo continha uma mão murcha em cima de uma almofada, um baralho manchado de sangue e um olho de vidro arregalado. Máscaras diabólicas o espiavam das paredes, uma variedade de ossos humanos jazia sobre o balcão e instrumentos pontiagudos e enferrujados pendiam do teto. E o que era pior, a rua estreita e escura que Harry via pela vitrine empoeirada da loja decididamente não era a do Beco Diagonal.

Quanto mais cedo saísse dali, melhor. Com o nariz ainda doendo por causa da batida na lareira, Harry se encaminhou depressa e silenciosamente para a porta, mas antes que cobrisse metade da distância, duas pessoas apareceram do outro lado da vitrine — e uma delas era a última pessoa que Harry queria encontrar estando perdido, coberto de fuligem, com os óculos partidos: Draco Malfoy.

Harry olhou depressa a toda volta e viu um grande armário preto à esquerda; correu para ele e se fechou dentro, deixando apenas uma frestinha na porta para espiar. Segundos depois, uma sineta tocou e Malfoy entrou na loja. O homem que entrou atrás dele só podia ser o pai. Tinha a mesma cara fina e pontuda e olhos idênticos, frios e cinzentos. O Sr. Malfoy andou pela loja examinando descansadamente os objetos expostos e tocou uma campainha em cima do balcão antes de se virar para o filho e dizer:

– Não toque em nada, Draco.

Malfoy, que esticara a mão para o olho de vidro, retrucou:

– Pensei que você ia me comprar um presente.

– Eu disse que ia lhe comprar uma vassoura de corrida – disse o pai tamborilando no balcão.

– De que me serve uma vassoura se não faço parte do time da casa? – respondeu Malfoy, com a cara amarrada. – Harry Potter ganhou uma Nimbus 2000 no ano passado. Permissão especial de Dumbledore para ele poder jogar pela Grifinória. Ele nem é tão bom assim, só que é *famoso*... famoso por ter uma *cicatriz* idiota na testa...

Malfoy se abaixou para examinar uma prateleira cheia de crânios.

– ... todo mundo acha que ele é tão *sabido*, o maravilhoso *Potter* com sua *cicatriz* e sua *vassoura*...

– Você já me contou isso no mínimo dez vezes – disse o Sr. Malfoy, com um olhar de censura para o filho. – E gostaria de lembrar-lhe que não é prudente demonstrar que não gosta de Harry Potter, não quando a maioria do nosso povo acha que ele é o herói que fez o Lorde das Trevas desaparecer... ah, Sr. Borgin.

Um homem curvado aparecera atrás do balcão, alisando os cabelos untados de óleo para afastá-los do rosto.

– Sr. Malfoy, que prazer revê-lo – disse o Sr. Borgin untuoso como os seus cabelos. – Encantado, e o jovem Malfoy, também, encantado. Em que posso servi-los? Preciso lhes mostrar, chegou hoje, e a um preço muito módico...

– Não vou comprar nada hoje, Sr. Borgin, vou vender – disse o Sr. Malfoy.

– Vender? – O sorriso se embaçou levemente no rosto do Sr. Borgin.

– O senhor ouviu falar, é claro, que o Ministério está fazendo mais blitze – disse o Sr. Malfoy, puxando um rolo de pergaminho do bolso interno do casaco e desenrolando-o para o Sr. Borgin ler. – Tenho em casa uns, ah, objetos que poderiam me causar embaraços, se o Ministério aparecesse...

O Sr. Borgin encaixou um pincenê na ponte do nariz e percorreu a lista.

— O Ministério certamente não ousaria incomodá-lo, não é, meu senhor?

O Sr. Malfoy crispou os lábios.

— Até agora não me visitaram. O nome Malfoy ainda impõe um certo respeito, mas o Ministério está ficando cada vez mais intrometido. Há boatos de uma nova lei de proteção aos trouxas: com certeza aquele bobalhão pulguento, apreciador de trouxas, Arthur Weasley, está por trás disso...

Harry sentiu uma onda escaldante de raiva.

— ... e como vê, alguns desses venenos poderiam fazer *parecer*...

— Compreendo, meu senhor, naturalmente — disse o Sr. Borgin. — Deixe-me ver...

— Pode me dar *aquilo*? — interrompeu Draco, apontando para a mão murcha sobre a almofada.

— Ah, a Mão da Glória! — disse o Sr. Borgin, abandonando a lista do Sr. Malfoy e correndo para perto de Draco. — Ponha-lhe uma vela e ela dá luz apenas a quem a segura! A melhor amiga dos ladrões e saqueadores! O seu filho tem ótimo gosto, meu senhor.

— Espero que o meu filho venha a ser mais do que um ladrão ou um saqueador, Borgin — disse o Sr. Malfoy com frieza, ao que o Sr. Borgin respondeu depressa:

— Sem ofensa, meu senhor, não tive intenção de ofender...

— Mas, se as notas dele não melhorarem — disse o Sr. Malfoy com maior frieza ainda —, pode ser que ele realmente só tenha talento para isto.

— Não é minha culpa — retrucou Draco. — Todos os professores têm alunos preferidos, aquela Hermione Granger...

— Pensei que você sentiria vergonha se uma menina que nem pertence à família de bruxos passasse a sua frente em todos os exames — comentou com rispidez o Sr. Malfoy.

— Ha! — exclamou Harry baixinho, satisfeito de ver Draco com cara de quem está ao mesmo tempo envergonhado e aborrecido.

— É a mesma coisa em toda parte — disse o Sr. Borgin, com sua voz untuosa. — Ter sangue de bruxo conta cada vez menos em toda parte...

— Não para mim — respondeu o Sr. Malfoy, com as narinas tremendo.

— Não, meu senhor, nem para mim — disse o Sr. Borgin, fazendo uma grande reverência.

— Neste caso, talvez possamos voltar à minha lista — disse o Sr. Malfoy rispidamente. — Estou com um pouco de pressa, Borgin, tenho negócios importantes a tratar hoje em outro lugar.

Os dois começaram a barganhar. Harry observou nervoso que Draco se aproximava cada vez mais do lugar em que ele estava escondido, examinando os objetos à venda. Draco parou para examinar um grande rolo de corda de enforcar e para ler, rindo, o cartão colocado em um magnífico colar de opalas. *Cuidado: Não toque. Amaldiçoado — Tirou a vida de dezenove donos trouxas até hoje.*

Draco se virou e notou o armário bem em frente. Adiantou-se... esticou a mão para o puxador e...

— Fechado — disse o Sr. Malfoy ao balcão. —Vamos, Draco!

Harry enxugou a testa na manga ao ver Draco se afastar.

— Bom dia para o senhor, Sr. Borgin. Aguardo-o amanhã em casa para apanhar a mercadoria.

No instante em que a porta se fechou, o Sr. Borgin abandonou seus modos untuosos.

— Bom dia para o senhor, *Senhor* Malfoy, e, se as histórias que correm forem verdadeiras, o senhor não me vendeu metade do que tem escondido em sua *casa...*

E, continuando a resmungar ameaçador, o Sr. Borgin desapareceu no quarto dos fundos. Harry esperou um pouco, caso ele voltasse, e, em seguida, o mais silenciosamente que pôde, saiu do armário, passou pelos mostruários de vidro e saiu porta afora.

Harry olhou para os lados, segurando os óculos partidos. Saíra em uma ruela sombria que parecia totalmente ocupada por lojas que se dedicavam às Artes das Trevas. A que ele acabara de deixar, a Borgin & Burkes, parecia ser a maior, mas em frente havia uma grande coleção de cabeças jívaras na vitrine, e duas portas abaixo, uma enorme gaiola pululava com gigantescas aranhas pretas. Dois bruxos malvestidos o observavam da sombra de um portal, cochichando entre si. Apreensivo, Harry saiu caminhando, tentando segurar os óculos no lugar e esperando, sem muita esperança, conseguir encontrar uma saída daquele lugar.

Uma velha placa de madeira, pendurada acima de uma loja que vendia velas envenenadas, informava que ele se encontrava na Travessa do Tranco. Isto não adiantou muito, pois Harry nunca ouvira falar naquele lugar. Imaginou que talvez não tivesse falado com bastante clareza ao entrar na lareira dos Weasley porque tinha a boca cheia de cinzas. Pensou no que fazer, tentando ficar calmo.

— Não está perdido, está, querido? — disse uma voz ao seu ouvido, assustando-o.

Uma bruxa idosa estava ao lado dele, segurando uma bandeja com objetos que se pareciam horrivelmente com unhas humanas. Ela riu dele mostrando dentes cobertos de limo. Harry recuou.

— Estou bem, obrigado — disse. — Só estou...
— HARRY! O que você está fazendo aqui?

O coração de Harry deu um salto. O da bruxa também: as unhas cascatearam por cima dos seus pés e ela começou a xingar ao mesmo tempo que a forma maciça de Hagrid, o guarda-caça de Hogwarts, veio se aproximando em grandes passadas, seus olhinhos de besouros pretos faiscando por cima da barba arrepiada.

— Hagrid! — exclamou Harry revelando alívio na voz rouca. — Eu me perdi... Pó de Flu...

Hagrid agarrou Harry pela nuca e afastou-o da bruxa, derrubando a bandeja que ela levava. O guincho que ela soltou acompanhou-os durante todo o trajeto pelas ruelas tortuosas até tornarem a ver a luz do sol. Harry divisou a distância um edifício de mármore muito branco que já conhecia: o Banco de Gringotes. Hagrid o levara direto ao Beco Diagonal.

— Você está horrível! — exclamou Hagrid, espanando a fuligem que cobria Harry com tanta força que quase o derrubou numa barrica de bosta de dragão à porta da farmácia. — Se esquivando pela Travessa do Tranco, não sei, não, um lugar suspeito, Harry, não quero que ninguém o veja lá...

— Isso eu percebi — disse Harry, abaixando-se quando Hagrid fez menção de espaná-lo outra vez. — Eu lhe falei, eu me perdi, e o que é que você estava fazendo lá?

— Eu estava procurando repelente para lesmas carnívoras — rosnou Hagrid. — Elas estão acabando com os repolhos da escola. Você não está sozinho?

— Estou na casa dos Weasley, mas nos separamos — explicou Harry. — Tenho que encontrá-los...

Os dois começaram a descer a rua juntos.

— Por que é que você nunca respondeu as minhas cartas? — perguntou Hagrid a Harry enquanto caminhavam (o garoto tinha que dar três passos para cada passada das enormes botas de Hagrid). Harry explicou tudo sobre Dobby e os Dursley.

— Trouxas nojentos — rosnou Hagrid. — Se eu tivesse sabido...
— Harry! Harry! Aqui!

Harry ergueu os olhos e viu Hermione Granger parada no alto das escadas brancas de Gringotes. A garota desceu correndo ao encontro deles, os cabelos castanhos e fartos esvoaçando para trás.

— Que aconteceu com os seus óculos? Alô, Hagrid... Ah, que *maravilha* rever vocês... Vai entrar no Gringotes, Harry?

— Assim que eu encontrar os Weasley — respondeu Harry.

— Você não vai ter que esperar muito — disse Hagrid com um sorriso.

Harry e Hermione se viraram: correndo pela rua cheia de gente vinham Rony, Fred, Jorge, Percy e o Sr. Weasley.

— Harry — ofegou o Sr. Weasley. — Tivemos *esperança* de que você só tivesse ultrapassado uma grade de lareira... — Ele enxugou a careca reluzente.

— Molly está alucinada... aí vem ela.

— Onde foi que você saiu? — perguntou Rony.

— Na Travessa do Tranco — informou Hagrid de cara feia.

— *Que ótimo!* — exclamaram Fred e Jorge juntos.

— Nunca nos deixaram entrar lá — comentou Rony invejoso.

— Ainda bem — rosnou Hagrid.

A Sra. Weasley aproximava-se correndo, a bolsa balançando loucamente em uma das mãos, Gina agarrada à outra.

— Ah, Harry, ah, meu querido, você podia ter ido parar em qualquer lugar... Tomando fôlego ela tirou uma grande escova de roupas da bolsa e começou a escovar a fuligem que Hagrid não conseguira espanar. O Sr. Weasley apanhou os óculos de Harry, deu-lhes uma batida com a varinha e os devolveu, como se fossem novos.

— Bom, tenho que ir andando — disse Hagrid, cuja mão era apertada pela Sra. Weasley ("Travessa do Tranco! Se você não o tivesse encontrado, Hagrid!"). — Vejo vocês em Hogwarts! — E o guarda-caça se afastou a passos largos, a cabeça e os ombros mais altos do que os de todo mundo na rua cheia.

— Adivinhem quem eu encontrei na Borgin & Burkes? — perguntou Harry a Rony e a Hermione enquanto subiam as escadas do Gringotes. — Malfoy e o pai dele.

— Lúcio Malfoy comprou alguma coisa? — perguntou o Sr. Weasley sério logo atrás deles.

— Não, ele estava vendendo.

— Então está preocupado — comentou o Sr. Weasley com cruel satisfação. — Ah, eu adoraria pegar Lúcio Malfoy por alguma coisa...

— Tenha cuidado, Arthur — disse a Sra. Weasley com severidade quando eram cumprimentados pelo duende à porta do banco. — Aquela família significa confusão. Não abocanhe mais do que você pode mastigar.

— Então você não acha que sou adversário para o Lúcio Malfoy? — respondeu o Sr. Weasley indignado, mas foi distraído quase no mesmo instante pela visão dos pais de Hermione, que estavam parados nervosos no balcão que ia de uma ponta a outra do saguão de mármore, esperando que Hermione os apresentasse.

— Mas vocês são *trouxas*! — exclamou o Sr. Weasley encantado. — Precisamos tomar um drinque! Que é que têm aí? Ah, estão trocando dinheiro de trouxas. Molly, olhe! — Ele apontou animado para as notas de dez libras na mão do Sr. Granger.

— Te encontro lá no fundo — disse Rony a Hermione quando os Weasley e Harry foram conduzidos aos cofres subterrâneos por outro duende de Gringotes.

Chegava-se aos cofres a bordo de vagonetes pilotados por duendes, que os manobravam em alta velocidade por trilhos de bitola estreita através dos túneis subterrâneos do banco. Harry curtiu a viagem vertiginosa até o cofre dos Weasley, mas se sentiu muito mal, muito pior do que se sentira na Travessa do Tranco, quando eles o abriram. Havia uma pequena pilha de sicles de prata lá dentro e apenas um galeão de ouro. A Sra. Weasley tateou pelos cantos antes de varrer tudo para dentro da bolsa. Harry se sentiu ainda pior quando chegaram ao seu cofre. Tentou bloquear a visão do conteúdo enquanto enfiava, apressadamente, mãos cheias de moedas em uma bolsa de couro.

De volta aos degraus de mármore, eles se separaram. Percy murmurou qualquer coisa sobre a necessidade de comprar uma pena nova. Fred e Jorge tinham visto um amigo de Hogwarts, Lino Jordan. A Sra. Weasley e Gina iam a uma loja de vestes de segunda mão. O Sr. Weasley insistia em levar os Granger ao Caldeirão Furado para tomar um drinque.

— Vamos nos encontrar na Floreios e Borrões dentro de uma hora para comprar o material escolar — disse a Sra. Weasley, se afastando com Gina. — E nem pensar em entrar na Travessa do Tranco! — gritou ela para os gêmeos que seguiam na direção oposta.

Harry, Rony e Hermione caminharam pela rua tortuosa, calçada de pedras. A bolsa de ouro, prata e bronze que retinia alegremente no bolso de Harry estava pedindo para ser gasta, de modo que ele comprou três grandes sorvetes de morango e manteiga de amendoim, que os três lamberam felizes enquanto subiam o beco, examinando as vitrines fascinantes das lojas. Rony admirou, cobiçoso, um conjunto completo de vestes da grife Chudley Cannon, na vitrine da Artigos de Qualidade para Quadribol, até que Hermione puxou os dois para irem comprar tinta e pergaminho na loja ao lado. Na Gambol & Japes – Jogos de Magia, eles encontraram Fred, Jorge e Lino Jordan, que estavam fazendo um estoque de fogos de artifício Dr. Filibusteiro, que disparavam molhados e não aqueciam, e num brechó cheio de varinhas quebradas, balanças de latão empenadas e velhas capas manchadas de poções, os garotos deram de cara com Percy, profundamente absorto na leitura de um livro muito chato intitulado Monitores-chefes que se tornaram poderosos.

– Um estudo dos monitores-chefes de Hogwarts e suas carreiras – leu Rony alto na quarta capa. – Parece fascinante...

– Deem o fora – disse Percy com rispidez.

– É claro que ele é muito ambicioso, o Percy já planejou tudo... quer ser Ministro da Magia... – comentou Rony para Harry e Hermione em voz baixa quando deixaram o irmão sozinho.

Uma hora depois eles rumaram para a Floreios e Borrões. Não eram de maneira alguma os únicos que se dirigiam à livraria. Ao se aproximarem, viram, para sua surpresa, uma quantidade de gente que se acotovelava à porta da loja, tentando entrar. A razão disso estava anunciada em uma grande faixa estendida nas janelas do primeiro andar.

GILDEROY LOCKHART<br>
autografa sua autobiografia<br>
O MEU EU MÁGICO<br>
hoje das 12:30 às 16:30

– Vamos poder conhecê-lo! – gritou Hermione esganiçada. – Quero dizer, ele é o autor de quase toda a nossa lista de livros!

A aglomeração parecia ser formada, em sua maioria, por bruxas mais ou menos da idade da Sra. Weasley. Um bruxo de ar atarantado estava postado à porta, dizendo:

– Calma, por favor, minhas senhoras... Não empurrem, isso... cuidado com os livros, agora...

Harry, Rony e Hermione espremeram-se para entrar na loja. Uma longa fila serpeava até o fundo da loja, onde Gilderoy Lockhart autografava seus livros. Cada um dos meninos apanhou um exemplar de Livro padrão de feitiços, 2ª série, e se enfiaram sorrateiros no início da fila onde já aguardavam os outros meninos com o Sr. e a Sra. Weasley.

— Ah, chegaram, que bom! — disse a Sra. Weasley. Ela parecia ofegante e não parava de ajeitar os cabelos. — Vamos vê-lo em um minuto...

Aos poucos Gilderoy Lockhart se tornou visível, sentado a uma mesa, cercado de grandes cartazes com o próprio rosto, todos piscando e exibindo dentes ofuscantes de tão brancos. O verdadeiro Lockhart estava usando vestes azul-miosótis que combinavam à perfeição com os seus olhos; seu chapéu cônico de bruxo se encaixava em um ângulo pimpão sobre os cabelos ondulados.

Um homenzinho irritadiço dançava à sua volta, tirando fotos com uma máquina enorme que soltava baforadas de fumaça púrpura a cada flash enceguecedor.

— Saia do caminho, você aí — rosnou ele para Rony, recuando para se posicionar em um ângulo melhor. — Trabalho para o *Profeta Diário*.

— Grande coisa — disse Rony, esfregando o pé que o fotógrafo pisara.

Gilderoy ouviu-o. Ergueu os olhos. Viu Rony — e em seguida viu Harry Potter. Encarou-o. Então se levantou de um salto e decididamente gritou:

— Não *pode* ser Harry Potter!

A multidão se dividiu, murmurando agitada; Lockhart adiantou-se, agarrou o braço de Harry e puxou-o para a frente. A multidão prorrompeu em aplausos. A cara de Harry estava em fogo quando Lockhart apertou sua mão para o fotógrafo, que batia fotos feito louco, dispersando fumaça sobre os Weasley.

— Dê um belo sorriso, Harry — disse Lockhart por entre os dentes faiscantes. — Juntos, você e eu valemos uma primeira página.

Quando ele finalmente soltou a mão de Harry, o garoto mal conseguia sentir os dedos. E tentou se esgueirar para junto dos Weasley, mas Lockhart passou um braço pelos seus ombros e segurou-o com firmeza ao seu lado.

— Minhas senhoras e meus senhores — disse em voz alta, ao mesmo tempo que pedia silêncio com um gesto. — Que momento extraordinário este! O momento perfeito para anunciar uma novidade que estou guardando só para mim há algum tempo!

"Quando o jovem Harry entrou na Floreios e Borrões hoje, ele queria apenas comprar a minha autobiografia, com a qual eu terei o prazer de presenteá-lo agora." A multidão tornou a aplaudir. "Ele *não fazia ideia*", continuou Lockhart, dando uma sacudidela em Harry que fez os óculos do menino escorregarem para a ponta do nariz, "que em breve estaria recebendo muito,

muito mais do que o meu livro *O meu eu mágico*. Ele e seus colegas irão receber o meu eu mágico em carne e osso. Sim, senhoras e senhores, tenho o grande prazer de anunciar que, em setembro próximo, irei assumir a função de professor de Defesa Contra as Artes das Trevas na Escola de Magia e Bruxaria de Hogwarts!"

A multidão deu vivas e bateu palmas, e Harry se viu presenteado com as obras completas de Gilderoy Lockhart. Cambaleando sob o peso dos livros, ele conseguiu fugir das luzes da ribalta para a periferia do salão, onde Gina estava parada com o seu novo caldeirão.

– Fique com eles – murmurou Harry para a menina, virando os livros no caldeirão. – Eu vou comprar os meus...

– Aposto que você adorou isso, não foi, Potter? – disse uma voz que Harry não teve problema em reconhecer. Ele endireitou o corpo e se viu cara a cara com Draco Malfoy, que exibia o sorriso de desdém de sempre.

"O *Famoso* Harry Potter", continuou Malfoy. "Não consegue nem ir a uma *livraria* sem parar na primeira página do jornal."

– Deixe ele em paz, ele nem queria isso – disse Gina. Era a primeira vez que falava na frente de Harry. E olhava feio para Malfoy.

– Potter, você arranjou uma *namorada*! – disse Malfoy arrastando as sílabas. Gina ficou escarlate enquanto Rony e Hermione lutavam para chegar até eles, sobraçando pilhas de livros de Lockhart.

– Ah, é você! – exclamou Rony, olhando para Malfoy como se ele fosse uma coisa desagradável, grudada na sola do sapato. – Aposto como ficou surpreso de ver Harry aqui, hein?

– Não tão surpreso como estou de ver você numa loja, Weasley – retrucou Malfoy. – Imagino que seus pais vão passar fome um mês para pagar todas essas compras.

Rony ficou tão vermelho quanto Gina. Largou os livros no caldeirão, também, e partiu para cima de Malfoy, mas Harry e Hermione o agarraram pelo casaco.

– Rony! – chamou o Sr. Weasley, que procurava se aproximar com Fred e Jorge. – Que é que está fazendo? Está muito cheio aqui, vamos para fora.

– Ora, ora, ora, Arthur Weasley.

Era o Sr. Malfoy. Estava parado com a mão no ombro de Draco, com um sorriso de desdém igual ao do filho.

– Lúcio – disse o Sr. Weasley, dando um frio aceno com a cabeça.

— Muito trabalho no Ministério, ouvi dizer — falou o Sr. Malfoy. —Todas aquelas blitze... Espero que estejam lhe pagando hora extra!

Ele meteu a mão no caldeirão de Gina e tirou, do meio dos livros de capa lustrosa de Lockhart, um exemplar muito antigo e surrado de um *Guia da transfiguração para principiantes*.

— É óbvio que não — concluiu o Sr. Malfoy. — Ora veja, de que serve ser uma vergonha de bruxo se nem ao menos lhe pagam bem para isso?

O Sr. Weasley corou com mais intensidade do que Rony e Gina.

— Nós temos ideias muito diferentes do que é ser uma vergonha de bruxo, Malfoy.

—Visivelmente — disse o Sr. Malfoy, seus olhos claros desviando-se para o Sr. e Sra. Granger, que observavam apreensivos. — As pessoas com quem você anda, Weasley... e pensei que sua família já tinha batido no fundo do poço...

Ouviu-se uma pancada metálica quando o caldeirão de Gina saiu voando; o Sr. Weasley se atirara sobre o Sr. Malfoy, derrubando-o contra uma prateleira. Dúzias de livros de soletração despencaram com estrondo em sua cabeça; ouviu-se um grito "Pega ele, papai" — dado por Fred e Jorge; a Sra. Weasley gritava "Não, Arthur, não"; a multidão estourou, recuando e derrubando mais prateleiras.

— Senhores, por favor, por favor! — pedia o assistente, e, depois, mais alto que a algazarra reinante. — Vamos parar com isso, cavalheiros, vamos parar com isso...

Hagrid caminhava em direção aos dois atravessando um mar de livros. Num instante ele separou o Sr. Weasley e o Sr. Malfoy. O Sr. Weasley com o lábio cortado e o Sr. Malfoy fora atingido no olho por uma *Enciclopédia dos sapos*. Ele ainda segurava o livro velho de Gina sobre transfiguração. Atirou-o nela, os olhos brilhando de malícia.

— Aqui, tome o seu livro, é o melhor que seu pai pode lhe dar...

E, desvencilhando-se da mão de Hagrid, chamou Draco e saíram da loja.

—Você devia ter fingido que ele não existia, Arthur — disse Hagrid, quase erguendo o Sr. Weasley do chão enquanto este endireitava as vestes. — Podre até a alma, a família toda, todo mundo sabe disso. Não vale a pena dar ouvidos a nenhum Malfoy. Sangue ruim, é o que é. Vamos agora, vamos sair daqui.

O assistente parecia querer impedi-los de sair, mas mal chegava à cintura de Hagrid e pareceu pensar duas vezes. Eles subiram apressados a rua, os Granger tremendo de susto e a Sra. Weasley fora de si de fúria.

– Um belo exemplo para os seus filhos... *saindo no tapa* em público... *que é que o Gilderoy Lockhart deve ter pensado...*

– Ele estava satisfeito – informou Fred. – Você não ouviu o que ele disse quando estávamos saindo? Perguntou àquele cara do *Profeta Diário* se ele podia incluir a briga na notícia, disse que tudo era publicidade.

Mas foi um grupo mais sereno que voltou à lareira do Caldeirão Furado, de onde Harry, os Weasley e todas as compras iriam retornar para A Toca, usando o Pó de Flu. Eles se despediram dos Granger, que iriam atravessar o bar para chegar à rua dos trouxas, do outro lado; o Sr. Weasley começou a perguntar ao casal como funcionavam os pontos de ônibus, mas parou de repente ao ver o olhar da Sra. Weasley.

Harry tirou os óculos e guardou-os bem seguros no bolso antes de se servir do Pó de Flu. Decididamente não era o seu meio de transporte favorito.

# 5

## O SALGUEIRO LUTADOR

O fim das férias de verão chegou muito depressa para o gosto de Harry. Ele estava ansioso para regressar a Hogwarts, mas aquele mês em A Toca fora o mais feliz de sua vida. Era difícil não ter inveja de Rony quando pensava nos Dursley e no tipo de boas-vindas que poderia esperar na próxima vez que aparecesse na rua dos Alfeneiros.

Na última noite de férias, a Sra. Weasley fez aparecer um jantar suntuoso que incluiu todos os pratos favoritos de Harry, terminando com um pudim caramelado de dar água na boca. Fred e Jorge encerraram a noite com uma queima de fogos Filibusteiro; encheram a cozinha de estrelas vermelhas e azuis que ricochetearam do teto para as paredes durante no mínimo uma hora. Então chegou a hora da última caneca de chocolate quente e de ir para a cama.

Eles demoraram para viajar na manhã seguinte. Acordaram ao nascer do sol, mas por alguma razão pareciam ter um bocado de coisas para fazer. A Sra. Weasley corria de um lado para outro mal-humorada, procurando meias desparelhadas e penas de escrever; as pessoas não paravam de dar encontrões nas escadas, meio vestidas, levando pedaços de torradas nas mãos; e o Sr. Weasley quase quebrou o pescoço, ao tropeçar em uma galinha solta quando atravessava o quintal carregando o malão de Gina até o carro.

Harry não conseguiu imaginar como é que oito pessoas, seis malões, duas corujas e um rato iam caber em um pequeno Ford Anglia. É claro que ele não contara com os acessórios especiais que o Sr. Weasley acrescentara.

— Nem uma palavra a Molly — cochichou ele a Harry quando abriu a mala do carro e lhe mostrou como a aumentara por artes mágicas para que a bagagem coubesse sem problemas.

Quando finalmente todos tinham embarcado no carro, a Sra. Weasley olhou para o banco traseiro, onde Harry, Rony, Fred, Jorge e Percy estavam sentados confortavelmente lado a lado e disse:

– Os trouxas sabem mais do que nós queremos reconhecer, não é? – Ela e Gina entraram no banco dianteiro que fora aumentado de tal maneira que parecia um banco de jardim público. – Quero dizer, olhando de fora, a pessoa nunca imaginaria como o carro é espaçoso, não é?

O Sr. Weasley ligou o motor e saiu do quintal, enquanto Harry se virava para trás para dar uma última olhada na casa. Mal teve tempo para pensar quando a veria outra vez e já estavam de volta: Jorge esquecera a caixa de fogos Filibusteiro. Cinco minutos depois, tornaram a parar no quintal para Fred ir buscar depressa sua vassoura. Tinham quase chegado à rodovia quando Gina gritou que deixara o diário em casa. Na altura em que tornaram a embarcar no carro eles já estavam muito atrasados e muito mal-humorados.

O Sr. Weasley olhou para o relógio e depois para a sua mulher.

– Molly, querida...

– Não, Arthur.

– Ninguém veria. Esse botãozinho aqui é um multiplicador de invisibilidade que instalei, isso nos faria decolar e voar acima das nuvens. Estaríamos lá em dez minutos e ninguém saberia...

– Eu disse *não*, Arthur, não em plena luz do dia.

Eles chegaram à estação de King's Cross às quinze para as onze. O Sr. Weasley disparou até o outro lado da rua para buscar carrinhos para a bagagem e todos correram para a estação.

Harry tomara o Expresso de Hogwarts no ano anterior. A parte complicada era chegar à plataforma 9¾, que não era visível aos olhos dos trouxas. O que a pessoa tinha que fazer era atravessar uma barreira sólida que separava as plataformas nove e dez. Não machucava, mas tinha que ser feito com cautela, de modo que os trouxas não vissem a pessoa desaparecer.

– Percy primeiro – disse a Sra. Weasley, consultando nervosa o relógio no alto, que indicava que tinham apenas cinco minutos para desaparecer pela barreira sem ser vistos.

Percy adiantou-se com passos firmes e desapareceu. O Sr. Weasley o seguiu; depois Fred e Jorge.

– Vou levar Gina e vocês dois venham logo atrás de nós – disse a Sra. Weasley a Harry e Rony, agarrando a mão de Gina e se afastando. Num piscar de olhos as duas tinham desaparecido.

– Vamos juntos, só temos um minuto – disse Rony a Harry.

Harry verificou se a gaiola de Edwiges estava bem encaixada em cima do malão e virou o carrinho de frente para a barreira. Sentia-se absolutamente confiante; isto não era nem de longe tão desconfortável quanto usar o Pó de Flu. Os dois se abaixaram sob a barra dos carrinhos e avançaram decididos para a barreira, ganhando velocidade. Quando faltavam apenas poucos passos eles desataram a correr e...

TAPUM.

Os dois carrinhos bateram na barreira e quicaram de volta; o malão de Rony caiu com estrondo; Harry foi derrubado; a gaiola de Edwiges saiu saltando pelo chão encerado e ela rolou para fora, gritando indignada; as pessoas à volta olharam e um guarda próximo berrou:

— Que diabo vocês acham que estão fazendo?

— Perdi o controle do carrinho — ofegou Harry, apertando as costelas ao se levantar. Rony teve que recolher Edwiges, a coruja fazia tanto escândalo que muitos dos circunstantes resmungaram contra a crueldade para com os animais.

— Por que não podemos atravessar? — sibilou Harry para Rony.

— Não sei...

Rony olhou desorientado para os lados. Uns dez curiosos continuavam a observá-los.

— Vamos perder o trem — cochichou Rony. — Não entendo por que o portão se fechou...

Harry olhou para o enorme relógio no alto com uma sensação ruim na boca do estômago. Dez segundos... nove segundos...

Ele levou o carrinho à frente com cautela até encostá-lo na barreira e empurrou-o com toda a força. O metal continuou sólido.

— Três segundos... dois segundos... um segundo...

— Já foi — disse Rony, parecendo atordoado. — O trem foi embora. E se papai e mamãe não conseguirem voltar para nós? Você tem algum dinheiro de trouxas?

Harry deu uma risada cavernosa.

— Os Dursley não me dão dinheiro há uns seis anos.

Rony encostou o ouvido na barreira fria.

— Não ouço nada — informou tenso. — Que vamos fazer? Não sei quanto tempo vai levar para mamãe e papai voltarem.

Eles olharam para os lados. As pessoas continuavam a vigiá-los, principalmente por causa dos gritos de Edwiges que não paravam.

— Acho que é melhor irmos esperar ao lado do carro — sugeriu Harry. — Estamos atraindo atenção demais...

— Harry! — exclamou Rony, com os olhos brilhando. — O carro!

— Que tem o carro?

— Podemos voar para Hogwarts no carro!
— Mas eu pensei...
— Estamos imobilizados, certo? E temos que voltar para a escola, não é? E até os bruxos de menor idade podem usar a magia quando há uma emergência grave, seção dezenove ou coisa assim da Lei de Restrição ao...
— Mas sua mãe e seu pai... — disse Harry, empurrando mais uma vez a barreira na esperança inútil de que ela cedesse. — Como é que vão chegar em casa?
— Eles não precisam do carro! — disse Rony impaciente. — Eles sabem *aparatar*! Sabe, desaparecer aqui e reaparecer em casa! Eles só usam o Pó de Flu e o carro porque somos todos menores e ainda não temos permissão para *aparatar*.

A sensação de pânico de Harry de repente se transformou em animação.
— Você sabe voar?
— Não tem problema — disse Rony, virando o carrinho de frente para a saída. — Anda, vamos. Se nos apressarmos poderemos seguir o Expresso de Hogwarts.

Passaram então pela aglomeração de trouxas curiosos, saíram da estação e voltaram à rua secundária onde ficara estacionado o velho Ford Anglia.

Rony destrancou a enorme mala do carro com vários toques seguidos de varinha. Tornaram a carregar a bagagem na mala, puseram Edwiges no banco traseiro e embarcaram.

— Veja se não tem ninguém olhando — disse Rony, ligando a ignição com outro toque de varinha. Harry meteu a cabeça para fora da janela: o tráfego roncava pela estrada principal adiante, mas a rua deles estava deserta.
— Tudo bem — falou.

Rony apertou um botãozinho prateado no painel. O carro em que estavam desapareceu — e eles também. Harry sentiu o banco vibrar embaixo dele, ouviu o ruído do motor, sentiu as mãos em cima dos joelhos e os óculos em cima do nariz, mas pelo que conseguia ver, virara um par de olhos que flutuavam acima do chão, numa rua suja cheia de carros estacionados.

— Vamos — disse a voz de Rony vindo da direita.

E o chão e os edifícios sujos de cada lado se distanciaram e foram desaparecendo de vista à medida que o carro decolava; em segundos, Londres inteira estava lá embaixo, enfumaçada e cintilante.

Então ouviu-se um estampido e o carro, Harry e Rony reapareceram.
— Epa! — exclamou Rony, batendo no botão da invisibilidade. — Está com defeito.

Os dois socaram o botão. O carro desapareceu. E tornou a reaparecer aos pouquinhos.

— Segure firme! — berrou Rony e pisou fundo no acelerador; eles dispararam em linha reta para dentro de nuvens baixas e repolhudas e tudo ficou cinzento e enevoado.

— E agora? — perguntou Harry, piscando diante da camada sólida de nuvens que os comprimia de todos os lados.

— Temos que ver o trem para saber que direção vamos tomar — disse Rony.

— Mergulhe outra vez... depressa.

Eles baixaram até ficar sob as nuvens e se viraram no banco, tentando ver o solo...

— Estou vendo! — gritou Harry. — Bem na nossa frente, lá.

O Expresso de Hogwarts ia correndo embaixo deles como uma cobra vermelha.

— Rumo norte — disse Rony, verificando a bússola no painel. — Tudo bem, só vamos precisar verificar de meia em meia hora mais ou menos, segure firme... — E eles dispararam para o alto, furando as nuvens. Um minuto depois, saíram numa camada banhada de sol.

Era um mundo diferente. Os pneus do carro roçavam de leve o mar de nuvens fofas, o céu um azul forte e infinito sob um sol claro de cegar.

— Agora só temos que nos preocupar com os aviões — disse Rony.

Eles se entreolharam e caíram na gargalhada; durante algum tempo não conseguiram parar.

Era como se tivessem mergulhado num sonho fabuloso. Isto, pensou Harry, era sem dúvida o único modo de viajar — deixando para trás os redemoinhos e as torrinhas de nuvens branquíssimas, em um carro inundado pela luz quente e clara do sol, com um pacotão de caramelos no porta-luvas, e a perspectiva de ver as caras invejosas de Fred e Jorge quando eles aterrissassem, suave e espetacularmente, no vasto gramado diante do castelo de Hogwarts.

Eles verificavam regularmente a posição do trem durante o voo que os levava cada vez mais para o norte e, em cada mergulho abaixo das nuvens, descortinavam uma paisagem diferente. Londres não tardou a ficar muito para trás, substituída por campos verdes e geométricos que, por sua vez, cederam lugar a grandes extensões de terra roxa, pantanosa, uma metrópole que pululava de carros que lembravam formigas multicoloridas, cidadezinhas com igrejas de brinquedo.

Várias horas tranquilas depois, no entanto, Harry teve que admitir que o divertimento estava começando a cansar. Os caramelos tinham deixado os dois cheios de sede e não havia nada para beber. Ele e Rony tinham despido os suéteres, mas a camiseta de Harry estava grudando no encosto do banco, e seus óculos não paravam de escorregar pela ponta do nariz suado. Ele deixara de reparar nas formas fantásticas das nuvens e agora pensava com saudades no trem, quilômetros abaixo, onde podia comprar suco de abóbora bem gelado em um carrinho empurrado por uma bruxa gorducha. Por que não tinham podido chegar à plataforma 9¾?

– Não pode faltar muito mais, não é? – perguntou Rony rouco, horas depois, quando o sol começou a afundar pelo chão de nuvens, tingindo-o de rosa forte.

"Pronto para verificar outra vez a posição do trem?"

O trem continuava embaixo deles, contornando uma montanha de pico nevado. Escurecera bastante sob a abóbada de nuvens.

Rony pisou fundo no acelerador e fez o carro subir outra vez, mas, ao fazer isto, o motor começou a soltar um silvo agudo.

Harry e Rony trocaram olhares apreensivos.

– Provavelmente ele está cansado – disse Rony. – Nunca foi tão longe antes...

E os dois fingiram não notar o ruído que ficava cada vez mais forte à medida que o céu ia escurecendo cada vez mais. As estrelas espocavam na escuridão. Harry tornou a vestir o suéter, tentando fingir que não via que os limpadores do para-brisa agora se moviam devagar, como se protestassem.

– Falta pouco – disse Rony mais para o carro do que para Harry –, falta pouco agora. – E deu umas palmadinhas nervosas no painel.

Quando voltaram a voar sob as nuvens um pouco mais tarde, tiveram que apurar a vista na escuridão para encontrar um marco que conhecessem.

– Ali! – gritou Harry, sobressaltando Rony e Edwiges. – Bem em frente!

Recortadas no horizonte escuro, no alto do penhasco sobre o lago, estavam as torres e torrinhas do castelo de Hogwarts.

Mas o carro começara a tremer e a perder velocidade.

– Vamos – disse Rony em tom de quem quer adular, dando uma sacudidela no volante –, quase chegamos, vamos...

O motor gemia. Finos penachos de fumaça saíam por baixo do capô. Harry viu-se agarrando as bordas do banco com toda força ao voarem em direção ao lago.

O carro deu um estremeção feio. Ao espiar pela janela, Harry viu a superfície lisa, escura e espelhada da água, um quilômetro e meio abaixo. Os nós dos dedos de Rony estavam brancos de tanto apertar o volante. O carro estremeceu outra vez.

— Vamos — murmurou Rony.

Sobrevoaram o lago... o castelo estava bem à frente... Rony apertou o acelerador.

Ouviu-se uma batida metálica e alta, um engasgo e o motor morreu de vez.

— Epa! — exclamou Rony, em meio ao silêncio.

O nariz do carro afundou. Estavam caindo, ganhando velocidade, rumando direto para a parede maciça do castelo.

— Nãããããão! — berrou Rony, dando um golpe de direção; erraram o escuro muro de pedra por centímetros, porque o carro descreveu um grande arco e voou sobre as estufas às escuras, depois sobre a horta e depois sobre os gramados sombrios, perdendo altura todo o tempo.

Rony largou de vez o volante e puxou a varinha do bolso traseiro.

— PARE! PARE! — berrou, golpeando o painel e o para-brisa, mas eles continuaram a mergulhar, o chão voando ao seu encontro...

— CUIDADO COM AQUELA ÁRVORE! — urrou Harry, atirando-se sobre o volante, mas tarde demais...

CREQUE.

Com um estrondo de ensurdecer, de metal batendo em madeira, eles colidiram com um tronco avantajado e despencaram no chão com um baque forte. O vapor que saía por baixo do capô amassado formava nuvens enormes. Edwiges guinchava de terror; um galo do tamanho de uma bola de golfe latejou na cabeça de Harry onde ele batera no para-brisa e, à sua direita, Rony deixou escapar um gemido baixo e desesperado.

— Você está bem? — perguntou Harry com urgência na voz.

— Minha varinha — respondeu Rony com a voz trêmula. — Olhe a minha varinha.

Ela quase se partira em duas; a ponta balançava inerte, segura apenas por meia dúzia de farpas de madeira.

Harry abriu a boca para dizer que tinha certeza de que poderiam consertá-la na escola, mas nem chegou a falar. Naquele mesmíssimo instante, alguma coisa bateu na lateral do carro com a força de um touro furioso, atirando Harry contra Rony, ao mesmo tempo que outra pancada igualmente pesada atingia o teto.

– Que está acontecen... – exclamou Rony, arregalando os olhos para o para-brisa, enquanto Harry virava a cabeça em tempo de ver um galho grosso como uma jibóia que o amassava. A árvore em que tinham batido atacava os dois. Curvara o tronco quase ao meio e seus ramos nodosos socavam cada centímetro do carro que conseguiam alcançar.

"Caracas!", exclamou Rony quando outro ramo retorcido fez uma grande mossa na porta do lado dele; o para-brisa agora vibrava sob uma saraivada de golpes aplicados por galhinhos em forma de nós, e um galho grosso como um aríete socava furiosamente o teto, que parecia estar afundando...

"Se manda!", gritou Rony, atirando todo o peso contra a porta, mas no segundo seguinte ele era empurrado de volta contra o colo de Harry por um direto no queixo dado por outro galho.

"Estamos perdidos!", gemeu ele quando o teto afundou, mas de repente o fundo do carro começou a vibrar – o motor pegara outra vez.

– Dê marcha a ré! – berrou Harry, e o carro disparou para trás; a árvore continuava a tentar atingi-los; ouviam as raízes rangerem como se se rasgassem, tentando golpeá-los enquanto se afastavam dela a toda.

– Essa – ofegou Rony – foi por pouco. Muito bem, carro.

O carro, porém, chegara ao limite de suas forças. Com dois fortes trancos, as portas se escancararam e Harry sentiu o banco deslizar para um lado. No momento seguinte ele se viu estatelado no chão úmido. Pancadas fortes lhe informaram que o carro estava ejetando a bagagem deles da mala; a gaiola de Edwiges voou pelos ares e se abriu; ela soltou um guincho raivoso e voou veloz para o castelo, sem nem ao menos olhar para trás. Então, amassado, arranhado e fumegando o carro saiu roncando pela escuridão, as lanternas traseiras brilhando com raiva.

–Volte aqui! – gritou Rony para o carro, brandindo a varinha partida. – Papai vai me matar!

Mas o carro desapareceu de vista com uma última gargalhada do cano de descarga.

– Dá para *acreditar* na nossa sorte? – disse Rony infeliz, abaixando-se para recolher Perebas. – De todas as árvores em que podíamos ter batido, tínhamos que bater nessa que revida?

Ele espiou por cima do ombro a velha árvore, que continuava a agitar os ramos ameaçadoramente.

–Vamos – disse Harry cansado –, é melhor irmos logo para a escola...

Não se pareceu nada com a chegada triunfal que eles tinham imaginado. Os músculos duros, enregelados e contundidos, os dois apanharam as alças dos malões e começaram a arrastá-los pela encosta gramada acima, em direção à imponente porta de entrada de carvalho.

— Acho que a festa já começou — comentou Rony, largando o malão ao pé dos degraus da entrada e indo espiar silenciosamente por uma janela iluminada. — Ei, Harry, vem ver, é a Seleção!

Harry correu à janela e juntos, ele e Rony contemplaram o Salão Principal.

Uma quantidade de velas pairava no ar sobre as quatro mesas compridas e lotadas, fazendo os pratos e as taças de ouro faiscarem. No alto, o teto encantado, que sempre refletia o céu lá fora, pontilhado de estrelas.

Em meio à floresta de chapéus cônicos de Hogwarts, Harry viu uma longa fila de principiantes de cara assustada entrar no Salão. Gina estava entre eles, facilmente identificável pelos cabelos da família Weasley, muito vívidos. Entrementes a Prof[a] McGonagall, uma bruxa de óculos que usava os cabelos presos em um coque, estava colocando o famoso Chapéu Seletor sobre um banquinho diante dos recém-chegados.

Todo ano, aquele chapéu antigo, remendado, esfiapado e sujo, selecionava os novos alunos para as quatro casas de Hogwarts (Grifinória, Lufa-Lufa, Corvinal e Sonserina). Harry lembrava-se bem da noite em que o colocara na cabeça, exatamente há um ano, e esperara, petrificado, a decisão do chapéu que murmurava audivelmente em seu ouvido. Por alguns segundos terríveis ele receara que o chapéu fosse colocá-lo na Sonserina, a casa de onde saía um número maior de bruxos e bruxas das trevas do que de qualquer outra — mas ele acabara indo para a Grifinória, junto com Rony, Hermione e o resto dos Weasley. No último trimestre letivo, Harry e Rony tinham ajudado a Grifinória a ganhar o Campeonato das Casas, vencendo Sonserina pela primeira vez em sete anos.

Um garoto muito pequeno, de cabelos castanho-acinzentados, foi chamado para colocar o chapéu na cabeça. O olhar de Harry passou por ele e foi pousar no lugar em que Dumbledore, o diretor, assistia à cerimônia sentado à mesa dos funcionários, sua longa barba prateada e os óculos de meia-lua brilhando à luz das velas. Vários lugares adiante, Harry viu Gilderoy Lockhart, com suas vestes azuis. E lá na ponta sentava-se Hagrid, enorme e peludo, bebendo grandes goles de sua taça.

— Espere aí... — cochichou Harry para Rony. — Há uma cadeira vaga na mesa dos funcionários... Onde está o Snape?

Severo Snape era o professor de que Harry menos gostava. Por acaso Harry era o aluno de quem Snape menos gostava também. Cruel, irônico e detestado por todo mundo, exceto pelos alunos de sua própria Casa (Sonserina), Snape ensinava Poções.

— Vai ver ele está doente! — disse Rony esperançoso.

— Vai ver ele foi embora — disse Harry —, porque não conseguiu o lugar de professor de Defesa Contra as Artes das Trevas outra vez!

— Ou vai ver foi despedido! — disse Rony entusiasmado. — Quero dizer, todo mundo o detesta...

— Ou vai ver — disse uma voz muito seca atrás deles — está esperando para saber por que vocês dois não chegaram no trem da escola.

Harry virou-se depressa. Ali, as vestes pretas ondeando à brisa gelada, achava-se parado Severo Snape. Era um homem magro, com a pele macilenta, um nariz curvo e cabelos pretos e oleosos até os ombros e, naquele momento, sorria de um jeito que dizia a Harry e Rony que eles estavam numa baita encrenca.

— Me acompanhem — disse Snape.

Sem nem ousarem se entreolhar, Harry e Rony seguiram Snape pela escada e entraram no enorme saguão cheio de ecos, iluminado por tochas. Um cheiro delicioso de comida vinha do Salão Principal, mas Snape os levou para longe do calor e da luz e desceu uma estreita escada de pedra que levava às masmorras.

— Para dentro! — disse ele, indicando a porta que abrira no corredor frio.

Eles entraram na sala de Snape, trêmulos. As paredes sombrias estavam cobertas de prateleiras com grandes frascos, em que flutuava todo tipo de coisa nojenta de que, naquele momento, Harry nem queria saber o nome. A lareira estava apagada e vazia. Snape fechou a porta e virou-se para encará-los.

— Então — disse com suavidade —, o trem não é bastante bom para o famoso Harry Potter e seu leal escudeiro Weasley. Queriam chegar acontecendo, não foi, rapazes?

— Não, senhor, foi a barreira na estação de King's Cross, ela...

— Silêncio — disse Snape secamente. — Que foi que fizeram com o carro?

Rony engoliu em seco. Não era a primeira vez que Snape dava a Harry a impressão de ser capaz de ler pensamentos. Mas um momento depois, ele compreendeu, quando Snape desdobrou o *Profeta Vespertino* daquele dia.

— Vocês foram vistos — sibilou o professor, mostrando a manchete: FORD ANGLIA VOADOR INTRIGA TROUXAS. E começou a ler em voz alta: — "Dois trouxas em Londres, convencidos de terem visto um velho carro sobrevoar a torre dos Correios... ao meio-dia em Norfolk, a Sra. Hetty Bayliss, quando pendurava roupa para secar... O Sr. Angus Fleet, de Peebles, comunicou à polícia..." Um total de seis ou sete trouxas. Acredito que o *seu* pai trabalha no departamento que coíbe o mau uso de artefatos dos trouxas? – perguntou ele, erguendo os olhos para Rony com um sorriso ainda mais desagradável.

– Tsc, tsc, tsc... o próprio filho dele...

Harry teve a sensação de que acabara de levar um direto no estômago, aplicado por um dos ramos mais parrudos da árvore maluca. Se alguém descobrisse que o Sr. Weasley havia enfeitiçado o carro... não tinha pensado nisso...

– Reparei na minha busca pelo parque que houve considerável dano a um Salgueiro Lutador muito valioso – continuou Snape.

– Aquela árvore causou mais dano a *nós* do que nós a... – deixou escapar Rony.

– *Silêncio!* – disse Snape outra vez. – Infelizmente vocês não fazem parte da minha Casa, e a decisão de expulsá-los não cabe a mim. Vou buscar as pessoas que têm esse prazeroso poder. Esperem aqui.

Harry e Rony se entreolharam pálidos. Harry não sentia mais fome. Sentia-se extremamente enjoado. Tentou não olhar para uma coisa grande e pegajosa que estava suspensa em um líquido verde, em uma prateleira atrás da escrivaninha de Snape. Se ele tivesse ido buscar a Prof.ª McGonagall, diretora da Casa Grifinória, eles tampouco estariam em melhor situação. Poderia ser mais justa do que Snape, mas era rigorosíssima.

Dez minutos depois, Snape voltou e não deu outra, era a Prof.ª McGonagall que o acompanhava. Harry já a vira várias vezes, mas ou se esquecera como a boca da professora ficava contraída, ou nunca a vira zangada antes. Ela ergueu a varinha no momento em que entrou. Os dois, Harry e Rony, se encolheram, mas ela meramente a apontou para a lareira apagada, onde as chamas irromperam instantaneamente.

– Sentem-se – disse, e os dois recuaram e se sentaram em cadeiras junto à lareira. – Expliquem-se – disse, os óculos brilhando agourentos.

Rony saiu contando a história a começar pela barreira da estação que se recusara a deixá-los passar.

– ... então não tivemos outra escolha, professora, não podíamos embarcar no trem.

– Por que não nos mandaram uma carta por coruja? Creio que *você* tem uma coruja? – disse a Prof.ª McGonagall, olhando para Harry com frieza.

Harry ficou boquiaberto. Agora que ela dissera, parecia a coisa óbvia para ter sido feita.

— Eu... não pensei...

— Isto — tornou a professora — é óbvio.

Ouviu-se uma batida na porta da sala, e Snape, agora com a cara mais feliz que nunca, abriu-a. Parado à porta achava-se o diretor, o Prof. Dumbledore.

O corpo de Harry inteiro ficou insensível. Dumbledore parecia anormalmente sério. Olhou por cima daquele nariz curvo dele, e Harry, subitamente, viu-se desejando que ele e Rony ainda estivessem apanhando do Salgueiro Lutador.

Fez-se um longo silêncio. Então Dumbledore disse:

— Por favor, expliquem por que fizeram isso.

Teria sido melhor se tivesse gritado. Harry detestou o desapontamento que havia na voz dele. Por alguma razão, não conseguiu encarar Dumbledore nos olhos e, em vez disso, falou para os próprios joelhos. Contou a Dumbledore tudo, exceto que o Sr. Weasley era o dono do carro enfeitiçado, fazendo parecer que ele e Rony tinham encontrado o carro voador estacionado do lado de fora da estação, por acaso. Ele sabia que Dumbledore perceberia a coisa na mesma hora, mas o diretor não fez perguntas sobre o carro. Quando Harry terminou, ele apenas continuou a observá-los através dos óculos de meia-lua.

— Vamos buscar as nossas coisas — disse Rony com a desesperança na voz.

— De que é que está falando, Weasley? — vociferou a Profª McGonagall.

— Bem, os senhores vão nos expulsar, não é? — disse Rony.

Harry olhou rapidamente para Dumbledore.

— Hoje não, Sr. Weasley — disse Dumbledore. — Mas preciso incutir em vocês a gravidade do que fizeram. Vou escrever às duas famílias hoje à noite. Devo também preveni-los de que, se fizerem isto de novo, não terei escolha senão expulsar os dois.

Snape fez cara de quem acaba de ouvir que o Natal foi cancelado. Pigarreou e disse:

— Prof. Dumbledore, esses garotos zombaram da lei que restringe o uso de magia por menores, causaram sérios danos a uma árvore antiga e valiosa... com certeza atos desta natureza...

— A Profª McGonagall é quem decidirá sobre o castigo dos meninos, Severo — disse Dumbledore calmamente. — Fazem parte da Casa dela e portanto são responsabilidade dela. — E se virou para a professora: — Preciso voltar para a festa, Minerva, tenho que dar alguns avisos. Vamos, Severo, tem uma torta de abóbora deliciosa que quero provar.

Snape lançou um olhar de puro veneno a Harry e Rony ao se deixar levar embora da sala, deixando-os sozinhos com a Prof.ª McGonagall, que ainda os observava como uma águia atenta.

— É melhor ir à ala hospitalar, Weasley, você está sangrando.

— Não é nada demais — disse Rony, limpando depressa com a manga o corte sobre o olho. — Professora, eu queria ver a minha irmã ser selecionada...

— A cerimônia da Seleção já terminou — respondeu ela. — Sua irmã também ficou na Grifinória.

— Ah, que bom.

— E por falar na Grifinória... — disse McGonagall muito ríspida, mas Harry a interrompeu.

— Professora, quando apanhamos o carro, o ano letivo ainda não tinha começado, por isso... por isso a Grifinória não deve perder pontos, deve? — terminou ele, observando-a ansioso.

A Prof.ª McGonagall lançou-lhe um olhar penetrante, mas ele teve certeza de que ela quase sorrira. Pelo menos a boca ficara menos contraída.

— Não vou tirar pontos da Grifinória. — E Harry sentiu o coração muito mais leve. — Mas os dois vão receber uma detenção.

Foi melhor do que Harry esperara. Quanto a Dumbledore escrever aos Dursley, isso não era nada. Harry sabia perfeitamente que eles só iriam ficar desapontados que o Salgueiro Lutador não o tivesse achatado de vez.

A Prof.ª McGonagall ergueu novamente a varinha e apontou-a para a escrivaninha de Snape. Um grande prato de sanduíches, duas taças de prata e uma jarra de suco de abóbora gelado apareceram com um estalo.

— Vocês vão comer aqui e depois vão direto para o dormitório — disse ela. — Eu também preciso voltar à festa.

Quando a porta se fechou, Rony deixou escapar um assobio baixo e longo.

— Achei que estávamos ferrados — disse ele, agarrando um sanduíche.

— Eu também — disse Harry, servindo-se.

— Mas dá para acreditar na nossa falta de sorte? — perguntou Rony com a voz pastosa porque tinha a boca cheia de galinha e presunto. — Fred e Jorge devem ter voado naquele carro umas cinco ou seis vezes e nunca nenhum trouxa viu os *dois*. — Ele engoliu e deu outra grande dentada. — Por que não conseguimos atravessar a barreira?

Harry sacudiu os ombros.

— Mas vamos ter que nos cuidar daqui para a frente — disse, tomando um grande gole do suco de abóbora, cheio de gratidão. — Gostaria de termos podido ir à festa...

— Ela não queria que fôssemos nos exibir — disse Rony ajuizadamente.

— Não quer que as pessoas pensem que somos sabidos, porque chegamos de carro voador.

Quando acabaram de comer tudo o que puderam (o prato sempre tornava a se encher sozinho) eles se levantaram e deixaram a sala, tomando o caminho familiar para a Torre da Grifinória. O castelo estava silencioso; parecia que a festa havia acabado. Os dois passaram pelos quadros que resmungavam e as armaduras que rangiam e subiram a estreita escada de pedra, até chegarem, finalmente, à passagem onde se escondia a entrada secreta para a Grifinória, atrás do retrato a óleo de uma mulher muito gorda, de vestido de seda rosa.

— Senha? — perguntou ela quando os dois se aproximaram.

— Ãáã... — murmurou Harry.

Eles não sabiam a senha do novo ano, ainda não tinham encontrado o monitor da Grifinória, mas o socorro chegou quase imediatamente; ouviram um tropel de passos às costas e, quando se viraram, deram com Hermione que corria ao encontro deles.

— Aí estão vocês! Onde se meteram? Os boatos mais ridículos... alguém disse que vocês foram expulsos por terem batido com um carro voador.

— Bem, não fomos expulsos — garantiu-lhe Harry.

— Vocês não vão me dizer que realmente chegaram aqui voando? — disse Hermione, em tom quase tão severo quanto o da Prof.ª McGonagall.

— Pode poupar o sermão — disse Rony, impaciente — e nos dizer qual é a nova senha.

— É "maçarico" — respondeu Hermione, impaciente —, mas não é isto que está em questão...

Suas palavras, porém, foram interrompidas, pois o retrato da mulher gorda se abriu em meio a uma repentina tempestade de aplausos. Parecia que todos os alunos da Grifinória ainda estavam acordados, espremidos na sala comunal redonda, trepados nas mesas fora de esquadro e nas poltronas que afundavam, esperando os dois chegarem. Braços passaram pela abertura do retrato para puxar Harry e Rony para dentro, deixando Hermione subir depois e sozinha.

— Genial! — berrou Lino Jordan. — Um achado! Que entrada! Aterrissar um carro voador no Salgueiro Lutador, vão comentar isso durante anos!

— Parabéns — disse um quintanista com que Harry nunca falara antes; alguém dava palmadinhas em suas costas como se ele tivesse acabado de ganhar uma maratona; Fred e Jorge abriram caminho por entre os colegas aglomerados e perguntaram ao mesmo tempo:

— Por que não viemos no carro, hein? — Rony estava com a cara vermelha e sorria constrangido, mas Harry acabava de ver uma pessoa que não parecia nada feliz. Percy era visível por cima das cabeças de uns alunos de primeira série animados, e parecia estar querendo se aproximar o suficiente para começar a ralhar com eles. Harry cutucou Rony nas costelas e fez sinal em direção a Percy. Rony entendeu na mesma hora.

— Temos que subir... um pouco cansados — disse ele e os dois começaram a abrir caminho em direção à porta do lado oposto da sala, que levava à escada circular e aos dormitórios.

— Noite — Harry falou por cima do ombro para Hermione, que estava com uma cara tão feia quanto Percy.

Os garotos conseguiram chegar ao outro lado da sala comunal, ainda recebendo palmadinhas nas costas, e alcançaram a paz das escadas. Subiram a escada correndo, direto para cima e, finalmente, chegaram à porta do antigo dormitório, que agora tinha um letreiro que dizia ALUNOS DE SEGUNDA SÉRIE. Entraram no quarto circular que já conheciam, com camas de quatro colunas e cortinas de veludo vermelho, e suas janelas altas e estreitas. Seus malões tinham sido trazidos até o quarto e colocados aos pés das camas.

Rony sorriu com ar de culpa para Harry.

— Sei que não devia ter curtido isso nem nada, mas...

A porta do dormitório se escancarou e por ela entraram os outros segundanistas da Grifinória, Simas Finnigan, Dino Thomas e Neville Longbottom.

— *Inacreditável!* — exclamou Simas radiante.

— Legal — disse Dino.

— Um assombro! — acrescentou Neville atônito.

Harry não conseguiu se controlar. Sorriu também.

# 6

## GILDEROY LOCKHART

No dia seguinte, porém, Harry mal conseguiu sorrir. As coisas começaram a rolar morro abaixo desde o café da manhã no Salão Principal. As quatro mesas compridas, cada uma de uma Casa, estavam cobertas de terrinas de mingau de aveia, travessas de peixe defumado, montanhas de torradas e pratos com ovos e bacon, sob o céu encantado (hoje, toldado por nuvens cinzentas). Harry e Rony sentaram-se à mesa da Grifinória ao lado de Hermione, que tinha um exemplar de *Excursões com vampiros* aberto e apoiado numa jarra de leite. Havia uma certa formalidade na maneira como deu "Bom dia", o que informou a Harry que ela continuava a desaprovar a maneira como os garotos tinham chegado. Neville Longbottom, por outro lado, cumprimentou-os animado. Neville era um menino de rosto redondo e dado a acidentes, com a pior memória que Harry já vira em alguém.

— O correio deve chegar a qualquer momento, acho que vovó vai me mandar umas coisas que esqueci.

Harry mal tinha começado a comer o mingau quando, a confirmar o comentário, ouviu-se um rumorejo de asas, no alto, e uma centena de corujas entrou, descrevendo círculos pelo salão e deixando cair cartas e pacotes entre os alunos que tagarelavam. Um grande embrulho disforme bateu na cabeça de Neville e, um segundo depois, alguma coisa grande e cinzenta caiu na jarra de Hermione, salpicando todo mundo com leite e penas.

— Errol! — exclamou Rony, puxando pelos pés a coruja molhada para fora da jarra. Errol caiu, desmaiada, em cima da mesa, as pernas para cima e um envelope vermelho e úmido no bico.

"Ah, não!...", exclamou Rony.

— Tudo bem, ele ainda está vivo — disse Hermione, cutucando Errol devagarinho com a ponta do dedo.

— Não é isso, é isto.

Rony estava apontando para o envelope vermelho. Parecia um envelope comum para Harry, mas Rony e Neville olharam para ele como se fosse explodir.

— Que foi? — perguntou Harry.

— Ela... ela me mandou um "berrador" — disse Rony baixinho.

— É melhor abrir, Rony — sugeriu Neville com um sussurro tímido. — Vai ser pior se você não abrir. Minha avó um dia me mandou um e eu não dei atenção — ele engoliu em seco —, foi horrível.

Harry olhava dos rostos paralisados dos amigos para o envelope vermelho.

— Que é um berrador? — perguntou.

Mas toda a atenção de Rony estava fixa na carta, que começara a fumegar nos cantos.

— Abra — insistiu Neville. — Termina em poucos minutos...

Rony estendeu a mão trêmula, tirou o envelope do bico de Errol e abriu-o. Neville enfiou os dedos nos ouvidos. Uma fração de segundo depois, Harry descobriu o porquê. Pensou por um instante que o envelope explodira; um estrondo encheu o enorme salão, sacudindo a poeira do teto.

"... ROUBAR O CARRO, EU NÃO TERIA ME SURPREENDIDO SE O TIVESSEM EXPULSADO, ESPERE ATÉ EU PÔR AS MÃOS EM VOCÊ, SUPONHO QUE NÃO PAROU PARA PENSAR NO QUE SEU PAI E EU PASSAMOS QUANDO VIMOS QUE O CARRO TINHA DESAPARECIDO..."

Os berros da Sra. Weasley, cem vezes mais altos do que de costume, fizeram os pratos e talheres se entrechocarem na mesa e produziram um eco ensurdecedor nas paredes de pedra. As pessoas por todo o salão se viravam para ver quem recebera o berrador, e Rony afundou tanto na cadeira que só deixara a testa vermelha visível.

"... CARTA DE DUMBLEDORE À NOITE PASSADA, PENSEI QUE SEU PAI IA MORRER DE VERGONHA, NÃO O EDUCAMOS PARA SE COMPORTAR ASSIM, VOCÊ E HARRY PODIAM TER MORRIDO..."

Harry estava imaginando quando é que seu nome iria aparecer. Fez muita força para fingir que não estava escutando a voz que fazia seus tímpanos latejarem.

"... ABSOLUTAMENTE DESGOSTOSA, SEU PAI ESTÁ ENFRENTANDO UM INQUÉRITO NO TRABALHO, E É TUDO CULPA SUA, E, SE VOCÊ SAIR UM DEDINHO DA LINHA, VAMOS TRAZÊ-LO DIRETO PARA CASA."

Seguiu-se um silêncio que chegou a ecoar. O envelope vermelho, que caíra das mãos de Rony, pegou fogo e encrespou-se em cinzas. Harry e Rony ficaram aturdidos, como se uma onda gigantesca tivesse acabado de passar por cima deles. Algumas pessoas riram e, aos poucos, a balbúrdia da conversa recomeçou.

Hermione fechou o *Excursões com vampiros* e olhou para o cocuruto da cabeça de Rony.

— Bem, não sei o que é que você esperava, Rony, mas você...
— Não me diga que mereci — retrucou Rony com rispidez.

Harry empurrou o prato de mingau. Suas entranhas queimavam de remorso. O Sr. Weasley estava enfrentando um inquérito no trabalho. Depois de tudo que o Sr. e a Sra. Weasley tinham feito por ele durante o verão...

Mas não teve muito tempo para pensar nisso; a Prof.ª McGonagall vinha passando pela mesa da Grifinória, distribuindo os horários dos cursos. Harry recebeu o dele e viu que a primeira aula era uma aula dupla de Herbologia, com os alunos da Lufa-Lufa.

Harry, Rony e Hermione deixaram o castelo juntos, atravessaram a horta e rumaram para as estufas, onde as plantas mágicas eram cultivadas. Pelo menos o berrador fizera uma coisa boa: Hermione parecia achar que tinham sido suficientemente castigados e voltara a ser absolutamente simpática.

Ao se aproximarem das estufas viram o resto da classe em pé, do lado de fora, esperando a Prof.ª Sprout. Harry, Rony e Hermione tinham acabado de se reunir à turma quando a professora surgiu caminhando pelo gramado, acompanhada de Gilderoy Lockhart. Ela trazia os braços carregados de bandagens, e, com outro aperto de remorso, Harry viu o Salgueiro Lutador ao longe, com vários ramos em tipoias.

A Prof.ª Sprout era uma bruxinha atarracada que usava um chapéu remendado sobre os cabelos soltos; geralmente tinha uma grande quantidade de terra nas roupas, e suas unhas teriam feito tia Petúnia desmaiar. Gilderoy Lockhart, ao contrário, estava imaculado em suas espetaculares vestes azul-turquesa, os cabelos dourados brilhando sob um chapéu também turquesa, com galão dourado e perfeitamente assentado na cabeça.

— Ah, alô pessoal! — cumprimentou ele, sorrindo para os alunos reunidos. — Acabei de mostrar à Prof.ª Sprout a maneira certa de cuidar de um Salgueiro Lutador! Mas não quero que vocês fiquem com a ideia de que sou melhor do que ela em Herbologia! Por acaso encontrei várias dessas plantas exóticas nas minhas viagens...

— Estufa três hoje, pessoal! — disse a Prof.ª Sprout, que tinha um ar visivelmente contrariado, bem diferente de sua habitual expressão animada.

Houve um murmúrio de interesse. Até então, só tinham estudado na estufa número um — a estufa três guardava plantas muito mais interessantes e perigosas. A Profª Sprout tirou uma chave enorme do cinto e destrancou a porta. Harry sentiu um cheiro de terra molhada e fertilizante mesclados ao perfume pesado de umas flores enormes, do tamanho de sombrinhas, que pendiam do teto. Ia entrar em seguida a Rony e Hermione na estufa quando Lockhart estendeu a mão.

— Harry! Estou querendo dar uma palavra... a senhora não se importa se ele se atrasar uns minutinhos, não é, Profª Sprout?

A julgar pela cara de desagrado da professora, ela se importava sim, mas Lockhart disse:

— É isso aí. — E fechou a porta da estufa na cara dela. — Harry — disse Lockhart, os dentões brancos faiscando ao sol quando ele balançou a cabeça. — Harry, Harry, Harry.

Completamente estupefato, Harry ficou calado.

— Quando ouvi, bem, é claro que foi tudo minha culpa. Tive vontade de me chutar.

Harry não fazia ideia do que é que o professor estava falando. Ia dizer isso quando Lockhart acrescentou:

— Nunca fiquei tão chocado em minha vida. Chegar a Hogwarts num carro voador! Bem, é claro, entendi na mesma hora por que você fez isso. Estava na cara. Harry, Harry, *Harry*.

Era incrível como é que ele conseguia mostrar cada um daqueles dentes brilhantes até quando não estava falando.

— Teve uma provinha de publicidade, não foi? — disse Lockhart. — Ficou *mordido*. Esteve na primeira página comigo e não pôde esperar para repetir o feito.

— Ah, não, professor, sabe...

— Harry, Harry, Harry — disse Lockhart, segurando-o pelo ombro. — Eu *compreendo*. É natural querer mais depois de provar uma vez, e eu me culpo por ter-lhe dado a oportunidade, porque a coisa não podia deixar de lhe subir à cabeça, mas olhe aqui, rapaz, você não pode começar *a voar em carros* para tentar chamar atenção para a sua pessoa. É bom se acalmar, está bem? Tem muito tempo para isso quando for mais velho. É, é, sei o que está pensando! "Tudo bem para ele, já é um bruxo internacionalmente conhecido!" Mas quando eu tinha doze anos, era um joão-ninguém como você é agora. Diria até que era mais joão-ninguém! Quero dizer, algumas pessoas já ouviram falar de você, não é mesmo? Todo aquele episódio com Aquele-Que-Não-

-Deve-Ser-Nomeado! – Ele olhou para a cicatriz em forma de raio na testa de Harry. – Eu sei, eu sei, não é tão bom quanto ganhar o Prêmio do Sorriso mais Atraente do *Semanário dos Bruxos* cinco vezes seguidas, como eu, mas é um começo, Harry, é um começo.

Ele deu uma piscadela cordial a Harry e foi-se embora a passos largos.

Harry continuou aturdido por alguns segundos, depois, lembrando-se de que devia estar na estufa, abriu a porta e entrou sem chamar atenção.

A Prof.ª Sprout estava parada atrás de uma mesa de cavalete no centro da estufa. Havia uns vinte pares de abafadores de ouvidos de cores diferentes arrumados sobre a mesa. Quando Harry tomou seu lugar entre Rony e Hermione, a professora disse:

– Vamos reenvasar mandrágoras hoje. Agora, quem é que sabe me dizer as propriedades da mandrágora?

Ninguém se surpreendeu quando a mão de Hermione foi a primeira a se levantar.

– A mandrágora é um tônico reconstituinte muito forte – disse Hermione, parecendo, como sempre, que engolira o livro-texto. – É usada para trazer de volta as pessoas que foram transformadas ou foram enfeitiçadas no seu estado natural.

– Excelente. Dez pontos para a Grifinória – disse a Prof.ª Sprout. – A mandrágora é parte essencial da maioria dos antídotos. Mas é também perigosa. Quem sabe me dizer o porquê?

A mão de Hermione errou por pouco os óculos de Harry quando ela a levantou mais uma vez.

– O grito da mandrágora é fatal para quem o ouve – disse a garota prontamente.

– Exatamente. Mais dez pontos. Agora as mandrágoras que temos aqui ainda são muito novinhas.

Ela apontou para uma fileira de tabuleiros fundos ao falar, e todos se aproximaram para ver melhor. Umas cem moitinhas repolhudas, verde-arroxeadas, cresciam em fileiras nos tabuleiros. Não pareciam ter nada de mais para Harry, que não fazia a menor ideia do que Hermione quisera dizer com o "grito" da mandrágora.

– Agora apanhem um par de abafadores de ouvidos – mandou a professora.

Os alunos correram para a mesa para tentar apanhar um par que não fosse peludo nem cor-de-rosa.

– Quando eu mandar vocês colocarem os abafadores, certifiquem-se de que suas orelhas ficaram *completamente* cobertas – disse ela. – Quando for seguro remover os abafadores eu erguerei o polegar para vocês. Certo... *coloquem os abafadores.*

Harry ajustou os abafadores nos ouvidos. Eles vedaram completamente o som. A Prof.ª Sprout colocou o seu par peludo e cor-de-rosa nas orelhas, enrolou as mangas das vestes, agarrou uma moitinha de mandrágora com firmeza e puxou-a com força.

Harry deixou escapar uma exclamação de surpresa que ninguém ouviu.

Em vez de raízes, um bebezinho extremamente feio saiu da terra. As folhas cresciam diretamente de sua cabeça. Ele tinha a pele verde-clara malhada e era visível que berrava a plenos pulmões.

A professora tirou um vaso de plantas grande de sob a bancada e mergulhou nele a mandrágora, cobrindo-a com o composto escuro e úmido até ficarem apenas as folhas visíveis. Depois, limpou as mãos, fez sinal com o polegar para os alunos e retirou os abafadores dos ouvidos.

— As nossas mandrágoras são apenas mudinhas, por isso seus gritos ainda não dão para matar — disse ela calmamente como se não tivesse feito nada mais emocionante do que regar uma begônia. — Mas elas deixarão vocês inconscientes por várias horas, e como tenho certeza de que nenhum de vocês quer perder o primeiro dia na escola, certifiquem-se de que seus abafadores estão no lugar antes de começarem a trabalhar. Chamarei sua atenção quando do estiver na hora da saída.

"Quatro para cada tabuleiro, há um bom estoque de vasos aqui, o composto está nos sacos ali adiante, e tenham cuidado com aquela planta de tentáculos venenosos. Está criando dentes."

Ela deu uma palmada enérgica em uma planta vermelha e espinhosa ao falar, fazendo-a recolher os longos tentáculos que avançavam sorrateiramente pelo seu ombro.

Harry, Rony e Hermione dividiram o tabuleiro com um garoto de cabelos cacheados da Lufa-Lufa que Harry conhecia de vista, mas com quem nunca falara.

— Justino Finch-Fletchley — apresentou-se animado, apertando a mão de Harry. — Eu sei quem você é, claro, o famoso Harry Potter... E você é Hermione Granger, sempre a primeira em tudo — (Hermione deu um grande sorriso quando o garoto também apertou sua mão) —, e Rony Weasley. O carro voador era seu, não era?

Rony não sorriu. O berrador obviamente continuava em seus pensamentos.

— Aquele Lockhart é o máximo, não acha? — disse Justino, feliz, quando começaram a encher os vasos de planta com fertilizante de bosta de dragão. — Um cara supercorajoso. Você leu os livros dele? Eu teria morrido de medo se tivesse sido acuado em uma cabine telefônica por um lobisomem, mas ele continuou na dele e, zás, simplesmente *fantástico*.
"Eu estava inscrito em Eton, sabe. Nem sei dizer como estou contente de, em vez disso, ter vindo para cá. Claro, minha mãe ficou um pouco desapontada, mas desde que a fiz ler os livros de Lockhart acho que começou a perceber como será útil ter na família alguém formado em magia..."

Depois disso não houve muito o que conversar. Tinham tornado a colocar os abafadores e precisavam se concentrar nas mandrágoras. A Prof.ª Sprout fizera a tarefa parecer extremamente fácil, mas não era. As mandrágoras não gostavam de sair da terra, mas tampouco pareciam querer voltar para ela. Contorciam-se, chutavam, sacudiam os pequenos punhos afiados e arreganhavam os dentes; Harry gastou dez minutos inteiros tentando espremer uma planta particularmente gorda dentro de um vaso.

Lá pelo fim da aula, Harry, como todos os outros, estava suado, dolorido e coberto de terra. Eles voltaram ao castelo para se lavar rapidamente, e então os alunos da Grifinória correram para a aula de Transfiguração.

As aulas da Prof.ª McGonagall eram sempre trabalhosas, mas a de hoje estava particularmente difícil. Tudo que Harry aprendera no ano anterior parecia ter-se esvaído de sua cabeça durante o verão. Devia transformar um besouro em um botão, mas a única coisa que conseguiu foi forçar o besouro a fazer muito exercício, pois o inseto corria por toda a superfície da carteira para fugir de sua varinha.

Rony estava enfrentando um problema muito pior. Tinha remendado a varinha com um pouco de fita adesiva que pedira emprestada, mas a varinha parecia danificada para sempre. Não parava de estalar e faiscar nas horas mais estranhas, e cada vez que Rony tentava transformar o besouro, ela o envolvia em uma densa fumaça cinzenta que cheirava a ovos podres. Acidentalmente ele esmagou o seu besouro com o cotovelo e teve que pedir um novo. A Prof.ª McGonagall não ficou nada satisfeita.

Foi um alívio para Harry ouvir a sineta para o almoço. Seu cérebro parecia ter virado uma esponja espremida. Todos saíram da sala exceto ele e Rony, que, furioso, dava golpes de varinha na carteira.

— Coisa, burra, inútil.

— Escreva para casa pedindo uma nova — sugeriu Harry quando a varinha produziu uma saraivada de tiros feito um rojão.

— Ah, sim, e recebo outro berrador em resposta — disse Rony, enfiando na mochila a varinha, que agora sibilava. — "*A culpa é sua se sua varinha partiu...*"

Os três amigos desceram para o refeitório, onde o humor de Rony não melhorou ao ver a coleção de botões perfeitos que Hermione mostrava ter feito na aula de Transfiguração.

— Que vamos ter hoje à tarde? — perguntou Harry, mudando de assunto depressa.

— Defesa Contra as Artes das Trevas — respondeu Hermione na mesma hora.

— Por que — perguntou Rony, apanhando o horário dela — você sublinhou com coraçõezinhos as aulas de Lockhart?

Hermione puxou o horário da mão de Rony, corando loucamente.

Quando terminaram o almoço, os três saíram para o pátio nublado. Hermione se sentou em um degrau de pedra e tornou a enfiar o nariz em *Excursões com vampiros*. Harry e Rony ficaram discutindo quadribol durante vários minutos até Harry perceber que estava sendo atentamente vigiado. Ao erguer os olhos, viu que o garoto miudinho de cabelos louro-cinza que ele vira experimentando o Chapéu Seletor na véspera o encarava como que paralisado. Estava agarrado a um objeto que parecia uma máquina fotográfica de trouxas e, no momento em que Harry olhou para ele, ficou escarlate.

— Tudo bem, Harry? Sou... Colin Creevey — disse o menino sem fôlego, adiantando-se hesitante. — Sou da Grifinória também. Você acha que tem algum problema se... posso tirar uma foto? — acrescentou, erguendo a máquina esperançoso.

— Uma foto? — repetiu Harry sem entender.

— Para provar que conheci você — disse Colin Creevey, ansioso, aproximando-se mais. — Sei tudo sobre você. Todo mundo me contou. Como foi que você sobreviveu quando Você-Sabe-Quem tentou matá-lo e como foi que ele desapareceu e tudo o mais, e como você ainda conserva a cicatriz em forma de raio na testa — (seus olhos esquadrinharam a raiz dos cabelos de Harry) —, e um garoto no meu dormitório disse que se eu revelar o filme na poção correta, as fotos vão se *mexer*. — Colin inspirou profundamente, estremecendo de animação, e disse: — Isto aqui é *fantástico*, não acha? Eu não sabia que as coisas estranhas que eu fazia eram magia até receber uma carta de Hogwarts. Meu pai é leiteiro, ele também não conseguia acreditar. Então estou tirando um montão de fotos para levar para ele. E seria bem bom se tivesse a sua — o garoto olhou para Harry como se implorasse —, quem sabe o seu amigo podia tirar, e eu podia ficar do seu lado? E depois você podia autografar a foto?

— *Autografar a foto?* Você está distribuindo *fotos autografadas*, Potter?

A voz de Draco Malfoy, alta e desdenhosa, ecoou pelo pátio. Ele parara logo atrás de Colin, ladeado, como sempre que estava em Hogwarts, pelos capangas grandalhões, Crabbe e Goyle.

— Todo mundo em fila! — gritou Malfoy para os outros alunos. — Harry Potter está distribuindo fotos autografadas!

— Não, não estou, não — disse Harry com raiva, cerrando os punhos. — Cale a boca, Malfoy.

— Você está é com inveja — ouviu-se a voz fina de Colin, cujo corpo inteiro era da grossura do pescoço de Crabbe.

— *Inveja?* — disse Malfoy, que não precisava mais gritar: metade do pátio estava escutando. — De quê? Não quero uma cicatriz nojenta na minha testa, muito obrigado. Por mim, não acho que ter a cabeça aberta faz ninguém especial.

Crabbe e Goyle davam risadinhas idiotas.

— Vá comer lesmas, Malfoy — disse Rony furioso. Crabbe parou de rir e começou a esfregar os nós dos dedos de maneira ameaçadora.

— Cuidado, Weasley — caçoou Malfoy. — Você não vai querer começar nenhuma confusão ou sua mamãe vai aparecer aqui para tirá-lo da escola. — Ele imitou a voz aguda e penetrante: — *"Se você sair um dedinho da linha..."*

Um grupo de quintanistas da Sonserina que estava próximo deu gargalhadas ao ouvir isso.

— Weasley gostaria de ganhar uma foto autografada, Potter — riu Malfoy. — Valeria mais do que a casa inteira da família dele...

Rony brandiu a varinha emendada, mas Hermione fechou o *Excursões com vampiros* com um estalo e cochichou:

— Cuidado!

— Que está acontecendo, que está acontecendo? — Gilderoy Lockhart vinha a passos largos em direção à aglomeração, suas vestes turquesa rodopiando para trás. — Quem é que está distribuindo fotos autografadas?

Harry começou a falar, mas foi interrompido por Lockhart que passou um braço pelos seus ombros e trovejou jovial:

— Não devia ter perguntado! Nos encontramos outra vez, Harry!

Preso contra o corpo de Lockhart e ardendo de humilhação, Harry viu Malfoy sair de fininho, rindo, para junto dos outros colegas.

— Vamos então, Sr. Creevey — disse Lockhart, sorrindo para o garoto. — Uma foto dupla, nada melhor, e *nós dois* podemos autografá-la para o senhor.

Colin ajeitou a máquina e tirou a foto na hora em que a sineta tocava às costas do grupo, sinalizando o início das aulas da tarde.

— Está na hora, vamos andando vocês aí — gritou Lockhart para os alunos e voltou ao castelo com Harry, que teve vontade de conhecer um bom feitiço para desaparecer, ainda preso ao professor. — Uma palavra para o bom entendedor, Harry — disse Lockhart paternalmente quando entravam no castelo por uma porta lateral. — Dei cobertura a você lá com o jovem Creevey, se ele estivesse me fotografando, também, os seus colegas não iriam pensar que você está se dando ares...

Surdo aos murmúrios hesitantes de Harry, Lockhart arrebatou-o por um corredor ladeado por estudantes de olhos arregalados e subiu uma escada.

— Devo dizer que distribuir fotos autografadas nessa altura de sua carreira não é sensato, parece meio presunçoso, Harry, para ser franco. Haverá um dia em que, como eu, você vai precisar ter uma pilha de fotos à mão onde quer que vá, mas — ele deu uma risadinha — acho que você ainda não chegou lá.

Ao chegarem à sala de aula de Lockhart ele finalmente soltou Harry. O garoto endireitou as vestes e se dirigiu a uma carteira bem no fundo da sala, onde se ocupou em empilhar os sete livros de Lockhart diante dele, de modo que pudesse evitar olhar para o autor em carne e osso.

O resto da classe entrou fazendo barulho, e Rony e Hermione se sentaram um de cada lado de Harry.

— Você podia ter fritado um ovo na cara — comentou Rony. — É melhor rezar para Creevey não conhecer a Gina, ou os dois vão começar um fã-clube do Harry Potter.

— Cale a boca — disse Harry ríspido. — A última coisa que precisava era que Lockhart ouvisse a frase "fã-clube do Harry Potter".

Quando a classe inteira se sentou, Lockhart pigarreou alto e fez-se silêncio. Ele esticou o braço, apanhou o exemplar de *Viagens com trasgos* de Neville Longbottom e ergueu-o para mostrar a própria foto na capa, piscando o olho.

— Eu — disse apontando a foto e piscando também. — Gilderoy Lockhart, Ordem de Merlin, Terceira Classe, Membro Honorário da Liga de Defesa Contra as Artes das Trevas e vencedor do Prêmio Sorriso mais Atraente da revista *Semanário dos Bruxos* cinco vezes seguidas, mas não falo disso. Não me livrei do espírito agourento de Bandon *sorrindo* para ela.

Ficou esperando que sorrissem; alguns poucos deram um sorrisinho amarelo.

— Vejo que todos compraram a coleção completa dos meus livros, muito bem. Pensei em começarmos hoje com um pequeno teste. Nada para se preocuparem, só quero verificar se vocês leram os livros com atenção, o quanto assimilaram...

Depois de distribuir os testes, ele voltou à frente da classe e falou:

— Vocês têm trinta minutos... começar, *agora*!

Harry olhou para o teste e leu:

1. Qual é a cor favorita de Gilderoy Lockhart?
2. Qual é a ambição secreta de Lockhart?
3. Qual é, na sua opinião, a maior realização de Gilderoy Lockhart até o momento?

E as perguntas continuavam, ocupando três páginas, até a última:

54. Quando é o aniversário de Gilderoy Lockhart e qual seria o presente ideal para ele?

Meia hora depois, Lockhart recolheu os testes e folheou-os diante da classe.

— Tsc, tsc, quase ninguém se lembrou que a minha cor favorita é lilás. Digo isto no *Um ano com o Iéti*. E alguns de vocês precisam ler *Passeios com lobisomens* com mais atenção, afirmo claramente no capítulo doze que o presente de aniversário ideal para mim seria a harmonia entre os povos mágicos e não mágicos, embora eu não recuse um garrafão do Velho Uísque de Fogo Ogden!

E deu outra piscadela travessa para os alunos. Rony fitava Lockhart com uma expressão de incredulidade no rosto; Simas Finnigan e Dino Thomas, que estavam sentados à frente, sacudiam-se de riso silencioso. Hermione, por outro lado, escutava Lockhart embevecida e atenta e se assustou quando o ouviu mencionar seu nome.

— ... mas a Srta. Hermione Granger sabia que a minha ambição secreta era livrar o mundo do mal e comercializar a minha própria linha de poções para os cabelos, boa menina! Na realidade — ele virou o teste — ela acertou tudo! Onde está a Srta. Hermione Granger?

Hermione levantou a mão trêmula.

— Excelente! — disse o sorridente Lockhart. — Excelente mesmo! Dez pontos para a Grifinória! E agora, ao trabalho...

Virou-se para a mesa e depositou nela uma grande gaiola coberta.

— Agora, fiquem prevenidos! É meu dever ensiná-los a se defender contra a pior criatura que se conhece no mundo da magia! Vocês podem estar diante dos seus maiores medos aqui nesta sala. Saibam que nenhum mal vai lhes acontecer enquanto eu estiver aqui. Só peço que fiquem calmos.

Sem querer, Harry se curvou para um lado da pilha de livros que erguera para dar uma olhada melhor na gaiola. Lockhart colocou a mão na cobertura. Dino e Simas pararam de rir agora. Neville se afundou em sua carteira na primeira fila.

— Peço que não gritem — recomendou Lockhart em voz baixa. — Pode provocá-los.

E a classe inteira prendeu a respiração. Lockhart puxou a cobertura com um gesto largo.

— Sim, senhores — disse teatralmente. — *Diabretes da Cornualha recém-capturados.*

Simas Finnigan não conseguiu se controlar. Deixou escapar uma risada pelo nariz que nem mesmo Lockhart poderia confundir com um grito de terror.

— Que foi? — Ele sorriu para Simas.

— Bem, eles não são... não são muito... *perigosos*, são? — engasgou-se Simas.

— Não tenha tanta certeza assim! — disse Lockhart, sacudindo um dedo, aborrecido, para Simas. — Esses bandidinhos podem ser diabolicamente astutos!

Os diabretes eram azul-elétrico e tinham uns vinte centímetros de altura, os rostos finos e as vozes tão agudas que pareciam um bando de periquitos fazendo algazarra. No instante em que a cobertura foi retirada, eles começaram a falar e a voar de maneira rápida e animada, a sacudir as grades e a fazer caras esquisitas para as pessoas mais próximas.

— Certo, então — disse Lockhart em voz alta. — Vamos ver o que vocês acham deles! — E abriu a gaiola.

Foi um pandemônio. Os diabretes disparavam em todas as direções como foguetes. Dois deles agarraram Neville pelas orelhas e o ergueram no ar. Vários outros voaram direto pelas janelas fazendo cair uma chuva de estilhaços de vidro no canteiro. Os demais se puseram a destruir a sala de aula com mais eficiência do que um rinoceronte desembestado. Agarraram tinteiros e salpicaram a sala de tinta, picaram livros e papéis, arrancaram quadros das paredes, viraram a cesta de lixo, pegaram as mochilas e livros e os atiraram contra as vidraças quebradas; em poucos minutos, metade da classe estava abrigada embaixo das carteiras e Neville pendurado no teto pelo lustre de ferro.

—Vamos, vamos, reúnam eles, reúnam eles, são apenas diabretes – gritou Lockhart.

Ele enrolou as mangas, brandiu a varinha e berrou:

— Peskipiksi Pesternomi!

As palavras não produziam efeito algum; um dos diabretes se apoderou da varinha e atirou-a também pela janela. Lockhart engoliu em seco e mergulhou embaixo da mesa, escapando por pouco de ser esmagado por Neville, que despencou um segundo depois quando o lustre cedeu.

A sineta tocou, e todos desembestaram para a saída. Na calma relativa que se seguiu, Lockhart levantou-se, viu Harry, Rony e Hermione, que estavam quase à porta, e disse:

— Bem, vou pedir a vocês que enfiem rapidamente os restantes de volta na gaiola. – E, passando pelos três, fechou a porta depressa.

— Dá para *acreditar*? – rugiu Rony quando um dos diabretes restantes lhe deu uma dolorosa mordida na orelha.

— Ele só quer nos dar uma experiência direta – disse Hermione, imobilizando dois diabretes ao mesmo tempo com um inventivo Feitiço Congelante e enfiando-os de volta na gaiola.

— *Direta*? – disse Harry, que estava tentando agarrar um diabrete que dançava fora do seu alcance dando-lhe língua. – Mione, ele não tinha a menor ideia do que estava fazendo...

— Bobagem. Você leu os livros dele, vê só todas as coisas incríveis que ele fez...

— Que ele *diz* que fez – murmurou Rony.

# 7

## SANGUE RUIM
## E VOZES INVISÍVEIS

Harry dedicou muito tempo, nos dias seguintes, a desaparecer de vista sempre que Gilderoy Lockhart aparecia andando por um corredor. Mais difícil foi evitar Colin Creevey, que parecia ter decorado o seu horário. Pelo visto nada dava maior alegria a Colin do que dizer: "Tudo bem, Harry?" seis ou sete vezes por dia e ouvir: "Oi, Colin", em resposta, por maior irritação que Harry demonstrasse ao dizer isso.

Edwiges continuava aborrecida com Harry por causa da desastrada viagem de carro e a varinha de Rony continuava a funcionar mal, superando os próprios limites na sexta-feira na aula de Feitiços, ao se atirar da mão de Rony e atingir o Prof. Flitwick bem no meio dos olhos, produzindo um grande furúnculo verde e latejante no lugar em que bateu. Assim entre uma coisa e outra, Harry ficou muito contente ao ver chegar o fim de semana. Ele, Rony e Hermione estavam planejando visitar Hagrid no sábado de manhã. Harry, porém, foi acordado muito antes da hora que pretendera pelas sacudidas de Olívio Wood, capitão do time de quadribol da Grifinória.

— Que foi? — perguntou Harry tonto de sono.

— Prática de quadribol! — disse Wood. — Vamos!

Harry espiou pela janela apertando os olhos. Havia uma névoa rala cobrindo o céu rosa e dourado. Agora que acordara, ele não conseguia entender como podia estar dormindo com a algazarra que os passarinhos faziam.

— Olívio — disse ele com a voz rouca. — Ainda está amanhecendo.

— Exato — respondeu Wood. Ele era um sextanista alto e forte e, naquele instante, seus olhos brilhavam de fanático entusiasmo. — Faz parte do nosso novo programa de treinamento. Ande, pegue a vassoura e vamos — disse Wood animado. — Nenhum dos times começou a treinar ainda; vamos ser os primeiros a dar a partida este ano...

Aos bocejos e tremores, Harry saiu da cama e tentou encontrar as vestes de quadribol.

— Muito bem — disse Wood. — Te encontro no campo daqui a quinze minutos.

Depois de procurar o uniforme vermelho do time e vestir uma capa para se aquecer, Harry rabiscou um bilhete para Rony explicando onde fora e desceu a escada em caracol até a sala comunal, a Nimbus 2000 ao ombro. Acabara de chegar ao buraco do retrato quando ouviu um estardalhaço às suas costas, e Colin Creevey apareceu correndo escada abaixo, a máquina fotográfica balançando feito louca ao pescoço e alguma coisa segura na mão.

— Ouvi alguém dizer o seu nome na escada, Harry! Olhe só o que tenho aqui! Mandei revelar, queria lhe mostrar...

Harry examinou confuso a foto que Colin sacudia debaixo do seu nariz.

Numa foto preto e branco, um Lockhart em movimento puxava com força um braço que Harry reconhecia como seu. Ficou satisfeito ao ver que o seu eu fotográfico resistia bravamente e recusava a se deixar arrastar para dentro da foto. Enquanto Harry observava, Lockhart desistiu e se largou, ofegante, contra a margem branca da foto.

— Você autografa? — perguntou Colin, ansioso.

— Não — disse Harry sem rodeios, olhando para os lados para verificar se a sala estava realmente deserta. — Desculpe, Colin, estou com pressa, prática de quadribol...

E atravessou o buraco do retrato.

— Uau! Espere por mim! Nunca vi um jogo de quadribol antes!

Colin subiu pelo buraco atrás de Harry.

— Vai ser bem chato — disse Harry depressa, mas o garoto não lhe deu atenção, seu rosto iluminava-se de animação.

— Você foi o jogador da casa mais novo em cem anos, não foi, Harry? Não foi? — perguntou Colin, caminhando ao lado dele. — Você deve ser genial. Eu nunca voei. É fácil? Esta vassoura é sua? É a melhor que existe?

Harry não sabia como se livrar do coleguinha. Era como ter uma sombra extremamente tagarela.

— Eu não entendo bem de quadribol — disse Colin sem fôlego. — É verdade que tem quatro bolas? E duas ficam voando em volta dos jogadores tentando tirá-los de cima das vassouras?

— É — disse Harry a contragosto, conformado em explicar as regras complicadas do quadribol. — Chamam-se balaços. Há dois batedores em cada time armados de bastões para rebater os balaços para longe do seu time. Fred e Jorge Weasley batem pela Grifinória.

– E para que servem as outras bolas? – perguntou Colin, derrapando dois degraus porque olhava boquiaberto para Harry.

– Bem, a goles, a bola vermelha meio grande, é a que faz os gols. Três artilheiros em cada time atiram a goles um para o outro e tentam metê-la entre as balizas na extremidade do campo, são três postes compridos com aros na ponta.

– E a quarta bola...

– ... é o pomo de ouro – disse Harry –, e é muito pequena, muito veloz e difícil de agarrar. Mas é isso que o apanhador tem que fazer, porque um jogo de quadribol não termina até o pomo ser capturado. E o apanhador que agarra o pomo para o time ganha cento e cinquenta pontos.

– E *você é* o apanhador da Grifinória, não é? – perguntou Colin cheio de admiração e respeito.

– Sou – respondeu Harry enquanto deixavam o castelo e começavam a atravessar o gramado encharcado de orvalho. – E tem o goleiro também. Ele guarda as balizas. É isso, em resumo.

Mas Colin não parou de interrogar Harry o tempo todo, desde o gramado ondulante até o campo de quadribol, e Harry só conseguiu se desvencilhar dele quando chegou aos vestiários; Colin ainda gritou com sua voz fina quando ele se afastava.

– Vou pegar um bom lugar, Harry! – E correu para as arquibancadas.

Os outros jogadores do time da Grifinória já estavam no vestiário. Wood era o único que parecia realmente acordado. Fred e Jorge estavam sentados, os olhos inchados e os cabelos despenteados, ao lado de uma quartanista, Alícia Spinnet, que parecia estar cabeceando contra a parede em que se encostara. As outras artilheiras, suas companheiras Katie Bell e Angelina Johnson, bocejavam lado a lado de frente para eles.

– Até que enfim, Harry, por que demorou? – perguntou Wood eficiente. – Agora, eu queria ter uma conversinha com vocês antes de irmos para o campo, porque passei o verão imaginando um programa de treinamento completamente novo, acho que vai fazer toda a diferença...

Wood ergueu um grande diagrama de um campo de quadribol, em que estavam desenhadas muitas linhas, setas e cruzes em tinta de cores diversas. Depois, puxou a varinha, deu uma batidinha no desenho, e as flechas começaram a se deslocar pelo diagrama como lagartas. Quando Wood deslanchou um discurso sobre as novas táticas, a cabeça de Fred Weasley despencou no ombro de Alícia Spinnet e ele começou a roncar.

O primeiro quadro levou quase vinte minutos para ser explicado, mas havia outro por baixo daquele, e um terceiro por baixo do segundo. Harry mergulhou num estupor durante a falação interminável de Wood.

— Então — disse Wood, finalmente, arrancando Harry de uma irrealizável fantasia sobre o que estaria comendo no café da manhã, naquele instante, no castelo. — Ficou claro? Alguma pergunta?

— Tenho uma pergunta, Olívio — disse Jorge, que acordara assustado. — Você não podia ter explicado tudo isso ontem quando a gente estava acordado?

Wood não gostou.

— Agora, ouçam aqui, vocês todos — disse, amarrando a cara. — Nós devíamos ter ganhado a Taça de Quadribol no ano passado. Somos sem favor nenhum o melhor time da escola. Mas, infelizmente, devido a circunstâncias fora do nosso controle...

Harry se mexeu cheio de culpa no banco. Estivera inconsciente na ala hospitalar no último jogo do ano anterior, o que significava que a Grifinória tivera um jogador a menos e sofrera sua pior derrota em trezentos anos.

Wood esperou um instante para recuperar o próprio controle. A última derrota, visivelmente, continuava a torturá-lo.

— Então, este ano, vamos treinar mais do que jamais treinamos... Muito bem, vamos colocar as nossas teorias em prática! — gritou Wood, agarrando a vassoura e saindo do vestiário. Com as pernas dormentes e ainda bocejando, o time o acompanhou.

Tinham passado tanto tempo no vestiário que o sol já estava todo de fora, embora ainda se vissem restos de névoa sobre o gramado do estádio. Quando Harry entrou em campo, viu Rony e Hermione sentados nas arquibancadas.

— Vocês ainda não acabaram? — gritou Rony surpreso.

— Nem começamos — respondeu Harry, olhando com inveja a torrada com geleia que Rony e Hermione tinham trazido do Salão. — Wood esteve ensinando novas jogadas ao time.

Ele montou na vassoura, meteu o pé no chão para dar impulso e saiu voando. O ar frio da manhã bateu em seu rosto, acordando-o com muito mais eficiência do que a longa conversa de Wood. Era uma sensação maravilhosa estar de volta a um campo de quadribol. Harry sobrevoou o estádio a toda velocidade, apostando corrida com Fred e Jorge.

— Que clique-clique esquisito é esse? — gritou Fred enquanto faziam uma volta rápida.

Harry olhou para as arquibancadas. Colin estava sentado em um dos lugares mais altos, a máquina fotográfica levantada, tirando fotos seguidas, o som estranhamente ampliado no estádio deserto.

— Olhe para cá, Harry! Para cá! — gritava se esganiçando.

— Quem é aquele? — perguntou Fred.

— Não faço a menor ideia — mentiu Harry, dando uma bombeada na vassoura que o levou o mais longe possível de Colin.

— Que é que está acontecendo? — perguntou Wood, franzindo a testa, enquanto cortava o ar em direção a eles. — Por que aquele aluninho do primeiro ano está tirando fotos? Não gosto disto. Pode ser um espião da Sonserina, tentando descobrir o nosso novo programa de treinamento.

— Ele é da Grifinória — informou Harry depressa.

— E o pessoal da Sonserina não precisa de espião, Olívio — acrescentou Jorge.

— Por que você está dizendo isso? — perguntou Wood irritado.

— Porque eles vieram pessoalmente — respondeu Jorge apontando.

Vários alunos de vestes verdes estavam entrando em campo, de vassouras na mão.

— Eu não acredito! — sibilou Wood indignado. — Reservei o campo para hoje! Vamos cuidar disso.

Wood mergulhou até o chão, aterrissando em sua raiva, com muito mais força do que pretendia, e cambaleou um pouco ao desmontar. Harry, Fred e Jorge o acompanharam.

— Flint! — berrou Wood para o capitão da Sonserina. — Está na hora do nosso treino! Levantamos especialmente para isso! Pode ir dando o fora!

Marcos Flint era ainda mais corpulento do que Wood. Tinha uma expressão de trasgo astucioso quando respondeu:

— Tem bastante espaço para todos nós, Wood.

Angelina, Alícia e Katie tinham se aproximado também. Não havia mulheres no time da Sonserina para ficar, ombro a ombro, com ar de desdém, encarando os jogadores da Grifinória.

— Mas eu reservei o campo! — disse Wood, praticamente cuspindo de raiva. — Eu reservei!

— Ah, mas tenho um papel aqui assinado pelo Prof. Snape. "Eu, Prof. Snape, dei ao time da Sonserina permissão para praticar hoje no campo de quadribol, face à necessidade de treinar o seu novo apanhador."

— Vocês têm um novo apanhador? — perguntou Wood, distraído. — Onde?

E por trás dos seis jogadores grandalhões surgiu diante deles um sétimo, menor, com um sorriso que se irradiava por todo o rosto pálido e fino. Era Draco Malfoy.

— Você não é o filho do Lúcio Malfoy? — perguntou Fred, olhando Draco com ar de desagrado.

— Engraçado você mencionar o pai do Draco — disse Flint enquanto o time inteiro da Sonserina sorria com mais prazer. — Deixe eu mostrar a vocês o presente generoso que ele deu ao time da Sonserina.

Os sete mostraram as vassouras. Sete cabos polidos, novos em folha, e sete conjuntos de letras douradas, formando as palavras Nimbus 2001, reluziam sob os narizes dos jogadores da Grifinória, ao sol do amanhecer.

— Último modelo. Saiu no mês passado — disse Flint displicente, tirando um grão de poeira da ponta de sua vassoura com um peteleco. — Acho que bate de longe a série antiga das 2000. Quanto às velhas Cleansweep — e sorriu de modo desagradável para Fred e Jorge, que seguravam esse tipo de vassoura —, varram o placar com elas.

Nenhum dos jogadores da Grifinória conseguiu pensar em nada para dizer naquele instante. Draco exibia um sorriso tão grande que seus olhos frios estavam reduzidos a fendas.

— Ah, olha ali — disse Flint. — Uma invasão de campo.

Rony e Hermione vinham atravessando o gramado para ver o que estava acontecendo.

— Que é que está havendo? — perguntou Rony a Harry. — Por que vocês não estão jogando? E que é que *ele* está fazendo aqui?

Olhava para Draco, reparando nas vestes de quadribol com as cores da Sonserina que o garoto usava.

— Sou o novo apanhador da Sonserina, Weasley — disse Draco, presunçoso. — O pessoal aqui está admirando as vassouras que meu pai comprou para o nosso time.

Rony olhou, boquiaberto, as sete magníficas vassouras diante dele.

— Boas, não são? — disse Draco com a voz macia. — Mas quem sabe o time da Grifinória pode levantar um ourinho e comprar vassouras novas, também. Você podia fazer uma rifa dessas Cleansweep 5; imagino que um museu talvez queira comprá-las.

O time da Sonserina dava gargalhadas.

— Pelo menos ninguém do time da Grifinória teve de *pagar* para entrar — disse Hermione com aspereza. — Entraram por puro talento.

O ar presunçoso de Draco pareceu oscilar.

— Ninguém pediu sua opinião, sua sujeitinha de sangue ruim — xingou ele.

Harry percebeu na hora que Draco dissera uma coisa realmente ofensiva, porque houve um tumulto instantâneo em seguida às suas palavras. Flint teve que mergulhar na frente de Draco para impedir que Fred e Jorge se atirassem contra ele. Alícia gritou com voz aguda:

— *Como é que você se atreve!* — E Rony mergulhou a mão nas vestes, puxou a varinha e gritou: — Você vai me pagar! — E apontou a varinha, furioso, para a cara de Draco, por baixo do braço de Flint.

Um estrondo muito forte ecoou pelo estádio, e um jorro de luz verde saiu da ponta oposta da varinha de Rony, atingiu-o na barriga e o atirou de costas na grama.

— Rony! Rony! Você está bem? — gritou Hermione.

Rony abriu a boca para falar, mas não saiu nada. Em vez disso, ele soltou um poderoso arroto e várias lesmas caíram de sua boca para o colo.

O time da Sonserina ficou paralisado de tanto rir. Flint, dobrado pela cintura, tentava se apoiar na vassoura nova. Draco caíra de quatro, dando murros no chão. Os alunos da Grifinória agrupavam-se em torno de Rony, que não parava de arrotar lesmas enormes. Ninguém parecia querer tocar nele.

— É melhor levarmos o Rony para a casa de Hagrid, é mais perto — disse Harry a Hermione, que concordou cheia de coragem, e os dois levantaram o amigo pelos braços.

— Que aconteceu, Harry? Que aconteceu? Ele está doente? Mas você pode curá-lo, não pode? — Colin descera correndo das arquibancadas e agora dançava em volta dos meninos que saíam de campo. Rony deu um enorme suspiro e mais lesmas rolaram pelo seu peito.

"Aaah!", exclamou Colin, fascinado, erguendo a máquina fotográfica. "Pode manter ele parado, Harry?"

— Sai da frente, Colin! — disse Harry com raiva. Ele e Hermione carregaram Rony para fora do estádio e atravessaram os jardins em direção à orla da floresta.

— Estamos quase lá, Rony — disse Hermione quando a cabana do guarda-caça tornou-se visível. — Você vai ficar bom num instante, estamos quase chegando...

Estavam a uns cinco metros da casa de Hagrid quando a porta de entrada se abriu, mas não foi Hagrid que apareceu. Gilderoy Lockhart, hoje com vestes lilás clarinho, vinha saindo.

— Depressa, aqui atrás — sibilou Harry, arrastando Rony para trás de uma moita próxima. Hermione seguiu-o, um tanto relutante.
— É muito simples se você sabe o que está fazendo! — Lockhart dizia em voz alta a Hagrid. — Se precisar de ajuda, você sabe onde estou! Vou-lhe dar uma cópia do meu livro. Estou surpreso que ainda não o tenha comprado: vou autografar um exemplar hoje à noite e mandar para você. Bom, adeus.
— E saiu em direção ao castelo.

Harry esperou até Lockhart desaparecer de vista, então puxou Rony da moita até a porta de Hagrid. Bateram apressados.

Hagrid abriu na mesma hora, parecendo muito rabugento, mas seu rosto se iluminou quando viu quem era.

— Estive pensando quando é que vocês viriam me ver, entrem, entrem, achei que podia ser o Prof. Lockhart outra vez...

Harry e Hermione ajudaram Rony a entrar na cabana sala e quarto, que tinha uma cama enorme em um canto, uma lareira com um fogo vivo no outro. Hagrid não pareceu perturbado com o problema das lesmas de Rony, que Harry explicou em poucas palavras enquanto baixava o amigo em uma cadeira.

— Melhor para fora do que para dentro — disse Hagrid animado, baixando com ruído uma grande bacia de cobre na frente do menino. — Ponha todas para fora, Rony.

— Acho que não há nada a fazer exceto esperar que a coisa passe — disse Hermione ansiosa, observando Rony se debruçar na bacia. — É um feitiço difícil de fazer em condições ideais, ainda mais com uma varinha quebrada...

Hagrid ocupou-se pela cabana preparando chá para os meninos. Seu cão de caçar javalis, Canino, fazia festas a Harry, sujando-o todo.

— Que é que Lockhart queria com você, Hagrid? — perguntou Harry, coçando as orelhas de Canino.

— Estava me dando conselhos para manter um poço livre de algas — rosnou Hagrid, tirando um galo meio depenado de cima da mesa bem esfregada e pousando nela o bule de chá. — Como se eu não soubesse. E ainda fez farol sobre um espírito agourento que ele espantou. Se uma única palavra do que disse for verdade, eu como a minha chaleira.

Não era hábito de Hagrid criticar professores de Hogwarts, e Harry olhou-o surpreso. Hermione, porém, disse num tom mais alto do que de costume:

— Acho que você está sendo injusto. É óbvio que o Prof. Dumbledore achou que ele era o melhor candidato para a vaga...

— Ele era o único candidato — disse Hagrid, oferecendo-lhes um prato de quadradinhos de chocolate, enquanto Rony tossia e vomitava na bacia. — E quero dizer o único mesmo. Está ficando muito difícil encontrar alguém para ensinar Artes das Trevas. As pessoas não andam muito animadas para assumir esta função. Estão começando a achar que está enfeitiçada. Ultimamente ninguém demorou muito nela. Agora me contem — disse Hagrid, indicando Rony com a cabeça. — Quem é que ele estava tentando enfeitiçar?

— Malfoy chamou Mione de alguma coisa, deve ter sido muito ruim porque ele ficou furioso.

— Foi ruim — disse Rony, rouco, erguendo-se, lívido e suado, até a superfície da mesa. — Malfoy chamou Mione de sangue ruim, Hagrid...

Rony tornou a sumir debaixo da mesa e um novo jorro de lesmas caiu. Hagrid pareceu indignado.

— Ele não fez isso!

— Fez sim — confirmou Hermione. — Mas eu não sei o que significa. Percebi que era uma grosseria muito grande, é claro...

— É praticamente a coisa mais ofensiva que ele podia dizer — ofegou Rony, voltando. — Sangue ruim é o pior nome para alguém que nasceu trouxa, sabe, que não tem pais bruxos. Existem uns bruxos, como os da família de Malfoy, que se acham melhores do que todo mundo porque têm o que as pessoas chamam de sangue puro. — Ele deu um pequeno arroto, e uma única lesma caiu em sua mão estendida. Ele a atirou à bacia e continuou: — Quero dizer, nós sabemos que isso não faz a menor diferença. Olha só o Neville Longbottom, ele tem sangue puro e nem sequer consegue pôr um caldeirão em pé do lado certo.

— E ainda não inventaram um feitiço que a nossa Mione não saiba fazer — disse Hagrid orgulhoso, fazendo Hermione ficar púrpura de tão corada.

— E é uma coisa revoltante chamar alguém de... — começou Rony, enxugando a testa suada com a mão trêmula — ... sangue sujo, sabe. Sangue comum. É ridículo. A maioria dos bruxos hoje em dia é mestiça. Se não tivéssemos casado com trouxas teríamos desaparecido da terra.

Ele teve uma ânsia de vômito e tornou a desaparecer de vista.

— Bem, não posso censurá-lo por querer enfeitiçar Draco — disse Hagrid alto para encobrir o barulho das lesmas que caíam na bacia. — Mas talvez tenha sido bom a sua varinha ter errado. Acho que Lúcio Malfoy viria na mesma hora à escola se você tivesse enfeitiçado o filho dele. Pelo menos você não se meteu em apuros.

Harry teria gostado de lembrar que o apuro não podia ser pior do que ter lesmas saindo da boca, mas não pôde; os quadradinhos de chocolate de Hagrid tinham grudado seus maxilares.

– Harry – disse Hagrid abruptamente como se tivesse lhe ocorrido um pensamento repentino. – Tenho uma reclamação sobre você. Ouvi falar que andou distribuindo fotos autografadas. Como é que não ganhei nenhuma?

Furioso, Harry desgrudou os dentes.

– *Não* andei distribuindo fotos autografadas – disse alterado. – Se Lockhart continua a espalhar este boato...

Mas, então, ele viu que Hagrid estava rindo.

– Só estou brincando – disse, dando palmadinhas amigáveis nas costas de Harry, fazendo-o enfiar a cara na mesa. – Eu sabia que não tinha dado. Eu disse a Lockhart que você não precisava fazer isso. Você é mais famoso do que ele sem fazer a menor força.

– Aposto como ele não gostou disso – comentou Harry erguendo a cabeça e esfregando o queixo.

– Acho que não – respondeu Hagrid, com os olhos cintilando. – E então falei que nunca tinha lido um livro dele e ele resolveu ir embora. Quadradinhos de chocolate, Rony? – acrescentou, ao ver Rony reaparecer.

– Não, obrigado – disse o menino, fraco. – É melhor não arriscar.

– Venham ver o que andei plantando – convidou Hagrid quando Harry e Hermione terminaram de beber o chá.

Na pequena horta nos fundos da casa havia uma dúzia das maiores abóboras que Harry já vira. Cada uma tinha o tamanho de um pedregulho.

– Estão crescendo bem, não acham? – perguntou Hagrid alegre. – Para a Festa das Bruxas... até lá já devem estar bem grandes.

– Que é que você está pondo na terra? – perguntou Harry.

Hagrid espiou por cima do ombro para ver se estavam sozinhos.

– Bom, tenho dado, sabe, uma ajudinha...

Harry reparou no guarda-chuva florido de Hagrid encostado na parede dos fundos da cabana. Harry sempre tivera razões para acreditar até aquele momento que aquele guarda-chuva não era bem o que parecia; na verdade, tinha a forte impressão de que a velha varinha escolar de Hagrid se escondia dentro dele. O guarda-caça fora expulso de Hogwarts no terceiro ano, mas Harry nunca descobrira a razão – era só mencionar o assunto, e ele pigarreava alto e se tornava misteriosamente surdo até que se mudasse de assunto.

– Um feitiço de engorda? – perguntou Hermione, num tom de quem se diverte e desaprova. – Bem, você fez um bom trabalho.

— Foi o que a sua irmãzinha disse — comentou Hagrid, fazendo sinal a Rony. — Encontrei-a ainda ontem. — Hagrid olhou de esguelha para Harry, a barba mexendo. — Ela me disse que estava só dando uma olhada pelos jardins, mas eu calculo que estava na esperança de encontrar alguém na minha casa. — E piscou para Harry. — Se alguém me perguntasse, *ela* é uma que não recusaria uma foto...

— Ah, cala a boca — disse Harry. Rony deu uma risada abafada e o chão ficou cheio de lesmas.

— Cuidado! — rugiu Hagrid, puxando Rony para longe das suas preciosas abóboras.

Era quase hora do almoço e como Harry só comera uns quadradinhos de chocolate desde o amanhecer, estava doido para voltar à escola e almoçar. Eles se despediram de Hagrid e regressaram ao castelo. Rony tossia de vez em quando, mas só vomitou duas lesminhas.

Mal tinham entrado no saguão quando ouviram uma voz.

— Aí estão vocês, Potter, Weasley. — A Prof.ª McGonagall veio em direção a eles, com a cara séria. — Vocês dois vão cumprir suas detenções hoje à noite.

— O que vamos fazer, professora? — perguntou Rony, contendo, nervoso, um arroto.

— *Você* vai polir as pratas na sala de troféus com o Sr. Filch. E nada de magia, Weasley, no muque.

Rony engoliu em seco. Argo Filch, o zelador, era detestado por todos os alunos da escola.

— E você, Potter, vai ajudar o Prof. Lockhart a responder às cartas dos fãs.

— Ah, n..., professora, não posso ir também para a sala de troféus? — perguntou Harry desesperado.

— É claro que não — respondeu ela, erguendo as sobrancelhas. — O Prof. Lockhart fez questão de que fosse você. Oito horas em ponto, os dois.

Harry e Rony entraram curvados no Salão Principal, no pior estado de ânimo possível, Hermione atrás deles, com aquela expressão *bom-vocês--desobedeceram-ao-regulamento*. Harry nem apreciou o empadão tanto quanto pretendera. Os dois, ele e Rony, acharam que tinham se dado muito mal.

— Filch vai me prender lá a noite inteira — disse Rony, com a voz deprimida. — Nada de magia! Deve ter umas cem taças naquela sala. Não entendo nada de limpeza de trouxas.

— Eu trocaria com você numa boa — disse Harry num tom cavo. — Treinei um bocado com os Dursley. Responder às cartas dos fãs de Lockhart... ele vai ser um pesadelo...

A tarde de sábado pareceu se evaporar no que pareceu um segundo, já eram cinco para as oito, e Harry já ia se arrastando pelo corredor do segundo andar em direção à sala de Lockhart. Cerrou os dentes e bateu à porta.

A porta se escancarou na mesma hora. Lockhart sorria para ele.

— Ah, aqui temos o bagunceiro! — exclamou. — Entre, Harry, entre...

Rebrilhando nas paredes, à luz das muitas velas, havia uma quantidade de fotografias emolduradas de Lockhart. Havia até algumas autografadas. Outra grande pilha aguardava sobre a mesa.

— Você pode endereçar os envelopes! — disse Lockhart a Harry, como se isso fosse um prêmio. — O primeiro vai para Gladys Gudgeon, que Deus a abençoe, uma grande fã minha...

Os minutos se arrastaram. Harry deixou a voz de Lockhart passar por ele, respondendo ocasionalmente "Hum" e "Certo" e "Sim". Vez por outra, ele captava uma frase do tipo "A fama é um amigo infiel, Harry" ou "A celebridade é o que ela faz, lembre-se disto".

As velas foram se consumindo, fazendo a luz dançar sobre os muitos rostos de Lockhart que o observavam. Harry estendeu a mão dolorida para o que lhe pareceu ser o milésimo envelope, e escreveu o endereço de Veronica Smethley. *Deve estar quase na hora de sair,* pensou Harry infeliz, *por favor, tomara que esteja quase na hora...*

Então ele ouviu uma coisa — uma coisa muito diferente do ruído das velas que espirravam já no finzinho e a tagarelice de Lockhart sobre os fãs.

Foi uma voz, uma voz de congelar o tutano dos ossos, uma voz venenosa e gélida de tirar o fôlego.

— *Venha... venha para mim... Me deixe rasgá-lo... Me deixe rompê-lo... Me deixe matá-lo...*

Harry deu um enorme pulo e, com isso, fez aparecer um enorme borrão na rua de Veronica Smethley.

— Quê?! — exclamou em voz alta.

— Eu sei! — disse Lockhart. — Seis meses inteiros encabeçando a lista dos livros mais vendidos! Bati todos os recordes!

— Não — disse Harry assustado. — Essa voz!

— Perdão? — disse Lockhart, parecendo intrigado. — Que voz?

— Aquela, a voz que disse, o senhor não ouviu?

Lockhart estava olhando para Harry muito surpreso.

— Do que é que você está falando, Harry? Talvez você esteja ficando com sono? Nossa, olhe só a hora! Estamos aqui há quase quatro horas! Eu nunca teria acreditado, o tempo voou, não acha?

Harry não respondeu. Apurava os ouvidos para captar novamente a voz, mas não havia som algum exceto Lockhart a lhe dizer que não devia esperar uma moleza como aquela todas as vezes que pegasse uma detenção. Sentindo-se atordoado, Harry foi-se embora.

Era tão tarde que a sala comunal da Grifinória estava quase vazia. Harry subiu direto ao dormitório. Rony ainda não voltara. Harry vestiu o pijama, meteu-se na cama e esperou. Meia hora depois, Rony apareceu, aconchegando o braço direito e trazendo um forte cheiro de líquido de polimento para o quarto escuro.

— Os meus músculos estão em cãibra — gemeu, afundando-se na cama. — Catorze vezes ele me fez dar brilho naquela Taça de Quadribol antes de ficar satisfeito. E tive mais um acesso de lesmas em cima de um prêmio especial por serviços prestados à escola. Levou séculos para retirar as lesmas... Como foi com o Lockhart?

Em voz baixa para não acordar Neville, Dino e Simas, Harry contou a Rony exatamente o que ouvira.

— E Lockhart disse que não estava ouvindo nada? — perguntou Rony. Harry podia até vê-lo franzindo a testa ao luar. — Você acha que ele estava mentindo? Mas não entendo, mesmo alguém invisível teria tido que abrir a porta.

— Eu sei — disse Harry, recostando-se na cama de colunas e fixando o olhar no dossel. — Eu também não entendo.

## 8

## A FESTA DO ANIVERSÁRIO DE MORTE

O utubro chegou, espalhando pelos jardins uma friagem úmida que entrava pelo castelo. Madame Pomfrey, a enfermeira, esteve muito ocupada com uma repentina onda de gripe entre professores, funcionários e alunos. Sua poção reanimadora fazia efeito instantâneo, embora deixasse quem a bebia fumegando pelas orelhas durante muitas horas. Gina Weasley, que andava pálida, foi intimada por Percy a tomar a poção. A fumaça saindo por baixo dos seus cabelos muito vivos dava a impressão de que a cabeça inteira estava em chamas.

Gotas de chuva do tamanho de balas de revólver fustigavam as janelas do castelo durante dias seguidos; as águas do lago subiram, os canteiros de flores viraram um rio lamacento, e as abóboras de Hagrid ficaram do tamanho de um barraco. O entusiasmo de Olívio Wood pelas sessões de treinamento regulares, no entanto, não esfriou, razão por que Harry pôde ser encontrado, no fim de uma tarde de sábado tempestuosa, às vésperas do Dia das Bruxas, voltando à Torre da Grifinória, encharcado até os ossos e coberto de lama.

Mesmo tirando a chuva e o vento, não fora um treino alegre. Fred e Jorge, que tinham andado espionando o time da Sonserina, tinham visto com os próprios olhos a velocidade das novas Nimbus 2001. Eles comentaram que o time da Sonserina parecia sete borrõezinhos cortando o céu com a velocidade de mísseis.

Quando Harry vinha acabrunhado pelo corredor deserto, encontrou alguém que parecia tão preocupado quanto ele. Nick Quase Sem Cabeça, o fantasma da Torre da Grifinória, olhava desanimado pela janela, murmurando para si mesmo "... não satisfaz os requisitos... pouco mais de um centímetro, se tanto...".

— Oi, Nick — cumprimentou Harry.

— Olá, olá. — Assustou-se olhando para os lados. Usava um elegante chapéu emplumado sobre a longa cabeleira crespa e uma túnica com rufos, que escondia o fato do seu pescoço estar quase completamente separado da cabeça. Nick era transparente como fumaça, e Harry via através dele o céu escuro e a chuva torrencial lá fora.

"Você parece preocupado, jovem Potter", disse Nick, dobrando, ao falar, uma carta transparente e guardando-a no interior do gibão.

— Você também — disse Harry.

— Ah — Nick Quase Sem Cabeça fez um aceno com a mão elegante —, uma questão de menor importância... Não é que eu queira realmente entrar... Achei que devia me candidatar, mas pelo visto "não satisfaço as exigências"...

Apesar do seu tom leve, tinha no rosto uma expressão de muita amargura.

— Mas a pessoa pensaria, não é — disse ele de repente, tirando mais uma vez a carta do bolso —, que ter levado quarenta e cinco golpes de machado cego no pescoço qualificaria alguém a entrar para a Caça Sem Cabeça?

— Ah, sim — respondeu Harry, que obviamente deveria concordar.

— Quero dizer, ninguém gostaria mais do que eu que o corte tivesse sido rápido e limpo, e que minha cabeça tivesse realmente caído, quero dizer, teria me poupado muita dor e ridículo. No entanto... — Nick Quase Sem Cabeça abriu a carta com uma sacudidela e leu furioso:

*"Só podemos aceitar caçadores cujas cabeças tenham se separado dos corpos. O senhor compreenderá que, do contrário, seria impossível os sócios participarem das atividades de caça como Balanço de Cabeça a Cavalo e Polo de Cabeça. É com o maior pesar, portanto, que devemos informar-lhe que o senhor não satisfaz as nossas exigências. Com os nossos cumprimentos, Sir Patrício Delaney-Podmore."*

Espumando de raiva, Nick Quase sem cabeça guardou a carta.

— Pouco mais de um centímetro de pele e um tendão seguram minha cabeça, Harry! A maioria das pessoas acharia que fui decapitado, mas ah, não, não é o bastante para o Sr. Realmente Decapitado Podmore.

Nick Quase Sem Cabeça respirou fundo várias vezes e então disse, num tom muito mais calmo:

— Então... o que é que o está preocupando? Tem alguma coisa que eu possa fazer?

— Não — disse Harry. — A não ser que saiba onde podemos arranjar sete Nimbus 2001 de graça para o nosso jogo contra Sonse...

O resto da frase de Harry foi abafado por um miado agudo de alguém junto aos seus calcanhares. Ele olhou e deu com um par de olhos amarelos que mais pareciam globos de luz. Era Madame Nor-r-ra, a gata esquelética e cinzenta que o zelador, Argo Filch, usava como uma espécie de delegada na sua luta incansável contra os estudantes.

— É melhor você sair daqui, Harry — disse Nick depressa. — Filch não está de bom humor, pegou a gripe, e uns alunos do terceiro ano sem querer grudaram miolos de sapo pelo teto da masmorra cinco. Ele esteve limpando a manhã inteira e se vir você pingando lama para todo lado...

— Certo — disse Harry se afastando do olhar acusador de Madame Nor-r-ra, mas não foi suficientemente rápido. Atraído ao local pela força misteriosa que parecia ligá-lo àquela gata nojenta, Argo Filch irrompeu de repente pela tapeçaria à direita de Harry, chiando furioso à procura do infrator. Trazia um lenço de grossa lã escocesa amarrado à cabeça e seu nariz estava estranhamente purpúreo.

— Sujeira! — gritou, os maxilares tremendo, os olhos assustadoramente saltados, apontando a poça de lama que pingava das vestes de quadribol de Harry. — Bagunça e sujeira por toda parte! Para mim, chega, é o que lhe digo. Venha comigo, Potter!

Então Harry acenou um triste adeus a Nick Quase Sem Cabeça e acompanhou Filch ao andar de baixo, duplicando o número de pegadas de lama no assoalho.

Harry nunca estivera no interior da sala de Filch antes; era um lugar que a maioria dos estudantes evitava. O local era encardido e escuro, sem janelas, iluminado por uma única lâmpada de óleo pendurada no teto baixo. Um leve cheiro de peixe frito impregnava a sala. Arquivos de madeira estavam dispostos ao longo das paredes; pelas etiquetas, Harry pôde ver que continham detalhes sobre cada aluno que Filch já castigara. Fred e Jorge Weasley tinham uma gaveta separada. Uma coleção muitíssimo polida de correntes e algemas estava pendurada na parede atrás da mesa de Filch. Era do conhecimento geral que ele estava sempre pedindo a Dumbledore que o deixasse pendurar os alunos no teto pelos tornozelos.

Filch pegou uma pena no tinteiro em cima da mesa e começou a procurar um pergaminho.

— Bosta — resmungou furioso —, bosta frita de dragão... miolos de sapos... tripas de ratos... Para mim já chega... vou fazer disto um *exemplo*... onde está o formulário... aqui...

Ele retirou um grande rolo de pergaminho da gaveta da escrivaninha e abriu-o à sua frente, mergulhando a longa pena preta no tinteiro.

— Nome... Harry Potter. Crime...

— Foi só um pouquinho de lama! — exclamou Harry.

— Foi só um pouquinho de lama para você, moleque, mas para mim é mais uma hora de limpeza! — gritou Filch, uma gota nojenta estremecendo na ponta do nariz de bolota. — Crime... sujar o castelo... *sentença sugerida...*

Filch, secando o nariz sempre a pingar, lançou um olhar desagradável a Harry, que esperava prendendo a respiração a sentença desabar sobre sua cabeça.

Mas, quando Filch baixou a pena, ouviu-se um forte estampido no teto da sala, que fez a lâmpada a óleo chocalhar.

— PIRRAÇA! — rugiu Filch, atirando a pena no chão num assomo de raiva. — Desta vez eu te pego, eu te pego!

E sem nem olhar para Harry, Filch saiu correndo da sala, com Madame Nor-r-ra do lado.

Pirraça era o poltergeist da escola, uma ameaça aérea e sorridente que vivia a provocar desordem e aflição. Harry não gostava muito do Pirraça, mas não pôde deixar de se sentir grato pelo seu senso de oportunidade. Era de esperar, seja o que for que Pirraça tivesse feito (e parecia que desta vez estragara alguma coisa muito importante), que desviasse a atenção de Filch de Harry.

Achando que devia provavelmente esperar Filch voltar, Harry afundou em uma cadeira comida por traças ao lado da escrivaninha. Sobre ela só havia uma coisa além do formulário incompleto: um envelope roxo, grande e brilhante com letras prateadas na face. Com uma olhada rápida à porta para ver se Filch já estava voltando, Harry apanhou o envelope e leu:

### FEITICEXPRESSO

*Um curso de magia por correspondência para principiantes*

Intrigado, Harry sacudiu o envelope aberto e puxou o maço de pergaminhos que havia dentro, com inscrições prateadas dizendo:

*Você se sente antiquado no mundo da magia moderna? Vê-se inventando desculpas para não executar feitiços simples?*
*Ouve caçoadas por manejar tão mal uma varinha de condão?*
*Temos a solução!*

*Feiticexpresso é um curso inteiramente novo, que garante resultados rápidos e fácil assimilação.*

*Centenas de bruxos e bruxas já se beneficiaram com o método do Feiticexpresso!*

*Madame Z. Nettles of Topsham nos escreve:*
*"Eu não tinha memória para guardar encantamentos e minhas poções eram motivo de riso na família! Agora, depois do curso Feiticexpresso, sou o centro das atenções nas festas, e meus amigos me pedem a receita da Minha Solução Cintilante!"*

*Bruxo D. J. Prod of Didsbury nos conta:*
*"Minha mulher costumava caçoar dos meus feitiços pouco eficazes, mas depois de um mês no seu fabuloso Feiticexpresso consegui transformá-la num iaque! Muito obrigado, Feiticexpresso!"*

Fascinado, Harry correu os dedos pelo resto do conteúdo do envelope. Para que na vida Filch queria um curso Feiticexpresso? Será que isto queria dizer que ele não era um bruxo formado? Harry estava começando a ler a "Lição Um: Como segurar sua varinha (Algumas dicas úteis)" quando o ruído de passos arrastados pelo corredor lhe avisara que Filch estava voltando. Harry enfiou o pergaminho de volta no envelope e atirou-o sobre a mesa pouco antes da porta se abrir.

Filch exibia um ar triunfante.

— Aquele armário que desaparece foi muitíssimo valioso! — disse todo alegre à Madame Nor-r-ra. — Vamos acabar com o Pirraça desta vez, minha doce...

Seus olhos pousaram em Harry e daí correram para o envelope do Feiticexpresso que, o garoto percebeu tarde demais, fora colocado meio metro mais longe do que estava antes.

A cara cerosa de Filch ficou vermelho-tijolo. Harry se preparou para uma maré de fúria. Filch capengou até a escrivaninha, agarrou o envelope e jogou-o dentro de uma gaveta.

— Você... você leu...? — gaguejou.

— Não — mentiu Harry depressa.

Filch torcia as mãos nodosas.

— Se eu sonhar que você leu a minha, minha não, a correspondência de um amigo, seja como for, mas...

Harry olhava fixo para ele, assustado; Filch nunca parecera mais furioso. Seus olhos saltavam, um tique nervoso estremecia sua bochecha mole, e o lenço escocês não melhorava sua aparência.

— Muito bem, pode ir, e não diga uma palavra, não que... mas, se você não leu, vá logo, tenho que fazer o relatório sobre o Pirraça, vá...

Espantado com a sua sorte, Harry saiu correndo da sala e tomou o corredor de volta para o saguão. Escapar da sala de Filch sem castigo provavelmente era uma espécie de recorde na escola.

— Harry! Harry! Funcionou?

Nick Quase Sem Cabeça saiu deslizando de uma sala de aula. Atrás dele, Harry pôde ver os destroços de um grande armário preto e dourado que parecia ter sido jogado de uma grande altura.

— Convenci Pirraça a largá-lo bem em cima da sala de Filch — disse Nick ansioso. — Achei que iria distraí-lo...

— Aquilo foi você? — perguntou Harry, grato. — Funcionou, sim, eu não peguei nem uma detenção. Obrigado, Nick!

Os dois saíram juntos pelo corredor. Nick Quase Sem Cabeça, Harry reparou, ainda segurava a carta de recusa de Sir Patrício.

— Eu gostaria de poder fazer alguma coisa sobre a Caça Sem Cabeça — comentou Harry.

Nick Quase Sem Cabeça parou de repente, e Harry passou por dentro dele. Gostaria de não ter feito isso; era como entrar embaixo de um chuveiro gelado.

— Mas tem uma coisa que você pode fazer por mim — disse Nick animado. — Harry, seria pedir muito, mas, não, você não iria...

— Aonde?

— Bem, este Dia das Bruxas será o meu quingentésimo aniversário de morte — disse Nick Quase Sem Cabeça, empertigando-se com o ar solene.

— Ah! — exclamou Harry, sem saber se devia fazer cara triste ou alegre com a notícia. — Certo.

— Estou dando uma festa em uma das masmorras maiores. Vêm amigos de todo o país. Seria uma honra tão grande se você pudesse comparecer! O Sr. Weasley e a Srta. Granger também seriam muito bem-vindos, é claro, mas você não vai preferir comparecer à festa da escola? — Ele observava Harry cheio de dedos.

— Não — disse Harry depressa —, eu vou...

— Meu caro rapaz! Harry Potter no meu aniversário de morte! E... — hesitou, parecendo agitado — você acha que seria possível mencionar a Sir Patrício que me acha muito assustador e impressionante?

— Claro... claro.

O rosto de Nick Quase Sem Cabeça se abriu num grande sorriso.

\* \* \*

— Uma festa de aniversário de morte? — disse Hermione muito interessada quando Harry finalmente trocou de roupa e foi-se reunir a ela e a Rony na sala comunal. — Aposto que não existe muita gente viva que possa dizer que foi a uma festa dessas, vai ser fascinante!

— Por que alguém iria querer comemorar o dia em que morreu?! — exclamou Rony, que estava quase terminando o dever de Poções, mal-humorado.

— Me parece uma coisa mortalmente deprimente...

A chuva continuava a açoitar as janelas, que agora estavam pretas feito tinta, mas dentro da sala tudo parecia claro e alegre. As chamas da lareira iluminavam as inúmeras poltronas fofas onde os alunos estavam sentados lendo, conversando, fazendo o dever de casa ou, no caso de Fred e Jorge Weasley, tentando descobrir o que aconteceria se a pessoa fizesse uma salamandra comer um fogo Filibusteiro. Fred "salvara" o lagarto de couro laranja, que vive no fogo, de uma aula de Trato das Criaturas Mágicas, e ele agora fumegava suavemente em cima de uma mesa rodeada de meninos curiosos.

Harry ia começar a contar a Rony e Hermione sobre Filch e o curso Feiticexpresso quando, de repente, a salamandra saiu rodopiando descontrolada pelo ar, soltando fagulhas e estampidos. A visão de Percy berrando de ficar rouco com Fred e Jorge, a exibição espetacular de estrelas cor de tangerina que jorravam da boca da salamandra e sua fuga para a lareira, acompanhada de explosões, afugentaram Filch e o envelope do Feiticexpresso da cabeça de Harry.

Até chegar o Dia das Bruxas, Harry já se arrependera de sua promessa precipitada de ir à festa do aniversário de morte. O resto da escola estava animado com a proximidade da Festa das Bruxas; o Salão Principal fora decorado com os morcegos vivos de sempre, as enormes abóboras de Hagrid tinham sido recortadas para fazer lanternas tão grandes que cabiam três homens dentro, e havia boatos de que Dumbledore contratara uma trupe de esqueletos dançarinos para divertir o pessoal.

— Promessa é dívida — Hermione lembrou a Harry com ar de mandona.

— Você disse que iria ao aniversário de morte.

Então, às sete horas, Harry, Rony e Hermione passaram direto pela porta do Salão Principal apinhado de gente, que brilhava convidativo com pratos de ouro e velas, e tomaram o caminho das masmorras.

O corredor que levava à festa de Nick Quase Sem Cabeça tinha sido iluminado, também, com velas em toda a sua extensão, embora o efeito não fosse nada alegre: eram velas longas, finas e pretas, de luz azul, que projetavam uma claridade fantasmagórica mesmo nos rostos de gente viva. A temperatura caía a cada passo que davam. Quando Harry estremeceu e puxou as vestes mais para junto do corpo, ouviu um som que lembrava mil unhas arranhando um imenso quadro-negro.

— Será que isso é *música*? — cochichou Rony. Eles dobraram um canto e viram Nick Quase Sem Cabeça parado em um portal adornado com reposteiros de veludo preto.

— Meus caros amigos — disse ele pesaroso. — Sejam bem-vindos, sejam bem-vindos... fico tão contente que tenham podido vir...

E tirou o chapéu emplumado fazendo uma reverência e indicando a porta.

Era uma cena incrível. A masmorra continha centenas de pessoas esbranquiçadas e translúcidas, a maioria deslizando por uma pista de dança, valsando ao som medonho de trinta serrotes musicais, tocados por uma orquestra reunida em cima de uma plataforma drapeada de preto. Um lustre no alto projetava uma luz azul-meia-noite com outras mil velas pretas. A respiração dos garotos se condensava, formando uma névoa à frente deles; parecia que estavam entrando em uma câmara frigorífica.

— Vamos dar uma circulada? — sugeriu Harry, querendo esquentar os pés.

— Cuidado para não atravessar ninguém — recomendou Rony, nervoso, e os três saíram contornando a pista de dança. Passaram por um grupo de freiras soturnas, um homem vestido de trapos que usava correntes e o Frei Gorducho, um alegre fantasma da Lufa-Lufa, que conversava com um cavalheiro que tinha uma flecha espetada na testa. Harry não se surpreendeu ao ver que os outros fantasmas davam distância ao Barão Sangrento, um fantasma da Sonserina, muito magro, de olhos arregalados e coberto de manchas de sangue prateado.

— Ah, não! — exclamou Hermione, parando de repente. — Deem meia-volta, deem meia-volta, não quero falar com a Murta Que Geme...

— Quem? — perguntou Harry ao retrocederem.

— Ela assombra um boxe no banheiro das meninas no primeiro andar — disse Hermione.

— Ela assombra um *boxe*?

– É. O boxe esteve quebrado o ano inteiro porque ela não para de ter acessos de raiva e inundar o banheiro. Eu nunca entrei lá sempre que pude evitar; é horrível tentar fazer xixi com ela gemendo do lado...

– Olhem, comida! – exclamou Rony.

Do lado oposto da masmorra havia uma longa mesa, também coberta de veludo preto. Eles se aproximaram pressurosos, mas no instante seguinte pararam de chofre, horrorizados. O cheiro era bem desagradável. Grandes peixes podres estavam dispostos em belas travessas de prata, bolos carbonizados estavam arrumados em salvas, havia uma grande terrina de picadinho de miúdos de carneiro cheio de vermes, um pedaço de queijo coberto de uma camada de mofo esverdeado e, o orgulho do bufê, um enorme bolo cinzento em forma de sepultura, com os dizeres em glacê de asfalto:

SIR NICOLAS DE MIMSY-PORPINGTON
FALECIDO EM 31 DE OUTUBRO DE 1492.

Harry observou, espantado, um fantasma imponente se aproximar da mesa, abaixar-se e atravessá-la, a boca aberta de modo a engolir um salmão fedorento.

– O senhor pode provar a comida quando a atravessa? – perguntou-lhe Harry.

– Quase – respondeu o fantasma triste e se afastou.

– Imagino que tenham deixado o peixe apodrecer para acentuar o gosto – disse Hermione em tom de quem sabe das coisas, apertando o nariz e se debruçando para examinar o picadinho pútrido.

– Podemos ir andando? Estou me sentindo enjoado – disse Rony.

Nem bem tinham se virado, porém, quando um homenzinho saiu voando de repente de debaixo da mesa e parou no ar diante deles.

– Alô, Pirraça – cumprimentou Harry, cauteloso.

Ao contrário dos fantasmas à volta, Pirraça, o poltergeist, era o oposto de pálido e transparente. Usava um chapéu de festa laranja-vivo, uma gravata-borboleta giratória e exibia um largo sorriso no rosto largo e maldoso.

– Aperitivos – disse simpático, oferecendo aos garotos uma tigela de amendoins cobertos de fungo.

– Não, muito obrigada – disse Hermione.

– Ouvi você falando da coitada da Murta – disse Pirraça, os olhos dançando. – Que *grosseria* com a coitada. – Ele tomou fôlego e berrou: – OI! MURTA!

— Ah, não, Pirraça, não conte a ela o que eu disse, ela vai ficar realmente chateada — cochichou Hermione, frenética. — Não falei por mal, ela não me incomoda, ah, alô, Murta.

O fantasma atarracado de uma moça deslizou até eles. Tinha a cara mais triste que Harry já vira, meio oculta por cabelos escorridos e espessos, e óculos perolados.

— Que foi? — perguntou aborrecida.

— Como vai, Murta? — cumprimentou Hermione fingindo animação. — Que bom ver você fora do banheiro.

Murta fungou.

— A Srta. Granger estava mesmo falando em você... — disse Pirraça sonsamente ao ouvido da Murta.

— Só estava dizendo... dizendo... como você está bonita esta noite — completou Hermione, fechando a cara para Pirraça.

Murta olhou para Hermione desconfiada.

— Você está caçoando de mim — disse, lágrimas prateadas marejando rapidamente os seus olhos penetrantes.

— Não, sério, eu não acabei de falar como a Murta está bonita? — falou Hermione, cutucando dolorosamente Harry e Rony nas costelas.

— Ah, claro...

— Falou...

— Não mintam para mim! — exclamou Murta, as lágrimas agora escorrendo livremente pelo rosto, enquanto Pirraça, feliz, dava risadinhas por cima do ombro dela. — Vocês acham que não sei como as pessoas me chamam pelas costas? Murta Gorda! Murta Feiosa! Murta infeliz, chorona, apática!

— Você esqueceu do espinhenta — sibilou Pirraça ao ouvido dela.

A Murta Que Geme prorrompeu em soluços aflitos e fugiu da masmorra. Pirraça disparou atrás dela, jogando amendoins mofados e gritando:

— *Espinhenta! Espinhenta!*

— Ah, meu Deus! — lamentou-se Hermione.

Nick Quase Sem Cabeça agora deslizava por entre os convidados em direção aos garotos.

— Estão se divertindo?

— Ah, claro — mentiram.

— Um número de convidados bem grande — disse Nick Quase Sem Cabeça, orgulhoso. — A rainha viúva veio lá de Kent... Está quase na hora do meu discurso, é melhor eu ir avisar à orquestra...

A orquestra, porém, parou de tocar naquele exato instante. E todas as pessoas na masmorra se calaram, olhando para os lados animadas, ao ouvirem uma trompa de caça.

— Ah, lá vamos nós — disse Nick Quase Sem Cabeça amargurado.

Pelas paredes da masmorra irromperam doze cavalos fantasmas, cada um montado por um cavaleiro sem cabeça. Os convidados aplaudiram calorosamente; Harry começou a aplaudir, também, mas parou depressa ao ver a cara de Nick.

Os cavalos galoparam até o meio da pista de dança e pararam, levantando e abaixando as patas dianteiras. À frente da cavalgada havia um fantasma corpulento que segurava a cabeça sob o braço, posição de onde ele tocava a trompa. O fantasma apeou, levantou a cabeça no ar de modo que pudesse ver as pessoas (todos riram) e se dirigiu a Nick Quase Sem Cabeça, recolocando a cabeça sobre o pescoço.

— Nick! — rugiu. — Como vai? A cabeça ainda pendurada?

Ele soltou uma gargalhada cordial e deu uma palmadinha no ombro de Nick Quase Sem Cabeça.

— Seja bem-vindo, Patrício — disse Nick secamente.

— Gente viva! — exclamou Sir Patrício, vendo Harry, Rony e Hermione, e dando um grande pulo fingindo espanto, de modo que sua cabeça tornou a cair (os convidados gargalharam).

— Muito engraçado — disse Nick Quase Sem Cabeça com ferocidade.

— Não liguem para o Nick! — gritou a cabeça de Sir Patrício lá do chão. — Ainda está aborrecido porque não o deixamos se associar à Caçada! Mas quero dizer... olhem só para ele...

— Acho — disse Harry depressa, a um olhar significativo de Nick —, Nick é muito... assustador e...

— Ha! — gritou a cabeça de Sir Patrício. — Aposto como ele lhe pediu para dizer isso!

— Se todos puderem me dar atenção, está na hora do meu discurso! — avisou Nick Quase Sem Cabeça em voz alta, caminhando com firmeza até o pódio e tomando posição sob a luz de um refletor azul-gelo.

"Meus saudosos cavalheiros, damas e senhores, tenho o grande pesar..."

Mas ninguém ouviu muito mais do que isso. Sir Patrício e os Caçadores Sem Cabeça começaram uma partida de hóquei de cabeça e as pessoas foram se virando para assistir. Nick Quase Sem Cabeça tentou em vão reconquistar sua plateia, mas desistiu quando a cabeça de Sir Patrício passou navegando por ele em meio aos berros de vivas.

Harry, a esta altura, estava sentindo muito frio, para não falar na fome.

— Não dá para aguentar muito mais que isso — murmurou Rony, os dentes batendo, quando a orquestra tornou a entrar em ação, e os fantasmas voltaram à pista de dança.

— Vamos — concordou Harry.

Os três saíram em direção à porta, acenando com a cabeça e sorrindo para todos que olhavam, e um minuto depois estavam andando depressa pelo corredor cheio de velas.

— Talvez o pudim ainda não tenha acabado — disse Rony, esperançoso, seguindo à frente em direção à escada do saguão de entrada.

E então Harry ouviu.

"... *rasgar... romper... matar...*"

Era a mesma voz, a mesma voz gélida e assassina que ouvira na sala de Lockhart.

Ele parou quase tropeçando, apoiando-se na parede de pedra, escutando com toda a atenção, olhando para os lados, apertando os olhos para ver nos dois sentidos do corredor mal iluminado.

— Harry, que é que você...?

— É aquela voz de novo, fiquem quietos um minuto...

"... *tanta fome... tanto tempo...*"

— Ouçam! — disse Harry com urgência, e Rony e Hermione pararam, observando-o.

"... *matar... hora de matar...*"

A voz foi ficando mais fraca. Harry tinha certeza de que estava se afastando — se afastando para o alto. Uma mistura de medo e animação se apoderou dele ao fixar o olhar no teto escuro; como é que ela podia estar se afastando para o alto? Seria um fantasma, para quem tetos de pedra não faziam diferença?

— Por aqui — gritou ele e começou a subir correndo as escadas para o saguão. Não adiantava querer ouvir nada ali, o vozerio na festa do Salão Principal ecoava pelo saguão. Harry subiu correndo a escadaria de mármore até o primeiro andar, com Rony e Hermione nos seus calcanhares.

— Harry, que é que estamos...

— PSIU!

Harry apurou os ouvidos. Longe, vinda do andar de cima, e cada vez mais fraca, ele ouviu a voz:

"...*Sinto cheiro de sangue*... SINTO CHEIRO DE SANGUE!"
Sentiu um aperto no estômago...

— Vai matar alguém! — gritou ele, e sem dar atenção aos rostos perplexos de Rony e Hermione, subiu correndo o lance seguinte de escada, três degraus de cada vez, tentando escutar apesar do barulho que seus passos faziam...

Harry precipitou-se pelo segundo andar, Rony e Hermione ofegantes atrás dele, e não parou até entrar no último corredor deserto.

— Harry, do que é que você estava falando? — perguntou Rony, enxugando o suor do rosto. — Eu não ouvi nada...

Mas Hermione soltou uma súbita exclamação, apontando para o corredor.

— Olhem!

Alguma coisa brilhava na parede em frente. Eles se aproximaram devagarinho, apertando os olhos para ver na penumbra. Alguém tinha pintado palavras de uns trinta centímetros na parede entre as duas janelas, que refulgiam à luz das chamas das tochas.

A CÂMARA SECRETA FOI ABERTA.
INIMIGOS DO HERDEIRO, CUIDADO.

— Que coisa é aquela, pendurada ali embaixo? — perguntou Rony, com um ligeiro tremor na voz.

Ao se aproximarem, Harry quase escorregou — havia uma grande poça de água no chão; Rony e Hermione o seguraram e continuaram a avançar devagar até a mensagem, os olhos fixos na sombra escura embaixo. Os três logo perceberam o que era e deram um salto para trás espalhando água.

Madame Nor-r-ra, a gata do zelador, estava pendurada pelo rabo em um suporte de tocha. Estava dura como um pau, os olhos arregalados e fixos.

Durante alguns segundos eles não se mexeram. Então Rony falou:

— Vamos dar o fora daqui.

— Será que não devíamos tentar ajudar... — começou a dizer Harry, sem jeito.

— Confie em mim — disse Rony. — Não podemos ser encontrados aqui.

Mas era tarde demais. Um ronco, como o de um trovão distante, informou-lhes que a festa terminara naquele instante. De cada ponta do corredor onde estavam, ouviram o barulho de centenas de pés que subiam as escadas, e a conversa alta e alegre de gente bem alimentada; no instante seguinte os alunos entravam aos encontrões pelos dois lados do corredor.

A conversa, o bulício, o barulho morreu de repente quando os garotos que vinham à frente viram o gato pendurado. Harry, Rony e Hermione estavam sozinhos no meio do corredor, e os estudantes que se empurravam para ver a cena macabra se calaram.

Então alguém gritou em meio ao silêncio.

– Inimigos do herdeiro, cuidado! Vocês vão ser os próximos, sangues ruins!

Era Draco Malfoy. Ele abrira caminho até a frente dos alunos, seus olhos frios muito intensos, seu rosto, em geral pálido, corara, e ele ria diante do gato pendurado imóvel.

# 9

## A PICHAÇÃO NA PAREDE

— Que está acontecendo aqui? Que está acontecendo?

Atraído, sem dúvida, pelo grito de Draco, Argo Filch apareceu, abrindo caminho com os ombros por entre os alunos aglomerados. Então ele viu Madame Nor-r-ra e recuou, levando as mãos ao rosto horrorizado.

— Minha gata! Minha gata! Que aconteceu a Madame Nor-r-ra? — gritou ele.

E seus olhos saltados pousaram em Harry.

— Você! — gritou. — Você! Você assassinou a minha gata! Você a matou! Vou matá-lo! Vou...

— *Argo!*

Dumbledore chegara à cena, seguido de vários professores. Em segundos, passou por Harry, Rony e Hermione e soltou Madame Nor-r-ra do porta-archote.

— Venha comigo, Argo — disse a Filch. — Os senhores também, Sr. Potter, Sr. Weasley e Srta. Granger.

Lockhart deu um passo à frente pressuroso.

— A minha sala fica mais próxima, diretor, logo aqui em cima, por favor, fique à vontade...

— Muito obrigado, Gilderoy — disse Dumbledore.

Os presentes se afastaram para os lados em silêncio para deixá-los passar. Lockhart, com o ar agitado e importante, acompanhou Dumbledore, apressado; o mesmo fizeram a Prof.ª McGonagall e o Prof. Snape.

Ao entrarem na sala escura de Lockhart, ouviram uma agitação passar pelas paredes; Harry viu vários Lockharts nas molduras se esconderem, com os cabelos presos em rolinhos. O verdadeiro Lockhart acendeu as velas sobre a escrivaninha e se afastou um pouco. Dumbledore pôs Madame Nor-r-ra na superfície polida e começou a examiná-la. Harry, Rony e Hermione trocaram olhares tensos e se sentaram, observando, em cadeiras fora do círculo iluminado pelas velas.

A ponta do nariz comprido e curvo de Dumbledore estava a menos de três centímetros do pelo de Madame Nor-r-ra. Ele a examinou atentamente através dos óculos de meia-lua, apalpou-a e cutucou-a com os dedos longos. A Profª McGonagall estava curvada quase tão próxima, os olhos apertados. Snape esticava-se por trás deles, meio na sombra, com uma expressão estranhíssima no rosto: era como se estivesse fazendo força para não sorrir. E Lockhart andava à volta do grupo, oferecendo sugestões.

— Decididamente foi um feitiço que a matou, provavelmente a Tortura Transmogrifiana. Já a usaram muitas vezes, que pena que eu não estava presente, conheço exatamente o contrafeitiço que a teria salvado...

Os comentários de Lockhart eram pontuados pelos soluços secos e violentos de Filch. Ele se afundara em uma cadeira ao lado da escrivaninha, incapaz de olhar para Madame Nor-r-ra, o rosto coberto com as mãos. Por mais que detestasse Filch, Harry não pôde deixar de sentir uma certa pena dele, embora não tanta quanto a que sentia de si mesmo. Se Dumbledore acreditasse em Filch, o garoto com certeza seria expulso.

Dumbledore agora murmurava palavras estranhas para si mesmo, tocando Madame Nor-r-ra com a varinha, mas nada aconteceu: ela continuava parecendo que fora empalhada recentemente.

— ... Lembro-me de algo muito parecido que aconteceu em Ouagadogou — disse Lockhart —, uma série de ataques, a história completa se encontra na minha autobiografia, naquela ocasião pude fornecer aos habitantes da cidade vários amuletos, que resolveram imediatamente o problema...

As fotografias de Lockhart na parede concordavam com a cabeça quando ele falava. Uma delas se esquecera de tirar a rede dos cabelos.

Finalmente Dumbledore se ergueu.

— A gata não está morta, Argo — disse ele baixinho.

Lockhart parou imediatamente de contar o número de assassinatos que evitara.

— Não está morta? — engasgou-se Filch, olhando por entre os dedos para Madame Nor-r-ra. — Então por que é que ela está toda... toda dura e gelada?

— Ela foi petrificada — disse Dumbledore. ("Ah! Eu bem que achei!", disse Lockhart.) — Mas de que forma, eu não sei dizer...

— Pergunte a *ele*! — gritou Filch, virando o rosto manchado e escorrido de lágrimas para Harry.

— Nenhum aluno do segundo ano poderia ter feito isto — disse Dumbledore com firmeza. — Seria preciso conhecer magia das trevas avançadíssima...

— Foi ele, foi ele! — cuspiu Filch, o rosto balofo congestionado. — O senhor viu o que ele escreveu na parede! Ele encontrou... no meu escritório... ele sabe que eu sou um... sou um... — O rosto de Filch se contorceu de modo horrendo. — Ele sabe que sou um aborto! — terminou.

— Jamais encostei o dedo em Madame Nor-r-ra! — disse Harry em voz alta, sentindo-se incomodado por saber que todos o olhavam, inclusive todos os Lockharts nas paredes. — Nem mesmo sei o que é um aborto.

— Mentira! — rosnou Filch. — Ele viu a carta do Feiticexpresso!

— Se me permite falar, diretor — disse Snape de seu lugar nas sombras, e Harry sentiu seus maus pressentimentos aumentarem; tinha certeza de que nada que Snape tivesse a dizer iria beneficiá-lo.

"Talvez Potter e seus amigos simplesmente estivessem no lugar errado na hora errada", disse ele, um ligeiro trejeito de desdém lhe encrespando a boca como se duvidasse do que dizia. "Mas temos um conjunto de circunstâncias suspeitas neste caso. Por que é que estavam no corredor do andar superior? Por que não estavam na Festa das Bruxas?"

Harry, Rony e Hermione, todos desataram a dar explicações sobre a festa de aniversário de morte.

— ... havia centenas de fantasmas na festa, que poderão confirmar que estávamos lá...

— Mas por que não foram depois para a Festa das Bruxas? — perguntou Snape, os olhos pretos faiscando à luz das velas. — Por que subir àquele corredor?

Rony e Hermione olharam para Harry.

— Porque... porque... — disse Harry, o coração disparado; alguma coisa lhe disse que seria muito difícil eles acreditarem se confessasse que fora levado por uma voz sem corpo que ninguém, exceto ele, tinha podido ouvir — porque estávamos cansados e queríamos nos deitar.

— Sem jantar? — disse Snape, um sorriso vitorioso perpassou o seu rosto magro. — Eu não sabia que nas festas os fantasmas ofereciam comida própria para consumo de gente viva.

— Não estávamos com fome — disse Rony em voz alta ao mesmo tempo que sua barriga dava um enorme ronco.

O sorriso maldoso de Snape se ampliou.

— Suspeito, diretor, que Potter não esteja dizendo toda a verdade. Talvez fosse uma boa ideia privá-lo de certos privilégios até que esteja disposto a nos contar tudo. Pessoalmente, acho que deveria ser suspenso do time de quadribol da Grifinória até que se disponha a ser honesto.

— Francamente, Severo — disse a Prof.ª McGonagall com aspereza —, não vejo razão para impedir o menino de jogar quadribol. Esta gata não foi enfeitiçada com um golpe de vassoura. Não há qualquer evidência de que Potter tenha feito algo errado.

Dumbledore lançou a Harry um olhar penetrante. Seus olhos azuis cintilantes faziam Harry sentir que estava sendo radiografado.

— Inocente até que se prove o contrário, Severo — disse com firmeza.

Snape pareceu furioso. E Filch também.

— Minha gata foi petrificada! — gritou, os olhos esbugalhados. — Quero ver alguém ser *castigado*!

— Vamos curá-la, Argo — disse Dumbledore, paciente. — A Prof.ª Sprout recentemente obteve umas mandrágoras. Assim que elas crescerem, vou mandar fazer uma poção que ressuscitará Madame Nor-r-ra.

— Eu faço — Lockhart entrou na conversa. — Devo ter feito isto centenas de vezes. Seria capaz de preparar um Tônico Restaurador de Mandrágora até dormindo...

— Desculpe-me — disse Snape num tom gelado. — Mas creio que sou o professor de Poções aqui nesta escola.

Houve uma pausa muito incômoda.

— Vocês podem ir — disse Dumbledore a Harry, Rony e Hermione.

Os três saíram o mais depressa que puderam sem chegar a correr. Quando estavam um andar acima da sala de Lockhart, entraram em uma sala de aula e fecharam a porta silenciosamente. Harry procurou enxergar o rosto dos amigos no escuro.

— Vocês acham que eu devia ter falado a eles daquela voz que ouvi?

— Não — respondeu Rony sem hesitar. — Ouvir vozes que ninguém mais ouve não é bom sinal, mesmo no mundo da magia.

Alguma coisa na voz de Rony fez Harry perguntar:

— Você acredita em mim, não é?

— Claro que acredito — respondeu Rony depressa. — Mas... você vai concordar que é estranho...

— Eu sei que é estranho — disse Harry. — A coisa toda é estranha. O que era aquela pichação na parede? *A Câmara Secreta foi aberta...* Que será que significa isso?

— Sabe, me lembra alguma coisa — disse Rony lentamente. — Acho que alguém certa vez me contou uma história de uma câmara secreta em Hogwarts... talvez tenha sido o Gui...

— E afinal o que é um aborto? — perguntou Harry.

Para sua surpresa, Rony sufocou uma risadinha.

— Bem... não é realmente engraçado... mas é o que Filch é – disse ele. – Um aborto é alguém que nasceu em uma família de bruxos, mas não tem poderes mágicos. De certa forma é o oposto do bruxo que nasceu trouxa, mas os abortos são muito raros. Se Filch está tentando aprender magia em um curso Feiticexpresso, imagino que ele seja um aborto. Isto explicaria muita coisa. Por exemplo, a razão por que ele odeia tanto os alunos. – Rony deu um sorriso de satisfação. – É um amargurado.

Um relógio bateu as horas em algum lugar.

— Meia-noite – disse Harry. – É melhor irmos deitar antes que Snape apareça e tente nos culpar de outra coisa qualquer.

Durante alguns dias, a escola praticamente não conseguiu falar de outra coisa a não ser do ataque à Madame Nor-r-ra. Filch o manteve vivo na lembrança de todos, perambulando pelo lugar onde ela fora atacada, como se achasse que o atacante poderia voltar. Harry o vira esfregando a mensagem na parede com Removedor Mágico Multiuso Skower, mas sem resultado; as palavras continuavam a brilhar na pedra, mais fortes que nunca. Quando Filch não estava guardando a cena do crime, esquivava-se pelos corredores, os olhos vermelhos, investindo contra estudantes distraídos e tentando impingir-lhes uma detenção por coisas do tipo "respirar fazendo barulho" e "parecer feliz".

Gina Weasley parecia ter ficado muito perturbada com o destino de Madame Nor-r-ra. Segundo Rony, ela adorava gatos.

— Mas você nem chegou a conhecer Madame Nor-r-ra direito – disse Rony animando-a. – Francamente, estamos muito melhor sem ela. – Os lábios de Gina tremeram. – Coisas assim não acontecem todo dia em Hogwarts – tranquilizou-a Rony. – Vão pegar o maníaco que fez isso e mandá-lo embora daqui na hora. Só espero que ele tenha tempo de petrificar o Filch antes de ser expulso. Brincadeirinha... – acrescentou Rony depressa, ao ver Gina empalidecer.

O ataque também afetara Hermione. Tornou-se comum ela passar muito tempo lendo, mas agora não fazia quase mais nada. Nem Harry e Rony tampouco obtinham alguma resposta quando lhe perguntavam o que pretendia fazer, e somente na quarta-feira seguinte ficaram sabendo.

Harry se demorara na sala de Poções, onde Snape o retivera depois da aula para raspar os vermes deixados em cima das carteiras. Depois de um almoço apressado, ele foi ao encontro de Rony na biblioteca e viu Justino Finch-Fletchley, o garoto da Lufa-Lufa que tinham conhecido na aula de Herbologia, vindo em sua direção. Harry acabara de abrir a boca para dizer "Olá" quando Justino o viu, virou-se abruptamente e saiu correndo na direção oposta.

Harry encontrou Rony no fundo da biblioteca, medindo o dever de História da Magia. O Prof. Binns tinha pedido uma redação de um metro sobre o "Congresso Medieval de Bruxos Europeus".

— Não acredito que ainda faltem vinte centímetros... — disse Rony furioso, largando o pergaminho, que tornou a se enrolar. — E Mione escreveu um metro e vinte e oito e a letra dela é miudinha.

— Onde é que ela está agora? — perguntou Harry, pegando a fita métrica e desenrolando a própria redação.

— Ali adiante — disse Rony indicando as estantes. — Procurando outro livro. Acho que está tentando ler a biblioteca inteira antes do Natal.

Harry contou a Rony que Justino Finch-Fletchley fugira dele.

— Não sei por que você se importa — disse Rony escrevendo sem parar, fazendo a caligrafia o maior possível. — Toda aquela baboseira sobre a importância de Lockhart...

Hermione saiu do meio das estantes. Tinha um ar irritado, mas parecia, finalmente, disposta a falar com eles.

— *Todos* os exemplares de *Hogwarts: uma história* foram retirados — anunciou ela, sentando-se com Harry e Rony. — E tem uma lista de espera de duas semanas. Eu *gostaria* de não ter deixado o meu exemplar em casa, mas não consegui enfiá-lo no malão com todos os livros de Lockhart.

— Para que você quer a história? — perguntou Harry.

— Pela mesma razão que todo mundo quer: para ler a lenda da Câmara Secreta.

— Que vem a ser isso? — perguntou Harry depressa.

— Esta é a questão. Não consigo me lembrar — disse Hermione, mordendo o lábio. — E não consigo encontrar a história em lugar nenhum...

— Mione, me deixe ler a sua redação — pediu Rony desesperado, consultando o relógio de pulso.

— Não, deixo não — disse a garota com severidade. — Você teve dez dias para terminá-la...

— Eu só preciso de mais cinco centímetros, deixe, vai...

A sineta tocou. Rony e Hermione se dirigiram à aula de História da Magia, discutindo.

A História da Magia era a matéria mais sem graça do programa. O Prof. Binns, encarregado de ensiná-la, era o único professor fantasma, e a coisa mais emocionante que acontecia em suas aulas era ele entrar em classe atravessando o quadro-negro. Velhíssimo e enrugado, muita gente dizia que ainda não percebera que estava morto. Um belo dia ele simplesmente se levantara para dar aula e deixara o corpo sentado numa poltrona diante da lareira da sala de professores; sua rotina não se alterara nem um pingo desde então.

Hoje estava chato como sempre. O Prof. Binns abriu seus apontamentos e começou a ler num tom monótono como um aspirador de pó velho, até que quase todos os alunos na sala caíram num estupor profundo, de que emergiam ocasionalmente o tempo suficiente de copiar um nome ou uma data para, em seguida, tornar a adormecer. Estava falando havia meia hora quando aconteceu uma coisa que nunca acontecera antes. Hermione levantou a mão.

O Prof. Binns ergueu os olhos no meio de um discurso mortalmente maçante sobre a Convenção Internacional de Bruxos de 1289 e fez uma cara surpresa.

– Senhorita... ah...?

– Granger, professor. Eu gostaria de saber se o senhor poderia nos contar alguma coisa sobre a Câmara Secreta – pediu Hermione com voz clara.

Dino Thomas, que estivera sentado com a boca aberta, espiando para fora da janela, acordou de repente do seu transe; a cabeça de Lilá Brown deitada sobre os braços se ergueu e o cotovelo de Neville Longbottom escorregou da carteira.

O Prof. Binns pestanejou.

– Minha matéria é História da Magia – disse ele naquela voz seca e asmática. – Lido com *fatos*, Srta. Granger, não com mitos nem com lendas. – Ele pigarreou fazendo um barulhinho como o de um giz que se parte e continuou. – Em setembro daquele ano, um subcomitê de bruxos sardos...

O professor gaguejou antes de parar. A mão de Hermione estava outra vez no ar.

– Srta. Grant?

– Por favor, professor, as lendas não se baseiam sempre em fatos?

O Prof. Binns olhou-a com tal espanto que Harry teve certeza de que nenhum aluno, vivo ou morto, jamais o interrompera antes.

– Bem – disse o Prof. Binns lentamente –, é um argumento válido, suponho. – Ele estudou Hermione como se nunca antes tivesse olhado direito para um aluno. – Contudo, a lenda de que a senhorita fala é tão *sensacionalista* e até tão *absurda* que...

A classe inteira ficou pendurada em cada palavra que o professor dizia. Ele correu um olhar míope por todos, rosto por rosto virado em sua direção. Harry percebeu que ele estava completamente desconcertado por aquela manifestação incomum de interesse.

— Ah, muito bem — disse vagarosamente. — Vejamos... a Câmara Secreta...

"Os senhores todos sabem, é claro, que Hogwarts foi fundada há mais de mil anos... a data exata é incerta... pelos quatro maiores bruxos e bruxas da época. As quatro Casas da escola foram batizadas em homenagem a eles: Godric Gryffindor, Helga Hufflepuff, Rowena Ravenclaw e Salazar Slytherin. Eles construíram este castelo juntos, longe dos olhares curiosos dos trouxas, porque era uma época em que a magia era temida pelas pessoas comuns, e os bruxos e bruxas sofriam muitas perseguições."

Ele fez uma pausa, percorreu a sala com os olhos lacrimejantes e continuou:

— Durante alguns anos, os fundadores trabalharam juntos, em harmonia, procurando jovens que revelassem sinais de talento em magia e trazendo-os para serem educados no castelo. Mas então surgiram os desentendimentos. Ocorreu uma cisão entre Slytherin e os outros. Slytherin queria ser mais *seletivo* com relação aos estudantes admitidos. Ele acreditava que o aprendizado de magia devia ser mantido no âmbito das famílias inteiramente mágicas. Desagradava-lhe admitir alunos de pais trouxas, pois os achava pouco dignos de confiança. Passado algum tempo houve uma séria discussão sobre o assunto entre Slytherin e Gryffindor, e Slytherin abandonou a escola.

O Prof. Binns parou de novo, contraindo os lábios, parecendo uma velha tartaruga enrugada.

— É o que nos contam as fontes históricas confiáveis. Mas estes fatos honestos foram obscurecidos pela lenda fantasiosa da Câmara Secreta. Segundo ela, Slytherin construiu uma Câmara Secreta no castelo, da qual os outros nada sabiam.

"Slytherin teria selado a Câmara Secreta de modo que ninguém pudesse abri-la até que o seu legítimo herdeiro chegasse à escola. Somente o herdeiro seria capaz de abrir a Câmara Secreta, libertar o horror que ela encerrava e usá-lo para expurgar a escola de todos que não fossem dignos de estudar magia."

Fez-se silêncio quando ele acabou de contar a história, mas não foi o de sempre, o silêncio modorrento que dominava as aulas do Prof. Binns. Havia no ar um certo constrangimento enquanto todos continuavam a olhá-lo, esperando mais. O Prof. Binns fez um ar ligeiramente aborrecido.

– A história inteira é um perfeito absurdo, é claro. Naturalmente, a escola foi revistada à procura de provas da existência dessa câmara, muitas vezes, pelos bruxos e bruxas mais cultos. Ela não existe. Uma história contada para assustar os crédulos.

A mão de Hermione voltou a se erguer.

– Professor... o que foi exatamente que o senhor quis dizer com "o horror que ela encerrava"?

– Acredita-se que haja algum tipo de monstro, que somente o herdeiro de Slytherin pode controlar – respondeu o Prof. Binns com sua voz seca e esganiçada.

Os alunos trocaram olhares nervosos.

– Afirmo que a coisa não existe – disse ele folheando suas anotações. – Não há Câmara alguma e monstro algum.

– Mas, professor – perguntou Simas Finnigan –, se a Câmara só pode ser aberta pelo verdadeiro herdeiro de Slytherin, ninguém mais seria capaz de encontrá-la, não é?

– Bobagem, O'Flaherty – disse o Prof. Binns, num tom irritado. – Se uma longa sucessão de diretores e diretoras de Hogwarts não encontrou a coisa...

– Mas, professor – ouviu-se a voz fina de Parvati Patil –, a pessoa provavelmente terá de usar magia das trevas para abri-la...

– Só porque um bruxo *não* usa magia das trevas não significa que não *possa*, Srta. Pennyfeather – retrucou o Prof. Binns. – Eu repito, se uma pessoa como Dumbledore...

– Mas talvez a pessoa tenha que ser parente de Slytherin, por isso Dumbledore não poderia... – começou Dino Thomas, mas para o professor aquilo já era demais.

– Basta – disse com rispidez. – É um mito! Não existe! Não há a mínima prova de que Slytherin tenha algum dia construído nem sequer um armário secreto de vassouras! Arrependo-me de ter contado aos senhores uma história tão tola. Vamos voltar, façam-me o favor, à *história*, aos *fatos* sólidos, críveis e verificáveis!

E em cinco minutos a classe voltará a mergulhar em seu torpor habitual.

– Eu sempre soube que Salazar Slytherin era um velho maluco e tortuoso – contou Rony a Harry e Hermione enquanto tentavam passar pelo corredor apinhado de alunos ao fim das aulas, para guardarem as mochilas antes do jantar. – Mas não sabia que ele é quem tinha começado toda essa história de puro sangue. Eu não ficaria na Casa dele nem que me pagassem. Francamente, se o Chapéu Seletor tivesse tentado me mandar para Sonserina, eu teria tomado o trem de volta para casa...

Hermione concordou fervorosamente, mas Harry não disse nada. Sentira o estômago afundar e o comentário lhe causara mal-estar.

Harry nunca contara a Rony e Hermione que o Chapéu Seletor considerara seriamente mandá-lo para Sonserina. Ainda lembrava, como se fosse ontem, a vozinha que lhe falara ao ouvido quando no ano anterior ele colocara o chapéu na cabeça: *Você poderia ser grande, sabe, está tudo aí em sua cabeça, e Sonserina o ajudaria a galgar o caminho para a grandeza, não há dúvida...*

Mas Harry, que já ouvira falar da reputação que tinha Sonserina de produzir bruxos das trevas, pensou desesperado: *"Sonserina, não!"* e o chapéu lhe respondera: *"Bom, se você tem certeza... então é melhor Grifinória..."*

Enquanto se deslocavam pela multidão, Colin Creevey passou.

– Oi, Harry!

– Olá, Colin – respondeu Harry automaticamente.

– Harry, Harry, um garoto da minha classe anda dizendo que você...

Mas Colin era tão pequeno que não conseguiu resistir à maré de gente que o empurrava em direção ao Salão Principal; eles ouviram sua voz pequenininha:

– Vejo você depois, Harry! – E desapareceu.

– O que será que um garoto da classe dele anda dizendo de você? – perguntou Hermione.

– Que sou o herdeiro de Slytherin, imagino – disse Harry, o estômago afundando mais uns dois centímetros e ele, de repente, lembrou-se de Justino Finch-Fletchey fugindo dele na hora do almoço.

– O pessoal daqui acredita em qualquer coisa – disse Rony desgostoso.

A multidão foi-se esgarçando e eles puderam subir a escada seguinte sem dificuldade.

– Você *realmente* acha que existe uma Câmara Secreta? – perguntou Rony a Hermione.

– Não sei – respondeu ela franzindo a testa. – Dumbledore não conseguiu curar Madame Nor-r-ra, e isto me faz pensar que aquilo que a atacou talvez não fosse... bem... humano.

Ao falar, eles dobraram um canto e se viram no fim do mesmíssimo corredor em que ocorrera o ataque. Pararam e olharam. A cena era exatamente a daquela noite, exceto que não havia nenhum gato duro pendurado no porta-

-archote, e havia uma cadeira encostada na parede em que se lia a mensagem "A Câmara Secreta foi aberta".

— É onde Filch tem estado de guarda — murmurou Rony.

Eles se entreolharam. O corredor estava deserto.

— Não faria mal algum dar uma espiada por aí — disse Harry, largando a mochila e ficando de quatro de modo a poder engatinhar à procura de pistas.

— Marcas de fogo! — disse. — Aqui... e aqui...

— Venham só dar uma espiada nisso! — chamou Hermione. — Que coisa engraçada...

Harry se levantou e foi até a janela junto à mensagem na parede. Hermione estava apontando o caixilho superior da janela, onde havia umas vinte aranhas correndo e brigando para entrar em uma pequena fenda. Um fio longo e prateado estava pendurado como uma corda, como se todas o tivessem usado na pressa de sair.

— Vocês já viram aranhas se comportarem assim? — perguntou Hermione pensativa.

— Não — disse Harry —, e você, Rony? Rony?

Ele olhou por cima do ombro. Rony estava parado bem longe e parecia lutar contra o impulso de correr.

— Que aconteceu? — perguntou Harry.

— Eu... não... gosto... de aranhas — disse Rony muito tenso.

— Eu nunca soube disso — comentou Hermione, olhando para Rony surpresa. — Você usou aranhas na aula de Poções um monte de vezes...

— Não me importo quando estão mortas — explicou Rony, que tomava o cuidado de olhar para todo lado menos para a janela. — Não gosto do jeito como andam...

Hermione riu.

— Não tem graça — disse Rony, furioso. — Se precisa mesmo saber, quando eu tinha três anos, Fred transformou o meu... meu ursinho numa enorme aranha nojenta porque eu quebrei a vassoura de brinquedo dele... Você também detestaria aranhas se estivesse segurando um urso e de repente ele ganhasse um monte de pernas e...

Ele estremeceu, sem terminar a frase. Hermione continuava obviamente a fazer força para não rir. Harry, achando que era melhor mudarem de assunto, disse:

— Vocês se lembram daquela água toda no chão? De onde terá vindo? Alguém a enxugou.

— Estava mais ou menos por aqui — disse Rony, recobrando-se para andar até um pouco além da cadeira de Filch e apontar. — Na altura desta porta.

Ele levou a mão à maçaneta de latão, mas, de repente, puxou a mão como se tivesse se queimado.

— Que foi? — perguntou Harry.

— Não posso entrar aí — explicou impaciente. — É o banheiro das garotas.

— Ah, Rony, não vai ter ninguém aí — disse Hermione, ficando em pé e se aproximando. — É o lugar da Murta Que Geme. Vamos, vamos dar uma olhada.

E desconsiderando o grande aviso de INTERDITADO, ela abriu a porta.

Era o banheiro mais escuro, mais deprimente em que Harry já entrara. O piso estava molhado e refletia a luz fraca dos tocos de vela que brilhavam nos castiçais: as portas de madeira dos boxes estavam descascadas e arranhadas e uma delas se soltara das dobradiças.

Hermione levou o dedo aos lábios e se encaminhou para o último boxe. Ao chegar, disse:

— Olá, Murta, como vai?

Harry e Rony foram olhar. A Murta Que Geme estava flutuando acima da caixa de descarga do vaso, cutucando uma manchinha no queixo.

— Isto aqui é um banheiro de *garotas* — disse ela, olhando desconfiada para Rony e Harry. — Eles não são garotas.

— Não — concordou Hermione. — Eu só queria mostrar a eles como... ah... é bonitinho aqui.

Ela fez um gesto vago indicando o velho espelho sujo e o piso molhado.

— Pergunte a ela se viu alguma coisa — pediu Harry disfarçando.

— Que é que você está cochichando? — perguntou Murta, encarando-o.

— Nada — disse Harry depressa. — Queríamos perguntar...

— Eu gostaria que as pessoas parassem de falar às minhas costas! — disse Murta numa voz engasgada de choro. — Eu tenho sentimentos, sabe, mesmo que *esteja* morta...

— Murta, ninguém quer aborrecê-la — disse Hermione. — Harry só...

— Ninguém quer me aborrecer! Essa é boa! — uivou Murta. — Minha vida foi uma infelicidade só neste lugar, e agora as pessoas aparecem para estragar a minha morte!

— Nós queríamos perguntar se você viu alguma coisa esquisita ultimamente — falou Hermione depressa. — Porque uma gata foi atacada bem ali na porta de entrada, no Dia das Bruxas.

— Você viu alguém por aqui naquela noite? — perguntou Harry.

– Eu não estava prestando atenção – respondeu a Murta teatralmente. – Pirraça me aborreceu tanto que entrei aqui e tentei me *matar*. Depois, é claro, lembrei-me que já estou... que estou...

– Morta – disse Rony querendo ajudar.

Murta soltou um soluço trágico, subiu no ar, deu uma cambalhota e mergulhou de cabeça no vaso, espalhando água neles e desaparecendo de vista, embora pela direção dos seus soluços abafados, devesse ter ido pousar em algum ponto da curva em U.

Harry e Rony ficaram boquiabertos, mas Hermione deu de ombros cansada e disse:

– Francamente, vindo da Murta isso foi quase animador... Vamos, vamos embora.

Harry mal fechara a porta, abafando os soluços gargarejantes de Murta, quando uma voz alta fez os três darem um salto.

– RONY!

Percy Weasley tinha estacado de repente no alto da escada, a insígnia de monitor reluzindo e uma expressão de absoluto choque no rosto.

– Isto é um banheiro de *garotas*! Que é que *você*...?

– Só estava dando uma olhada. – Rony sacudiu os ombros. – Pistas, sabe...

Percy inchou de um jeito que lembrou a Harry, com eloquência, a Sra. Weasley.

– Suma... daqui... – disse Percy, caminhando em direção a eles e começando a afugentá-los, agitando os braços. – Vocês não se *importam* com o que isto parece? Voltarem aqui enquanto todos estão jantando...

– Por que não deveríamos estar aqui? – retrucou Rony exaltado, parando de repente para encarar Percy. – Olhe aqui, nunca pusemos um dedo naquela gata!

– Foi o que eu disse a Gina – respondeu Percy com ferocidade –, mas ainda assim ela parece pensar que você vai ser expulso, nunca a vi tão perturbada, chorando de se acabar, você poderia pensar *nela*, todos os alunos do primeiro ano estão animadíssimos com essa história...

– *Você* nem se importa com a Gina – disse Rony, cujas orelhas agora estavam vermelhas. – *Você só está* preocupado que eu estrague suas chances de se tornar monitor-chefe...

– Cinco pontos a menos para a Grifinória! – disse Percy concisa e autoritariamente, levando a mão à insígnia de monitor. – E espero que isto seja uma lição para vocês! Nada de *trabalho de detective* ou vou escrever para a mamãe!

E saiu a passos firmes, a nuca tão vermelha quanto as orelhas de Rony.

Àquela noite, Harry, Rony e Hermione escolheram poltronas na sala comunal o mais afastado possível de Percy. Rony continuava de muito mau humor e não parava de borrar com a pena o dever de Feitiços. Quando ele esticou a mão distraidamente para remover os borrões, ela tacou fogo no pergaminho. Fumegando quase tanto quanto o seu dever, Rony fechou com estrondo o *Livro padrão de feitiços*, 2ª *série*. Para surpresa de Harry, Hermione fez o mesmo.

— Mas quem é que pode ser? — perguntou ela baixinho, como se estivesse continuando uma conversa já iniciada. — Quem *iria* querer afugentar todos os abortos e trouxas de Hogwarts?

— Vamos pensar — disse Rony fingindo-se intrigado. — Quem é que conhecemos que acha que os que nascem trouxas são escória?

Ele olhou para Hermione. Hermione retribuiu o olhar sem se convencer.

— Se você está pensando no Draco...

— Claro que estou! — exclamou Rony. — Você ouviu quando ele disse: *"Vocês serão os próximos, sangues ruins!"*, vem cá, a gente só precisa olhar para aquela cara nojenta de rato para saber que é ele...

— Draco, o herdeiro de Slytherin? — disse Hermione cética.

— Olha só a família dele — disse Harry, fechando os livros também. — Todos foram da Sonserina; ele está sempre se gabando disso. Podiam muito bem ser descendentes de Slytherin. O pai dele decididamente é bem malvado.

— Eles poderiam ter guardado a chave para a Câmara Secreta durante séculos! — disse Rony. — Passando-a de pai para filho...

— Bem — disse Hermione, cautelosa —, suponhamos que seja possível...

— Mas como vamos provar isso? — disse Harry deprimido.

— Talvez haja um jeito — disse Hermione pausadamente, baixando a voz ainda mais e lançando um breve olhar a Percy do outro lado da sala. — Claro que seria difícil. E perigoso, muito perigoso. Estaríamos desrespeitando umas cinquenta normas da escola, acho...

— Se, dentro de mais ou menos um mês, você tiver vontade de explicar, você nos avisa, não é? — disse Rony, irritado.

— Muito bem — disse Hermione friamente. — O que precisamos é entrar na sala comunal da Sonserina e fazer umas perguntas a Draco, sem ele perceber que somos nós.

— Mas isso é impossível! — exclamou Harry enquanto Rony dava risada.

— Não, não é — disse Hermione. — Só precisaríamos de um pouco de Poção Polissuco.

— Que é isso? — indagaram Rony e Harry juntos.

— Snape mencionou essa poção na aula há umas semanas...

—Você acha que não temos nada melhor a fazer na aula de Poções do que prestar atenção a Snape? — resmungou Rony.

— Ela transforma você em outra pessoa. Pense só nisso! Poderíamos nos transformar em alunos da Sonserina. Ninguém saberia que somos nós. Draco provavelmente nos contaria qualquer coisa. Provavelmente anda se gabando disso na sala comunal da Sonserina neste instante, se ao menos pudéssemos ouvi-lo.

— Essa história de Polissuco me parece meio suspeita — disse Rony, franzindo a testa. — E se a gente acabasse parecendo três alunos da Sonserina para sempre?

— Sai depois de algum tempo — disse Hermione, fazendo um gesto de impaciência. — Mas conseguir arranjar a receita vai ser muito difícil. Snape falou que estava em um livro chamado *Poções muy potentes* e vai ver está na Seção Reservada da biblioteca.

Só havia um jeito de retirar um livro da Seção Reservada: o aluno precisava de uma permissão escrita do professor.

— Vai ser difícil entender por que queremos o livro — disse Rony —, se não temos intenção de preparar uma das poções.

— Acho — disse Hermione — que se fizermos parecer que só estamos interessados na teoria, talvez haja uma chance...

— Ah, qual é, nenhum professor vai cair nessa — disse Rony. — Teria que ser muito tapado...

# 10

## O BALAÇO ERRANTE

Desde o desastroso episódio com os diabretes, o Prof. Lockhart não trouxera mais seres vivos para a aula. Em vez disso, lia trechos dos seus livros para os alunos, e, por vezes, dramatizava algumas passagens mais pitorescas. Em geral ele escolhia Harry para ajudá-lo nessas dramatizações; até aquele momento o garoto fora obrigado a representar um camponês simplório da Transilvânia, de quem Lockhart curara um feitiço de gagueira, um iéti com um resfriado na cabeça e um vampiro que se tornara incapaz de comer outra coisa a não ser alface, depois que Lockhart dera um jeito nele.

Harry foi chamado à frente da classe na aula seguinte de Defesa Contra as Artes das Trevas, desta vez para representar um lobisomem. Se não tivesse uma boa razão para deixar Lockhart de bom humor, ele teria se recusado.

— Um belo uivo, Harry, exato, e então, queiram acreditar, eu saltei sobre ele, assim, *joguei-o* contra a porta, assim, consegui contê-lo com uma das mãos, com a outra apontei a varinha para o pescoço dele, e então reuni toda a força que me restava e lancei o Feitiço Homorfo, muitíssimo complicado, e ele soltou um gemido de dar pena... vamos, Harry, mais alto, bom, o pelo dele desapareceu, as presas encurtaram, e ele voltou a virar homem. Simples, mas eficiente, e mais uma aldeia que se lembrará de mim para sempre como o herói que os salvou do terror mensal dos ataques de lobisomem.

A sineta tocou e Lockhart ficou em pé.

— Dever de casa... compor um poema sobre a minha vitória sobre o lobisomem de Wagga Wagga! Exemplares autografados de *O meu eu mágico* para o autor do melhor trabalho!

Os alunos começaram a sair. Harry voltou ao fundo da sala, onde Rony e Hermione esperavam.

— Prontos? — murmurou Harry.

— Espere até todos saírem — pediu Hermione nervosa. — Certo...

Ela se aproximou da mesa de Lockhart, um papelzinho seguro firmemente na mão, Harry e Rony logo atrás.

— Ah... Prof. Lockhart? — gaguejou Hermione. — Eu queria... retirar este livro da biblioteca. Só para ter uma ideia geral do assunto. — Ela estendeu o papelzinho, a mão ligeiramente trêmula. — Mas o problema é que ele é guardado na Seção Reservada da biblioteca, então preciso que um professor autorize, tenho certeza de que o livro me ajudaria a entender o que o senhor diz em *Como se divertir com vampiros* sobre os venenos de ação retardada...

— Ah, *Como se divertir com vampiros*! — exclamou Lockhart apanhando o papelzinho de Hermione e lhe dando um grande sorriso. — Possivelmente é o livro de que mais gosto. Você gostou?

— Gostei — disse Hermione depressa. — Muito esperto o modo com que o senhor apanhou aquele último, com o coador de chá...

— Bem, tenho certeza de que ninguém vai se importar que eu dê à melhor aluna do ano uma ajudinha extra — disse Lockhart calorosamente, e puxou uma enorme pena de pavão. — Bonita, não é? — disse ele, interpretando mal a expressão de indignação no rosto de Rony. — Em geral eu a uso para autografar livros.

Ele rabiscou uma enorme assinatura cheia de floreios no papel e devolveu-o a Hermione.

— Então, Harry — disse Lockhart, enquanto Hermione dobrava o papel com dedos nervosos e o guardava na mochila. — Creio que amanhã é a primeira partida de quadribol da temporada. Grifinória contra Sonserina, não é? Ouvi dizer que você é um jogador muito útil. Eu também fui apanhador. Convidaram-me para tentar a seleção nacional, mas preferi dedicar minha vida à erradicação das forças das trevas. Ainda assim, se algum dia você achar que precisa de um treino pessoal, não hesite em me pedir. Fico sempre feliz de passar minha experiência a jogadores menos capazes...

Harry fez um barulhinho discreto na garganta e saiu correndo atrás de Rony e Hermione.

— Eu não acredito — disse ele quando os três examinaram a assinatura no papel. — Ele nem *olhou* o nome do livro que queríamos.

— É porque ele é um *panaca* desmiolado — disse Rony. — Mas quem se importa, temos o que precisávamos...

— Ele *não* é um panaca desmiolado — disse Hermione em voz alta quando se dirigiam quase correndo à biblioteca.

— Só porque ele disse que você é a melhor aluna do ano...

Eles baixaram a voz ao entrar na quietude abafada da biblioteca. Madame Pince, a bibliotecária, era uma mulher magra e irritável que parecia um urubu subnutrido.

— Poções muy potentes? — repetiu ela desconfiada, tentando tirar a autorização da mão de Hermione; mas a garota não deixou.

— Eu pensei que talvez pudesse guardar a autorização — disse Hermione ofegante.

— Ah, qual é? — protestou Rony, arrancando a autorização da mão dela e entregando-a à Madame Pince. — Nós lhe arranjamos outro autógrafo. Lockhart assina qualquer coisa que fique parada tempo suficiente.

Madame Pince ergueu o papel contra a luz, como se estivesse decidida a descobrir uma falsificação, mas a autorização passou no teste. Ela desapareceu silenciosamente entre as estantes altas e voltou vários minutos depois trazendo um livro grande de aparência mofada. Hermione guardou-o cuidadosamente na mochila e os três foram embora, procurando não andar demasiado rápido nem parecer muito culpados.

Cinco minutos depois, estavam barricados mais uma vez no banheiro interditado da Murta Que Geme. Hermione tinha vencido as objeções de Rony lembrando que seria o último lugar em que alguém sensato iria, e com isso garantiram alguma privacidade. Murta Que Geme chorava alto no seu boxe, mas eles não lhe prestavam atenção, nem a fantasma aos garotos.

Hermione abriu o *Poções muy potentes* com cuidado, e os três se debruçaram sobre as páginas manchadas de umidade. Era claro, ao primeiro olhar, a razão por que o livro pertencia à Seção Reservada. Algumas das poções produziam efeitos medonhos demais só de se imaginar, e havia algumas ilustrações muito impressionantes, que incluíam um homem que parecia ter virado do avesso e uma bruxa com vários pares de braços que saíam da cabeça.

— Aqui! — exclamou, animada, ao encontrar a página intitulada *A Poção Polissuco*. Estava decorada com desenhos de pessoas a meio caminho de se transformarem em outras. Harry sinceramente desejou que as expressões de dor intensa em seus rostos fossem imaginação do artista.

— Esta é a poção mais complicada que já vi — disse Hermione quando examinavam a receita. — Heméróbios, sanguessugas, descurainia e sanguinária — murmurou ela, correndo o dedo pela lista de ingredientes. — Bem, esses são bem fáceis, estão no armário dos alunos, podemos tirar o que precisarmos... Ih, olhem só isso, pó de chifre de bicórnio, não sei onde vamos arranjar isso... pele de araramboia picada, essa vai ser uma fria também... e, é claro, um pedacinho da pessoa em quem quisermos nos transformar.

— Dá para repetir isso? — pediu Rony ríspido. — Que é que você quer dizer com um pedacinho da pessoa em quem quisermos nos transformar? Não vou tomar nada que tenha unhas do pé de Crabbe dentro...

Hermione continuou como se não tivesse ouvido o amigo.

– Ainda não temos que nos preocupar com isso, porque os pedacinhos só entram no fim...

Rony virou-se, sem fala, para Harry, que tinha outra preocupação.

– Você percebe quanta coisa vamos ter que roubar, Mione? Pele de araramboia picada decididamente não está no armário dos alunos. Que vamos fazer, assaltar o estoque particular de Snape? Não sei se é uma boa ideia...

Hermione fechou o livro com força.

– Bem, se vocês dois vão amarelar, ótimo. – Seu rosto se malhara de vermelho-vivo e os olhos cintilavam mais do que o normal. – Eu não quero desrespeitar o regulamento, vocês sabem muito bem. Acho que ameaçar gente que nasceu trouxa é muito mais sério do que preparar uma poção difícil. Mas, se vocês não querem descobrir se é o Draco, eu vou direto à Madame Pince agora mesmo e devolvo o livro, e...

– Eu nunca pensei que veria o dia em que você nos convenceria a desrespeitar o regulamento – disse Rony. – Muito bem, nós topamos. Mas unhas dos pés não, está bem?

– E quanto tempo vai levar para preparar a poção? – perguntou Harry, de cara feliz, quando Hermione reabriu o livro.

– Bom, uma vez que a descurainia tem que ser colhida na lua cheia e os heremóbios precisam cozinhar durante vinte e um dias... eu diria que vai levar mais ou menos um mês para ficar pronta, se conseguirmos todos os ingredientes.

– Um mês?! – exclamou Rony. – Até lá, Draco poderia atacar metade dos nascidos trouxas na escola! – Mas os olhos de Hermione tornaram a se estreitar perigosamente e ela acrescentou depressa: – Mas é o melhor plano que temos, portanto, vamos tocar para a frente a todo vapor!

No entanto, quando Hermione foi verificar se a barra estava limpa para eles saírem do banheiro, Rony cochichou para Harry:

– Daria muito menos trabalho se você simplesmente derrubasse Draco da vassoura amanhã.

Harry acordou cedo no sábado e continuou deitado por algum tempo, pensando na partida de quadribol que se aproximava. Estava nervoso, principalmente quando pensava no que Wood diria se a Grifinória perdesse, mas também com a ideia de enfrentar um time montado nas vassouras de corrida mais velozes que o ouro podia comprar. Nunca tivera tanta vontade de vencer a Sonserina. Depois de passar meia hora deitado ali com as tripas dando nós, ele se levantou, se vestiu e desceu logo para tomar café e já encontrou o resto dos jogadores da Grifinória sentados juntos à mesa comprida e vazia, todos parecendo nervosos e falando muito pouco.

À medida que as onze horas se aproximaram, a escola inteira começou a tomar o caminho do estádio de quadribol. Fazia um dia mormacento com sinais de trovoada no ar. Rony e Hermione vieram correndo desejar a Harry boa sorte quando ele ia entrando no vestiário. O time vestiu os uniformes vermelhos da Grifinória e depois se sentou para ouvir a preleção que Wood sempre fazia antes do jogo.

— Hoje, Sonserina tem vassouras melhores que nós — começou ele. — Não adianta negar. Mas nós temos *jogadores* melhores nas nossas vassouras. Treinamos com maior garra do que eles, estivemos no ar fosse qual fosse o tempo... — ("Quem duvida", murmurou Jorge Weasley. "Não sei o que é estar seco desde agosto.") — ... e vamos fazer com que eles se arrependam do dia em que deixaram aquele trapaceiro do Draco pagar para entrar no time.

O peito arfando de emoção, Wood virou-se para Harry.

— Vai depender de você, Harry, mostrar a eles que um apanhador tem que ter mais do que um pai rico. Chegue ao pomo antes de Draco ou morra tentando, porque temos que vencer hoje, é muito simples.

— Por isso nada de pressioná-lo, Harry — disse Fred piscando o olho.

Quando entraram no campo, foram saudados por um vozerio, muitos vivas, porque a Corvinal e a Lufa-Lufa estavam ansiosas para ver a Sonserina derrotada, mas os alunos da Sonserina nas arquibancadas vaiaram e assobiaram, também. Madame Hooch, a professora de quadribol, mandou Flint e Wood apertarem as mãos, o que eles fizeram, lançando um ao outro olhares ameaçadores e pondo mais força no aperto do que era necessário.

— Quando eu apitar — disse Madame Hooch. — Três... dois... um...

Com um rugido de incentivo das arquibancadas, os catorze jogadores subiram em direção ao céu carregado. Harry foi mais alto do que qualquer outro, apertando os olhos à procura do pomo.

— Tudo bem aí, ô Cicatriz? — berrou Draco, passando por baixo dele como se quisesse mostrar a velocidade de sua vassoura.

Harry não teve tempo de responder. Naquele mesmo instante, um pesado balaço preto veio voando a toda em sua direção; ele o evitou por tão pouco que sentiu o balaço arrepiar seus cabelos ao passar.

— Esse foi por um triz, Harry! — disse Jorge, emparelhando com ele de bastão na mão, pronto para rebater o balaço para os lados de um jogador da Sonserina. Harry viu Jorge dar uma forte bastonada na direção de Adriano Pucey, mas o balaço mudou de rumo em pleno ar e tornou a voar direto para Harry.

O garoto mergulhou depressa para evitá-lo, e Jorge conseguiu atingir o balaço com força na direção de Draco. Mais uma vez, o balaço voltou como um bumerangue e disparou contra a cabeça de Harry.

Harry imprimiu velocidade à vassoura e voou para o outro extremo do campo. Ouvia o assobio do balaço vindo em seu encalço. Que estava acontecendo? Os balaços nunca se concentravam em um único jogador; sua função era tentar desmontar o maior número possível de jogadores...

Fred Weasley aguardava o balaço no outro extremo. Harry se abaixou quando Fred rebateu o balaço com toda força, desviando-o de curso.

– Peguei você! – berrou Fred alegremente, mas estava enganado; como se estivesse magneticamente atraído para Harry, o balaço saiu atrás dele outra vez, e o garoto foi forçado a voar a toda velocidade.

Começara a chover; Harry sentiu grossos pingos de chuva caírem em seu rosto, molhando seus óculos. Não tinha a menor ideia do que estava acontecendo no jogo até ouvir Lino Jordan, locutor da partida, dizer: "Sonserina na liderança, sessenta a zero..."

As vassouras superiores da Sonserina obviamente estavam dando conta do recado, enquanto o balaço furioso estava fazendo o possível para tirar Harry do ar. Fred e Jorge agora voavam tão juntos dele, um de cada lado, que Harry não via nada exceto braços se agitando no ar e não tinha chance de procurar o pomo, muito menos de apanhá-lo.

– Alguém... alterou... esse... balaço... – rosnou Fred, brandindo o bastão com toda força quando o balaço desfechou um novo ataque contra Harry.

– Precisamos de tempo – disse Jorge, tentando simultaneamente fazer sinal a Wood e impedir o balaço de quebrar o nariz de Harry.

Wood obviamente entendera o sinal. O apito de Madame Hooch soou e Harry, Fred e Jorge mergulharam até o chão, ainda tentando evitar o balaço maluco.

– Que está acontecendo? – perguntou Wood quando o time da Grifinória se reuniu à sua volta ao som das vaias da Sonserina. – Estamos sendo arrasados. Fred, Jorge, onde é que vocês estavam quando aquele balaço impediu Angelina de fazer gol?

– Estávamos seis metros acima dela, impedindo outro balaço de matar Harry, Olívio – respondeu Jorge aborrecido. – Alguém alterou aquele balaço, ele não deixa o Harry em paz. E não tentou pegar mais ninguém o tempo todo. O pessoal da Sonserina deve ter feito alguma coisa com ele.

— Mas os balaços estiveram trancados na sala de Madame Hooch desde o nosso último treino, e não havia nada errado com eles... — disse Wood, ansioso.

Madame Hooch veio andando em direção ao grupo. Por cima do ombro Harry viu o time da Sonserina caçoando e apontando para ele.

— Escutem — disse Harry ao vê-la chegar cada vez mais perto —, com vocês dois voando em volta de mim o tempo todo, o único jeito de apanhar aquele pomo é ele entrar voando na minha manga. Se juntem ao resto do time e deixem que eu cuido do balaço errante.

— Não seja burro — disse Fred. — Ele vai arrancar sua cabeça.

Wood olhava de Harry para os Weasley.

— Olívio, isso é loucura — disse Alícia Spinnet zangada. — Você não pode deixar o Harry enfrentar aquela coisa sozinho. Vamos pedir uma investigação...

— Se pararmos agora, perderemos a partida! — disse Harry. — E não vamos perder para a Sonserina só por causa de um balaço maluco! Anda, Olívio, diz para eles me deixarem em paz!

— Isto é tudo culpa sua — disse Jorge furioso com Wood. — "Apanhe o pomo ou morra tentando", que coisa idiota para dizer a ele...

Madame Hooch se reunira aos jogadores.

— Estão prontos para recomeçar a partida? — perguntou a Wood.

Wood olhou para a expressão decidida no rosto de Harry.

— Muito bem. Fred, Jorge, vocês ouviram o que Harry disse, deixem-no em paz e deixem que ele cuide do balaço sozinho.

A chuva caía mais pesada agora. Ao apito de Madame Hooch, Harry deu um forte impulso para o alto e ouviu o assobio que indicava que o balaço vinha atrás dele. Ganhou cada vez mais altura; fez *loops* e subiu, espiralou, ziguezagueou e balançou. Mesmo ligeiramente tonto, mantinha os olhos bem abertos, a chuva molhando seus óculos e entrando por suas narinas quando ele voava de barriga para cima, evitando outro mergulho furioso do balaço. Ele ouvia as risadas do público; sabia que devia estar parecendo muito idiota, mas o balaço errante era pesado e não podia mudar de direção tão rápido quanto Harry; o garoto começou a voar pela orla do estádio como se estivesse em uma montanha-russa, procurando ver as balizas da Grifinória através da cortina prateada de chuva. Adrian Pucey tentava ultrapassar Wood...

Um assobio no ouvido de Harry lhe disse que o balaço deixara de acertá-lo por pouco outra vez; ele imediatamente deu meia-volta e disparou na direção oposta.

— Está treinando para fazer balé, Potter? — berrou Draco quando Harry foi obrigado a dar uma volta ridícula em pleno ar para evitar o balaço e fugir, o balaço rastreando-o a pouco mais de um metro; e então, virando-se para olhar Draco cheio de ódio, ele viu... *o pomo de ouro*. Pairava poucos centímetros acima da orelha esquerda de Draco, e o garoto, ocupado em rir-se de Harry, não o vira.

Por um momento de agonia, Harry imobilizou-se no ar, sem ousar voar na direção de Draco, com medo de que ele olhasse para cima e visse o pomo.

BAM.

Permanecera parado um segundo a mais. O balaço finalmente atingiu-o, bateu no seu cotovelo e Harry sentiu o braço rachar. Sem enxergar direito, atordoado pela terrível dor no braço, escorregou para um lado da vassoura encharcada, um joelho ainda enganchando-a por baixo, o braço direito pendurado inútil — o balaço retornava a toda para um segundo ataque, desta vez mirando o seu rosto —, Harry desviou-se, uma ideia alojada com firmeza no cérebro entorpecido: *chegar até Draco*.

Através da névoa de chuva e dor, ele mergulhou em direção à cara debochada abaixo dele e viu os olhos de Draco se arregalarem de medo. O garoto achou que Harry ia atacá-lo.

— Que di... — exclamou, inclinando-se para longe de Harry.

Harry tirou a mão boa da vassoura e tentou agarrar o pomo às cegas; sentiu os dedos se fecharem sobre a bola fria, mas agora só estava preso à vassoura pelas pernas, e ouviu-se um urro das arquibancadas quando ele rumou direto para o chão, tentando por tudo não desmaiar.

Ele bateu no chão, levantando lama, e rolou para o lado para desmontar da vassoura. Seu braço estava pendurado num ângulo muito estranho; varado de dor, ele ouviu, como se fosse à grande distância, muitos assobios e gritos. Focalizou o pomo seguro na mão boa.

— Aha — disse vagamente. — Ganhamos.

E desmaiou.

Voltou a si, a chuva batendo no rosto, ainda deitado no campo, com alguém debruçado sobre ele. Viu um brilho de dentes.

— Ah, o senhor, não — gemeu.

— Ele não sabe o que está dizendo — falou Lockhart em voz alta para o ajuntamento de alunos da Grifinória que cercavam ansiosos os dois. — Não se preocupe, Harry. Já vou endireitar o seu braço.

— Não! — exclamou Harry. — Vou ficar com ele assim, obrigado...

O garoto tentou se sentar, mas a dor foi terrível. Ele ouviu um clique conhecido ali por perto.

— Não quero uma foto deste momento, Colin — disse em voz alta.

— Deite-se, Harry — mandou Lockhart acalmando-o. — É um feitiço muito simples que já usei muitíssimas vezes...

— Por que não posso simplesmente ir para a ala hospitalar? — disse Harry com os dentes cerrados.

— Ele devia mesmo, professor — disse um enlameado Wood, que não pôde deixar de sorrir mesmo com o seu apanhador machucado. — Grande captura, Harry, realmente espetacular, a melhor que já fez, eu diria...

Por entre a floresta de pernas à sua volta, Harry viu Fred e Jorge Weasley, lutando para enfiar o balaço errante numa caixa. A bola continuava a resistir ferozmente.

— Afastem-se — pediu Lockhart, enrolando as mangas de suas vestes verde-jade.

— Não... não faça isso... — disse Harry com a voz fraca, mas Lockhart agitava a varinha e um segundo depois apontou-a diretamente para o braço de Harry.

Uma sensação estranha e desagradável surgiu no ombro de Harry e se espalhou até a ponta dos dedos da mão. Era como se o braço estivesse se esvaziando. Ele nem se atreveu a verificar o que estava acontecendo. Fechara os olhos, virara o rosto para longe do braço, mas os seus piores temores se confirmaram, as pessoas em volta exclamaram e Colin Creevey começou a fotografar furiosamente. Seu braço não doía mais — e nem de longe se parecia com um braço.

— Ah — disse Lockhart. — É, às vezes isso pode acontecer. Mas o importante é que os ossos não estão mais fraturados. Isto é o que se precisa ter em mente. Então, Harry, vá, dê uma chegada na ala hospitalar; ah, Sr. Weasley, Srta. Granger, podem acompanhá-lo?, e Madame Pomfrey poderá... hum... dar um jeito nisso.

Quando Harry se levantou, sentiu-se estranhamente inclinado para um lado. Tomando fôlego, olhou para baixo, para o braço direito. O que ele viu quase o fez desmaiar de novo.

Pela manga das vestes saía uma coisa que lembrava uma grossa luva de borracha cor de pele. Ele tentou mexer os dedos. Nada aconteceu.

Lockhart não emendara os ossos de Harry. Ele os removera.

* * *

Madame Pomfrey não ficou nada satisfeita.

— Você deveria ter vindo me procurar diretamente! — dizia furiosa, erguendo a lamentável sobra do que fora, meia hora antes, um braço útil. — Posso emendar ossos num segundo, mas fazê-los crescer outra vez...

— A senhora vai conseguir, não é? — perguntou Harry desesperado.

— Claro que vou, mas vai ser doloroso — disse Madame Pomfrey sombriamente, atirando um pijama para Harry. — Você vai ter que passar a noite...

Hermione esperava do outro lado da cortina que fora fechada em torno da cama de Harry, enquanto Rony o ajudava a vestir o pijama. Levou algum tempo para enfiar na manga o braço mole e sem ossos.

— Como é que você consegue defender o Lockhart agora, Hermione, hein? — Rony perguntou através da cortina enquanto puxava os dedos inertes de Harry pelo punho da manga. — Se Harry quisesse ser desossado, ele teria pedido.

— Qualquer um pode se enganar — respondeu Hermione. — E não está doendo mais, está Harry?

— Não — disse Harry, entrando na cama. — Mas também não faz mais nada.

Quando ele se deitou, o braço balançou molemente.

Hermione e Madame Pomfrey deram a volta à cortina. Madame Pomfrey vinha segurando um garrafão de alguma coisa rotulada *Esquelesce*.

— Você vai enfrentar uma noite difícil — disse, servindo um copo grande de boca larga e fumegante e entregando-o a Harry. — Fazer ossos crescerem de novo é uma coisa complicada.

E tomar Esquelesce, também. O líquido queimou a boca e a garganta de Harry e desceu, fazendo-o tossir e cuspir. Ainda lamentando os esportes perigosos e os professores ineptos, Madame Pomfrey se retirou, deixando Rony e Hermione ajudarem Harry a engolir um pouco de água.

— Mas ganhamos — disse Rony, um grande sorriso se abrindo no rosto. — Foi uma captura e tanto a que você fez. A cara do Malfoy... ele parecia que ia matar alguém...

— Eu queria saber como foi que ele alterou aquele balaço — disse Hermione sombriamente.

— Podemos acrescentar mais esta à lista de perguntas que vamos fazer a ele quando tomarmos a Poção Polissuco — disse Harry deixando-se afundar nos travesseiros. — Espero que tenha um gosto melhor do que esta coisa...

— Com pedacinhos de alunos da Sonserina dentro? Você deve estar brincando — disse Rony.

A porta do hospital se escancarou naquele momento. Imundos e encharcados, os demais jogadores da Grifinória chegaram para ver Harry.

— Incrível aquele voo, Harry — disse Jorge. — Acabei de ver Marcos Flint berrando com Draco. Estava falando alguma coisa sobre ter o pomo sobre a cabeça e nem notar. Draco não parecia muito feliz.

Os jogadores tinham trazido bolos, doces e garrafas de suco de abóbora que arrumaram em volta da cama de Harry, e davam início ao que prometia ser uma festança, quando Madame Pomfrey apareceu como um tufão, gritando:

— Esse menino precisa de descanso, precisa fazer crescer trinta e três ossos! Fora! FORA!

E Harry foi deixado sozinho, sem nada para distraí-lo da dor horrível no braço inerte.

Muitas horas depois, Harry acordou de repente numa escuridão de breu e deu um ligeiro ganido de dor: o braço agora parecia cheio de grandes lascas. Por um segundo ele pensou que fora isso que o acordara. Então, com um choque de terror, percebeu que alguém estava passando uma esponja em sua testa.

— Fora daqui! — gritou ele alto e em seguida. — *Dobby!*

Os olhos arregalados, parecendo bolas de tênis, do elfo doméstico espiavam Harry na escuridão. Uma lágrima solitária escorria pelo seu nariz longo e fino.

— Harry Potter voltou para a escola — murmurou ele infeliz. — Dobby avisou e tornou a avisar Harry Potter. Ah, meu senhor, por que não prestou atenção em Dobby? Por que Harry Potter não voltou para casa quando perdeu o trem?

Harry se ergueu, apoiando-se nos travesseiros e empurrou para longe a esponja de Dobby.

— Que é que você está fazendo aqui? — perguntou. — E como sabe que perdi o trem?

O lábio de Dobby tremeu, e Harry foi assaltado por uma repentina suspeita.

— Foi *você!* — disse lentamente. — *Você* impediu a barreira de nos deixar passar!

— Com certeza, meu senhor — Dobby confirmou vigorosamente com a cabeça, as orelhas abanando. — Dobby se escondeu e esperou Harry Potter e selou o portão, e Dobby teve que passar as mãos a ferro depois — mostrou a Harry os dez dedos compridos enfaixados —, mas Dobby não se importou, meu senhor, porque pensou que Harry Potter estava seguro, e Dobby nunca sonhou que Harry Potter fosse chegar à escola por outro meio!

O elfo se balançava para a frente e para trás, sacudindo a cabeça feia.

— Dobby ficou tão chocado quando soube que Harry Potter tinha voltado a Hogwarts que deixou o jantar do seu dono queimar! Dobby nunca foi tão açoitado, meu senhor...

Harry afundou de volta nos travesseiros.

— Você quase fez com que Rony e eu fôssemos expulsos — disse furioso. — É melhor desaparecer antes que os meus ossos voltem, Dobby, ou eu ainda estrangulo você.

Dobby deu um leve sorriso.

— Dobby está acostumado com ameaças de morte, meu senhor. Em casa, Dobby as recebe cinco vezes por dia.

O elfo assoou o nariz numa ponta da fronha imunda que usava, parecendo tão patético que Harry sentiu a raiva se esvair contra a sua vontade.

— Por que você usa isso, Dobby? — perguntou curioso.

— Isso, meu senhor? — disse Dobby, puxando a fronha. — Isto é a marca de escravidão do elfo doméstico, meu senhor. Dobby só pode ser libertado se seus donos o presentearem com roupas, meu senhor. A família toma cuidado para não passar a Dobby nem mesmo uma meia, meu senhor, se não ele fica livre para deixar a casa para sempre.

Dobby enxugou os olhos saltados e disse de repente:

— Harry Potter precisa ir para casa! Dobby achou que o balaço dele seria suficiente para fazer...

— O seu balaço? — disse Harry, a raiva tornando a subir-lhe à cabeça. — Que é que você quer dizer com o seu balaço? Você fez aquele balaço tentar me matar?

— Não matar, meu senhor, nunca matá-lo! — disse Dobby, chocado. — Dobby quer salvar a vida de Harry Potter! Melhor mandá-lo para casa, seriamente machucado, do que ficar aqui, meu senhor! Dobby só queria que Harry Potter se machucasse o bastante para ser mandado para casa!

— Só isso?! — exclamou Harry furioso. — Suponho que você não vai me contar por que queria me mandar para casa aos pedaços?

— Ah, se ao menos Harry Potter soubesse! — gemeu Dobby, mais lágrimas escorrendo pela fronha esfarrapada. — Se ele soubesse o que significa para nós, para os humildes, para os escravizados, para nós, escória do mundo mágico! Dobby se lembra de como era quando Aquele-Que-Não-Deve-Ser--Nomeado estava no auge dos seus poderes, meu senhor! Nós, elfos domésticos, éramos tratados como vermes, meu senhor! É claro que Dobby ainda é tratado assim, meu senhor — admitiu, enxugando o rosto na fronha. — Mas em geral, meu senhor, a vida melhorou para gente como eu desde que o senhor venceu Aquele-Que-Não-Deve-Ser-Nomeado. Harry Potter sobreviveu, e o poder do Lorde das Trevas foi subjugado, e raiou uma nova alvorada, meu senhor, e Harry Potter brilhou como um farol de esperança para todos nós que achávamos que os dias de trevas nunca terminariam, meu senhor... E agora, em Hogwarts, coisas terríveis vão acontecer, talvez já estejam acontecendo, e Dobby não pode deixar Harry Potter ficar aqui, agora que a história vai se repetir, agora que a Câmara Secreta foi reaberta...

Dobby congelou, tomado de horror, e agarrou a jarra de água de Harry sobre a mesa de cabeceira e quebrou-a na própria cabeça, desaparecendo de vista. Um segundo depois, tornou a subir na cama, vesgo, murmurando: "Dobby ruim, Dobby muito ruim..."

— Então há uma Câmara Secreta! — sussurrou Harry. — E... você está me dizendo que ela já foi aberta *antes*? Me *conte*, Dobby?

Ele agarrou o elfo pelo pulso ossudo quando viu a mão dele tornar a se aproximar devagarinho da jarra de água.

— Mas eu não nasci trouxa, como posso estar ameaçado pela Câmara?

— Ah, meu senhor, não pergunte mais nada ao pobre Dobby — gaguejou o elfo, os olhos enormes na escuridão. — Feitos tenebrosos estão sendo tramados em Hogwarts, mas Harry Potter não deve estar aqui quando acontecerem, vá para casa, Harry Potter, vá para casa. Harry Potter não deve se meter nisso, meu senhor, é perigoso demais...

— Quem é, Dobby? — perguntou Harry, mantendo o pulso de Dobby preso para impedi-lo de bater outra vez na cabeça com o jarro de água. — Quem abriu a Câmara? Quem a abriu da outra vez?

— Dobby não pode, meu senhor, Dobby não pode, Dobby não deve falar! — guinchou o elfo. — Vá para casa, Harry Potter, vá para casa!

— Eu não vou a lugar nenhum! — respondeu Harry com ferocidade. — Uma das minhas melhores amigas nasceu trouxa; ela será a primeira da lista se a Câmara realmente foi aberta...

— Harry Potter arrisca a própria vida pelos amigos! — gemeu Dobby numa espécie de êxtase de infelicidade. — Tão nobre! Tão valente! Mas ele precisa se salvar, deve, Harry Potter, não deve...

Dobby de repente congelou, suas orelhas de morcego estremeceram. Harry ouviu também. Havia ruído de passos no corredor.

— Dobby tem que ir! — suspirou o elfo, aterrorizado. Houve um estalo alto, e o punho de Harry subitamente não estava segurando mais nada. Ele tornou a afundar na cama, os olhos fixos no portal escuro da ala hospitalar enquanto os passos se aproximavam.

No momento seguinte, Dumbledore entrou de costas no dormitório, usando uma longa camisola de lã e uma touca de dormir. Carregava uma extremidade de alguma coisa que parecia uma estátua. A Prof.ª McGonagall apareceu um segundo depois, carregando os pés. Juntos, eles depositaram a carga sobre uma cama.

— Chame Madame Pomfrey — sussurrou Dumbledore, e a Prof.ª McGonagall desapareceu rapidamente de vista, passando pelos pés da cama de Harry. O garoto ficou deitado muito quieto, fingindo que dormia. Ouviu vozes urgentes e então a Prof.ª McGonagall reapareceu, seguida de perto por Madame Pomfrey, que vestia um casaquinho por cima da camisola. Ele ouviu alguém inspirar com força.

— Que aconteceu? — cochichou Madame Pomfrey para Dumbledore, debruçando-se sobre a estátua na cama.

— Mais um ataque — respondeu Dumbledore. — Minerva encontrou-o na escada.

— Havia um cacho de uvas ao lado dele — disse a professora. — Achamos que ele estava tentando chegar aqui escondido para visitar Potter.

O estômago de Harry deu um tremendo salto. Lenta e cuidadosamente, ele se ergueu alguns centímetros para poder ver a estátua na cama. Um raio de luar iluminava o rosto de expressão fixa.

Era Colin Creevey. Seus olhos estavam arregalados e, as mãos, erguidas diante dele, segurando a máquina fotográfica.

— Petrificado? — sussurrou Madame Pomfrey.

— Está — respondeu a Prof.ª McGonagall. — Mas estremeço de pensar... Se Alvo não estivesse descendo para tomar um chocolate quente... quem sabe o que poderia...

Os três contemplaram Colin. Então Dumbledore se curvou e tirou a máquina fotográfica das mãos rígidas do menino.

—Você acha que ele conseguiu bater uma foto do atacante? — perguntou a professora, ansiosa.

Dumbledore não respondeu. Abriu a máquina.

— Meu Deus! — exclamou Madame Pomfrey.

Um jato de vapor saiu sibilando da máquina. Harry, a três camas de distância, sentiu o cheiro acre do plástico queimado.

— Derretidas — disse Madame Pomfrey pensativa. — Todas derretidas...

— O que significa isto, Alvo? — perguntou pressurosa a Prof.ª McGonagall.

— Significa que de fato a Câmara Secreta foi reaberta.

Madame Pomfrey levou a mão à boca. McGonagall arregalou os olhos para Dumbledore.

— Mas, Alvo... com certeza... quem?

— A pergunta não é quem — disse Dumbledore, com os olhos postos em Colin. — A pergunta é como...

E pelo que Harry pôde ver do rosto sombreado da Prof.ª McGonagall, ela não entendia muito mais que ele.

# 11

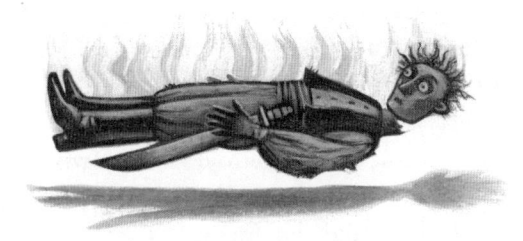

## O CLUBE DOS DUELOS

Harry acordou no domingo de manhã e deparou com o dormitório iluminado pela luz do sol de inverno e seu braço curado, embora ainda muito duro. Sentou-se depressa e olhou para a cama de Colin, mas tinham-na escondido com a cortina alta por trás da qual Harry trocara de roupa no dia anterior. Ao ver que o paciente acordara, Madame Pomfrey entrou apressada, trazendo uma bandeja com o café da manhã e então começou a dobrar e a esticar o braço e os dedos dele.

— Tudo em ordem — disse enquanto ele comia mingau, desajeitado, com a mão esquerda. — Quando terminar de comer pode ir.

Harry se vestiu o mais rápido que pôde e correu à Torre da Grifinória, doido para contar a Rony e Hermione o que acontecera com Colin e Dobby, mas não os encontrou lá. Saiu de novo a procurá-los, imaginando aonde poderiam ter precisado ir, e se sentindo um pouco magoado que os amigos não estivessem interessados se ele recuperara ou não os ossos.

Quando passou pela porta da biblioteca, Percy Weasley ia saindo, com a cara muito mais animada do que na última vez que tinham se encontrado.

— Ah, alô, Harry. Voo excelente ontem, realmente excelente. Grifinória acabou de assumir a liderança na disputa da Taça das Casas, você marcou cinquenta pontos!

— Você não viu o Rony ou a Mione, viu? — perguntou Harry.

— Não — respondeu Percy, o sorriso desaparecendo do rosto. — Espero que Rony não esteja metido em outro *banheiro de meninas*...

Harry forçou uma risada, esperou Percy desaparecer de vista e em seguida rumou direto para o banheiro de Murta Que Geme. Não conseguia entender por que Rony e Hermione estariam lá de novo e, depois de se certificar de que nem Filch nem outros monitores andavam por ali, abriu a porta e ouviu vozes que vinham de um boxe trancado.

— Sou eu — disse, fechando a porta. Ouviu um estrépito, água se espalhando e uma exclamação no interior de um boxe, e vislumbrou os olhos de Hermione espiando pelo buraco da fechadura.

— Harry! Você nos deu um baita susto, entre, como está o seu braço?

— Ótimo — respondeu Harry espremendo-se dentro do boxe. Havia um velho caldeirão encarrapitado em cima do vaso e uma série de estalos informaram a Harry que os amigos tinham acendido um fogo embaixo. Conjurar fogos portáteis, à prova de água, era uma especialidade de Hermione.

— Pretendíamos ir ao seu encontro, mas decidimos começar a Poção Polissuco — explicou Rony enquanto Harry, com dificuldade, tornava a trancar o boxe. — Decidimos que este era o lugar mais seguro para escondê-la.

Harry começou a contar aos dois o que acontecera com Colin, mas Hermione o interrompeu.

— Já sabemos, ouvimos a Profª McGonagall contar ao Prof. Flitwick hoje de manhã. Foi por isso que decidimos começar...

— Quanto mais cedo a gente obtiver uma confissão de Draco, melhor — rosnou Rony. — Sabem o que é que eu penso? Ele estava tão furioso depois do jogo de quadribol que descontou no Colin.

— Mas há outra coisa — disse Harry, observando Hermione picar feixes de sanguinárias e jogá-los na poção. — Dobby veio me visitar no meio da noite.

Rony e Hermione ergueram a cabeça, espantados. Harry contou tudo que Dobby dissera — ou deixara de contar a ele. Os dois escutaram boquiabertos.

— A Câmara Secreta já foi aberta *antes*?! — exclamou Hermione.

— Isso esclarece tudo — disse Rony em tom triunfante. — Lúcio Malfoy deve ter aberto a Câmara quando esteve aqui na escola e agora ensinou ao nosso querido Draco como fazer o mesmo. É óbvio. Mas eu bem gostaria que Dobby tivesse lhe dito que tipo de monstro tem lá dentro. Quero saber como é que ninguém reparou nele rondando a escola.

— Talvez ele consiga ficar invisível — disse Hermione, empurrando as sanguessugas para o fundo do caldeirão. — Ou talvez possa se disfarçar, fingir que é uma armadura ou uma coisa qualquer, já li a respeito de vampiros-camaleões...

— Você lê demais, Hermione — disse Rony, despejando os heméróbios mortos por cima das sanguessugas. Amassou o saco vazio e olhou para Harry.

"Então o Dobby impediu a gente de pegar o trem e quebrou o seu braço..." Ele abanou a cabeça. "Sabe de uma coisa, Harry? Se ele não parar de tentar salvar a sua vida vai acabar matando você."

A notícia de que Colin Creevey fora atacado e agora se achava deitado como morto na ala hospitalar espalhou-se pela escola inteira até a manhã de domingo. A atmosfera carregou-se de boatos e suspeitas. Os alunos do primeiro ano agora andavam pelo castelo em grupos unidos, como se tivessem medo de ser atacados, caso se aventurassem a andar sozinhos.

Gina Weasley, que se sentava ao lado de Colin Creevey na aula de Feitiços, parecia atormentada, mas Harry achou que era porque Fred e Jorge estavam tentando animá-la do jeito errado. Revezavam-se para assaltá-la pelas costas, cheios de pelos e pústulas. Só pararam quando Percy, apoplético, ameaçou escrever à Sra. Weasley e contar que Gina estava tendo pesadelos.

Nesse meio-tempo, escondido dos professores, assolava a escola um próspero comércio de talismãs, amuletos e outras mandingas protetoras. Neville Longbottom já comprara um cebolão verde e malcheiroso, um cristal pontiagudo e púrpura e um rabo podre de lagarto, quando os outros alunos da Grifinória lhe lembraram que ele não corria perigo; era puro sangue e, portanto, uma vítima pouco provável.

— Eles foram atrás de Filch primeiro — disse Neville, seu rosto redondo cheio de medo. — E todo mundo sabe que sou quase uma aberração.

Na segunda semana de dezembro a Prof.ª McGonagall veio, como sempre fazia, anotar os nomes dos alunos que continuariam na escola durante as festas de Natal. Harry, Rony e Hermione assinaram a lista; ouviram dizer que Draco ia ficar também, o que acharam muito suspeito. As festas seriam o momento perfeito para usar a Poção Polissuco e tentar extrair do garoto uma confissão.

Infelizmente a poção ainda estava na metade. Precisavam do chifre de bicórnio e da pele de araramboia, e o único lugar onde poderiam obtê-los era no estoque particular de Snape. Pessoalmente Harry achava que era preferível encarar o monstro lendário da Sonserina a deixar Snape apanhá-lo assaltando sua sala.

— O que precisamos — disse Hermione, eficiente, quando se aproximava a aula dupla de Poções na quinta-feira à tarde — é de uma distração. Então um de nós pode entrar escondido na sala de Snape e tirar o que for preciso.

Harry e Rony olharam para ela, nervosos.

— Acho que é melhor eu fazer o roubo propriamente dito — continuou Hermione num tom trivial. — Vocês dois vão ser expulsos caso se metam em mais uma encrenca, mas eu tenho a ficha limpa. Então só o que têm a fazer é causar bastante confusão para distrair Snape por uns cinco minutos.

Harry deu um leve sorriso. Provocar confusão na aula de Poções de Snape era quase tão seguro quanto espetar o olho de um dragão adormecido.

A aula de Poções era dada em uma das masmorras maiores. A de quinta-feira à tarde transcorreu como sempre. Vinte caldeirões fumegavam entre as carteiras de madeira, sobre as quais havia balanças e frascos de ingredientes. Snape andava por entre os vapores, fazendo comentários mordazes sobre o trabalho dos alunos da Grifinória, enquanto os da Sonserina davam risadinhas de aprovação. Draco Malfoy, que era o aluno favorito de Snape, não parava de mostrar olhos de peixe baiacu para Rony e Harry, que sabiam que se revidassem receberiam uma detenção mais rápido do que conseguiriam dizer "injustiça".

A Solução para Fazer Inchar que Harry preparou ficou muito rala, mas ele tinha coisas mais importantes em que pensar. Estava à espera do sinal de Hermione, e mal ouviu quando Snape parou para caçoar do ponto de sua poção. Quando Snape deu as costas para implicar com Neville, Hermione olhou para Harry e fez um aceno com a cabeça.

Harry se abaixou depressa por trás do próprio caldeirão, tirou do bolso um dos fogos Filibusteiro de Fred e deu-lhe um leve toque com a varinha. O fogo começou a borbulhar e a queimar. Sabendo que só dispunha de segundos, Harry se levantou, mirou e atirou o fogo no ar; ele caiu dentro do caldeirão de Goyle.

A poção de Goyle explodiu, chovendo sobre a classe inteira. Os alunos gritaram quando os borrifos da Solução para Fazer Inchar caíram neles. Draco ficou com a cara coberta de poção e seu nariz começou a inchar como um balão; Goyle saiu esbarrando nas coisas, as mãos cobrindo os olhos, que tinham inchado até atingir o tamanho de um prato — Snape tentava restaurar a calma e descobrir o que estava acontecendo. Na confusão, Harry viu Hermione entrar discretamente na sala do professor.

— Silêncio! SILÊNCIO! — rugiu Snape. — Os que receberam borrifos venham aqui tomar uma Poção para Fazer Desinchar, quando eu descobrir quem foi o autor disso...

Harry procurou não rir ao ver Draco correr para a frente da sala, a cabeça pendurada por causa do peso de um nariz do tamanho de um melão. Enquanto metade da classe se arrastava até a mesa de Snape, alguns sobrecarregados com braços grossos como bastões, outros com os lábios tão inchados que não conseguiam falar, Harry viu Hermione tornar a entrar, sorrateiramente, na masmorra, com a frente das vestes estufada.

Depois que todos tomaram uma dose do antídoto e seus inchaços murcharam, Snape foi até o caldeirão de Goyle e pescou os restos retorcidos e pretos do fogo de artifício. Fez-se um silêncio repentino.

– Se eu um dia descobrir quem jogou isso – sussurrou Snape –, vou garantir que esse aluno seja expulso.

Harry tomou o cuidado de fazer cara de espanto. Snape olhava diretamente para ele, e a sineta que tocou dez minutos depois não poderia ter sido mais bem-vinda.

– Ele sabia que fui eu – disse Harry a Rony e a Hermione enquanto corriam para o banheiro da Murta Que Geme. – Eu senti.

Hermione jogou os novos ingredientes no caldeirão e começou a misturá-los febrilmente.

– Vai ficar pronto daqui a duas semanas – anunciou alegremente.

– Snape não pode provar que foi você – disse Rony tranquilizando Harry.

– Que é que ele pode fazer?

– Conhecendo Snape, uma maldade – disse Harry, enquanto a poção espumava e borbulhava.

Uma semana mais tarde, Harry, Rony e Hermione iam atravessando o saguão de entrada quando viram uma pequena aglomeração em torno do quadro de avisos, os alunos liam um pergaminho que acabara de ser afixado. Simas Finnigan e Dino Thomas fizeram sinal para eles se aproximarem, com ar animado.

– Vão reabrir o Clube dos Duelos! – disse Simas. – A primeira reunião é hoje à noite! Eu não me importaria de tomar aulas de duelo; poderiam vir a calhar um dia desses...

– Quê, você acha que o monstro da Sonserina sabe duelar? – perguntou Rony, mas também leu o aviso com interesse.

– Poderia vir a calhar – disse ele a Harry e Hermione quando entraram para jantar. – Vamos?

Harry e Hermione foram a favor do clube. Assim, às oito horas daquela noite os três voltaram correndo para o Salão Principal. As longas mesas de jantar tinham desaparecido e surgira um palco dourado encostado a uma parede, cuja iluminação era produzida por milhares de velas que flutuavam no alto. O teto voltara a ser um veludo preto, e a maior parte da escola parecia estar reunida sob ele, as varinhas na mão e as caras animadas.

— Quem será que vai ser o professor? — disse Hermione enquanto se reuniam aos alunos que tagarelavam sem parar. — Alguém me disse que Flitwick foi campeão de duelos quando era moço, talvez seja ele.

— Desde que não seja... — Harry começou, mas terminou com um gemido: Gilderoy Lockhart vinha entrando no palco, resplandecente em suas vestes ameixa-escuras, acompanhado por ninguém mais do que Snape, em sua roupa preta habitual.

Lockhart acenou um braço pedindo silêncio e disse em voz alta:

— Aproximem-se, aproximem-se! Todos estão me vendo? Todos estão me ouvindo? Excelente!

"O Prof. Dumbledore me deu permissão para começar um pequeno Clube de Duelos, para treiná-los, caso um dia precisem se defender, como eu próprio já precisei fazer em inúmeras ocasiões, quem quiser conhecer os detalhes, leia os livros que publiquei.

"Deixem-me apresentar a vocês o meu assistente, Prof. Snape", disse Lockhart, dando um largo sorriso. "Ele me conta que sabe alguma coisa de duelos e desportivamente concordou em me ajudar a fazer uma breve demonstração antes de começarmos. Agora, não quero que nenhum de vocês se preocupe, continuarão a ter o seu professor de Poções mesmo depois de eu o derrotar, não precisam ter medo!"

— Não seria bom se os dois acabassem um com o outro? — cochichou Rony ao ouvido de Harry.

O lábio superior de Snape crispou-se. Harry ficou imaginando por que Lockhart continuava a sorrir; se Snape estivesse olhando para ele daquele jeito, Harry já estaria correndo o mais depressa que pudesse na direção oposta.

Lockhart e Snape se viraram um para o outro e se cumprimentaram com uma reverência; pelo menos, Lockhart cumprimentou com muitos meneios, enquanto Snape curvou a cabeça, irritado. Em seguida, os dois ergueram as varinhas como se empunhassem espadas.

— Como vocês veem, estamos segurando nossas varinhas na posição de combate normalmente adotada — disse Lockhart aos alunos em silêncio. — Quando contarmos três, lançaremos os primeiros feitiços. Nenhum de nós está pretendendo matar, é claro.

— Eu não teria certeza disso — murmurou Harry, observando Snape arreganhar os dentes.

— Um... dois... três...

Os dois ergueram as varinhas acima da cabeça e as apontaram para o oponente; Snape exclamou:

— Expelliarmus! — Viram um lampejo vermelho ofuscante e Lockhart foi lançado para o alto: voou para os fundos do palco, colidiu com a parede, foi escorregando e acabou estatelado no chão.

Draco e outros alunos da Sonserina deram vivas. Hermione dançava nas pontas dos dedos para ver melhor.

— Vocês acham que ele está bem? — guinchou tampando a boca com a mão.

— Quem se importa? — responderam Harry e Rony juntos.

Lockhart foi se levantando tonto. Seu chapéu caíra e os cabelos ondulados estavam em pé.

— Muito bem! — disse, cambaleando de volta ao palco. — Isto foi um Feitiço de Desarmamento, como viram, perdi minha varinha, ah, muito obrigado, Srta. Brown... sim, foi uma excelente demonstração, Prof. Snape, mas se não se importa que eu diga, ficou muito óbvio o que o senhor ia fazer. Se eu tivesse querido detê-lo teria sido muito fácil, mas achei mais instrutivo deixá-los ver...

Snape tinha uma expressão assassina no rosto. Lockhart possivelmente notou porque acrescentou:

— Chega de demonstrações! Vou me reunir a vocês agora e separá-los aos pares. Prof. Snape, se o senhor quiser me ajudar...

Os dois caminharam entre os alunos, formando os pares. Lockhart juntou Neville com Justino Finch-Fletchley, mas Snape chegou até Harry e Rony primeiro.

— Acho que está na hora de separar a equipe dos sonhos — caçoou. — Weasley, você luta com Finnigan. Potter...

Harry virou-se automaticamente para Hermione.

— Acho que não — disse Snape, sorrindo estranhamente. — Sr. Malfoy, venha cá. Vamos ver o que o senhor faz com o famoso Potter. E a senhorita, pode fazer par com a Srta. Bulstrode.

Draco se aproximou com arrogância, sorrindo. Atrás dele caminhava uma garota da Sonserina, que lembrava a Harry uma foto que vira em *Férias com bruxas malvadas*. Era grande e atarracada, e seu queixo pesado se projetava para a frente, agressivamente. Hermione lhe deu um breve sorriso que ela não retribuiu.

— De frente para os seus parceiros! — mandou Lockhart, de volta ao tablado. — E façam uma reverência!

Harry e Draco mal inclinaram as cabeças, e não tiraram os olhos um do outro.

— Preparar as varinhas! — gritou Lockhart. — Quando eu contar três, lancem seus feitiços para desarmar os oponentes, *apenas* para desarmá-los, não queremos acidentes, um... dois... três...

Harry ergueu a varinha bem alto, mas Draco começara no "dois": seu feitiço atingiu Harry com tanta força que parecia que ele levara uma frigideirada na cabeça. Ele cambaleou, mas tudo parecia estar em ordem, e, sem perder mais tempo, Harry apontou a varinha direto para Draco e gritou:

— *Rictusempra!*

Um jorro de luz prateada atingiu Draco no estômago e ele se dobrou, com dificuldade de respirar.

— *Eu disse desarmar apenas!* — gritou Lockhart assustado por cima das cabeças dos combatentes, quando Draco caiu de joelhos; Harry o golpeara com o Feitiço das Cócegas, e ele mal conseguia se mexer de tanto rir. Harry recuou, com a vaga impressão de que seria pouco esportivo enfeitiçar Draco ainda no chão, mas isso foi um erro; tomando fôlego, Draco apontou a varinha para os joelhos de Harry, e disse engasgado: *"Tarantallegra!"*, e no segundo seguinte as pernas de Harry começaram a sacudir descontroladas numa espécie de marcha rápida.

— Parem! Parem! — berrou Lockhart, mas Snape assumiu o controle.

— *Finite Incantatem!* — gritou ele; os pés de Harry pararam de dançar. Draco parou de rir e eles puderam erguer a cabeça.

Uma névoa de fumaça verde pairava sobre a cena. Neville e Justino estavam caídos no chão, ofegantes; Rony estava segurando um Simas branco feito papel, pedindo desculpas pelo que sua varinha quebrada pudesse ter feito; mas Hermione e Emília Bulstrode ainda lutavam; Emília dera uma chave de cabeça em Hermione, que choramingava de dor; as varinhas das duas jaziam esquecidas no chão. Harry deu um salto à frente e fez Emília soltar Hermione. Foi difícil: a garota era muito maior do que ele.

— Ai, ai-ai, ai-ai! — exclamou Lockhart, passando por entre os duelistas, para ver o resultado das lutas. — Levante, Macmillan... Cuidado, Miss Fawcett... Aperte com força, vai parar de sangrar em um segundo, Boot...

"Acho que é melhor ensinar aos senhores como se *bloqueia* feitiços hostis", disse Lockhart, parando no meio do salão. Ele olhou para Snape, cujos olhos pretos brilhavam, e desviou rápido o seu olhar. "Vamos arranjar um par voluntário, Longbottom e Finch-Fletchley, que tal vocês..."

— Uma má ideia, Prof. Lockhart — disse Snape, deslizando até ele como um enorme morcego malévolo. — Longbottom causa devastação até com o feitiço mais simples. Vamos ter que mandar o que sobrar de Finch-Fletchley para a ala hospitalar em uma caixa de fósforos. — O rosto redondo e rosado de Neville ficou ainda mais rosado. — Que tal Malfoy e Potter? — sugeriu Snape com um sorriso enviesado.

— Ótima ideia! — disse Lockhart, fazendo um gesto para Harry e Draco irem para o meio do salão, enquanto os demais alunos se afastavam para lhes dar espaço.

— Agora, Harry — disse Lockhart. — Quando Draco apontar a varinha para você, você faz isto.

Ele ergueu a própria varinha, tentou um complicado floreio e deixou-a cair. Snape abriu um sorriso quando Lockhart a apanhou depressa, dizendo:

— Epa, minha varinha está um tanto animada demais...

Snape aproximou-se de Draco, curvou-se e sussurrou alguma coisa em seu ouvido. O garoto riu também. Harry ergueu os olhos, nervoso, para Lockhart e disse:

— Professor, podia me mostrar outra vez como se bloqueia?

— Apavorado? — murmurou Draco, falando baixo para Lockhart não poder ouvi-lo.

— Querias! — respondeu Harry pelo canto da boca.

Lockhart deu uma palmada bem-humorada no ombro de Harry.

— Faça exatamente como fiz, Harry!

— O quê, deixar cair a varinha?

Mas Lockhart não estava mais escutando.

— Três... dois... um... agora! — gritou ele.

Draco ergueu a varinha depressa e berrou:

— *Serpensortia!*

A ponta de sua varinha explodiu. Harry observou, perplexo, uma comprida cobra preta se materializar, cair pesadamente no chão entre os dois e se erguer, pronta para atacar. Os alunos gritaram recuando rapidamente, abrindo espaço.

— Não se mexa, Potter — disse Snape tranquilamente, sentindo visível prazer de ver Harry parado imóvel, cara a cara com a cobra irritada. — Vou dar um fim nela...

— Permita-me! — gritou Lockhart. E brandiu a varinha para a cobra, ao que se ouviu um grande baque; a cobra, em lugar de desaparecer, voou três metros no ar e tornou a cair no chão com um estrondo. Enraivecida, sibilando furiosamente, ela deslizou direto para Justino Finch-Fletchley e se levantou de novo, as presas expostas, armada para o bote.

Harry não teve certeza do que o fez agir assim. Nem ao menos teve consciência de decidir fazer o que fez. A única coisa que soube foi que suas pernas o impeliram para a frente como se ele estivesse sobre rodinhas e que gritou tolamente para a cobra "Deixe-o em paz!". E milagrosamente – inexplicavelmente – a cobra desabou no chão, dócil como uma mangueira grossa e preta de jardim, seus olhos agora em Harry. Ele sentiu o medo dissolver-se. Sabia que a cobra não atacaria ninguém agora, embora não pudesse explicar como o sabia.

Harry olhou para Justino, sorrindo, esperando o colega parecer aliviado, intrigado ou até grato – mas certamente não zangado nem apavorado.

– De que é que você acha que está brincando? – gritou, e antes que Harry pudesse responder alguma coisa, Justino virou-lhe as costas e saiu do salão enfurecido.

Snape se adiantou, acenou a varinha e a cobra desapareceu com uma pequena baforada de fumaça preta. Snape, também, olhou Harry de modo inesperado: era um olhar astuto e calculista e Harry não gostou. Teve também uma vaga consciência dos cochichos sinistros que percorriam o salão. Então sentiu alguém puxá-lo pelas vestes.

– Vamos – disse a voz de Rony ao seu ouvido. – Mexa-se, vamos...

Rony guiou-o para fora do salão, Hermione corria para acompanhá-los. Quando atravessaram o portal, as pessoas de cada lado recuaram como se tivessem medo de apanhar uma doença. Harry não tinha a menor ideia do que estava acontecendo, e nem Rony nem Hermione explicaram nada até terem arrastado o amigo até a sala comunal da Grifinória, naquele momento vazia. Então Rony empurrou Harry para uma poltrona e disse:

– Você é um ofidioglota. Por que não nos contou?

– Eu sou o quê? – perguntou Harry.

– Um ofidioglota! – disse Rony. – Você é capaz de falar com as cobras!

– Eu sei. Quero dizer, é a segunda vez que faço isso. Uma vez no zoológico açulei, por acaso, uma jiboia contra o meu primo Duda, uma longa história... ela estava me contando que nunca tinha estado no Brasil e eu meio que a soltei sem querer, isso foi antes de saber que era bruxo...

– Uma jiboia contou a você que nunca tinha ido ao Brasil? – repetiu Rony baixinho.

– E daí? Aposto que um monte de gente aqui pode fazer isso.

– Ah, não. De jeito nenhum. Isto não é um dom muito comum. Harry, isto não é legal.

— O que não é legal? — disse Harry começando a ficar com muita raiva.
— Qual é o problema com todo mundo? Escuta aqui, se eu não tivesse dito àquela cobra para não atacar Justino...
— Ah, então foi isso que você disse?
— Que quer dizer com isso? Vocês estavam lá, vocês me ouviram...
— Ouvi você falar esquisito — disse Rony. — Língua de cobra. Você podia ter dito qualquer coisa, não admira que o Justino tenha entrado em pânico, parecia que você estava convencendo a cobra a fazer alguma coisa, deu arrepios, sabe...

Harry ficou de boca aberta.
— Eu falei uma língua diferente? Mas eu não percebi, como posso falar uma língua sem saber que posso falá-la?

Rony sacudiu a cabeça. Tanto ele quanto Hermione faziam cara de enterro. Harry não conseguia entender o que havia de tão horrível.

— Querem me dizer o que há de errado em impedir uma enorme cobra de arrancar a cabeça do Justino? Que diferença faz como foi que eu fiz isso, desde que o Justino não precise se associar ao clube dos Caçadores Sem Cabeça?

— Faz diferença, sim — disse Hermione, falando, afinal, num tom abafado —, porque a capacidade de falar com cobras foi o dom que tornou Salazar Slytherin famoso. É por isso que o símbolo da Sonserina é uma serpente.

O queixo de Harry caiu.
— Exatamente — confirmou Rony. — E agora a escola inteira vai pensar que você é o tetra-tetra-tetra-tetraneto ou coisa parecida...
— Mas eu não sou — disse Harry, sentindo um pânico que não conseguia explicar.
— Você vai achar difícil provar isso — falou Hermione. — Ele viveu há mil anos; pelo que se sabe, você podia muito bem ser descendente dele.

Harry ficou horas acordado àquela noite. Por uma fresta no cortinado em volta da cama de colunas ele observou a neve começar a cair em floquinhos diante da janela da torre e ficou imaginando...

Será que *podia* ser descendente de Salazar Slytherin? Afinal não sabia nada sobre a família do seu pai. Os Dursley sempre o proibiram de fazer perguntas sobre parentes bruxos.

Silenciosamente, Harry tentou dizer alguma coisa na língua das cobras. As palavras não saíram. Parecia que tinha de estar cara a cara com uma cobra para isso.

*Mas eu estou na Grifinória*, pensou Harry. *O Chapéu Seletor não teria me posto aqui se eu tivesse sangue de Slytherin...*

*Ah*, disse uma vozinha perversa em seu cérebro, *mas o Chapéu Seletor queria pôr você na Sonserina, não se lembra?*

Harry se virou na cama. Encontraria Justino no dia seguinte na aula de Herbologia, e explicaria que detivera a cobra e não a instigara, o que (pensou com raiva, socando o travesseiro) qualquer idiota teria percebido.

Mas, na manhã seguinte, a neve que começara a cair de noite se transformara numa nevasca tão densa que a última aula de Herbologia do período letivo foi cancelada: A Prof.ª Sprout queria pôr meias e echarpes nas mandrágoras, uma operação melindrosa que ela não confiaria a mais ninguém, agora que era tão importante as mandrágoras crescerem depressa para ressuscitar Madame Nor-r-ra e Colin Creevey.

Harry preocupava-se com isso sentado junto à lareira na sala comunal da Grifinória, enquanto Rony e Hermione aproveitavam o tempo para jogar uma partida de xadrez de bruxo.

– Pelo amor de Deus, Harry – disse Hermione exasperada, quando um bispo de Rony desmontou um cavalo dela e o arrastou para fora do tabuleiro.

– *Vá procurar* o Justino se isso é tão importante para você.

Então Harry se levantou e saiu pelo buraco do retrato, imaginando onde Justino poderia estar.

O castelo estava mais escuro do que normalmente era durante o dia, por causa da neve grossa e cinzenta que descia rodopiando pelo lado de fora das janelas. Transido de frio, Harry passou por salas onde havia aulas, captando vislumbres do que acontecia lá dentro. A Prof.ª McGonagall gritava com alguém que, pelo que parecia, tinha transformado o colega em um texugo. Harry passou adiante, resistindo ao impulso de espiar para dentro e, lembrando que Justino talvez estivesse usando o tempo livre para tirar o atraso em alguma matéria, decidiu verificar primeiro na biblioteca.

Vários alunos da Lufa-Lufa que deviam estar na aula de Herbologia se achavam de fato sentados no fundo da biblioteca, mas não pareciam estar trabalhando. Entre as longas fileiras de estantes, Harry podia ver que suas cabeças estavam muito juntas e que aparentemente mantinham uma conversa absorvente. Não conseguia ver se Justino estava no grupo. Foi andando em direção a eles e, quando começou a ouvir alguma coisa do que diziam, parou para escutar melhor, escondido na seção da Invisibilidade.

— Então, em todo o caso — falava um menino forte —, eu disse ao Justino para se esconder no nosso dormitório. Quero dizer, se Potter o escolheu para sua próxima vítima, é melhor ele ficar pouco visível por uns tempos. É claro que o Justino estava esperando uma coisa dessas acontecer desde que deixou escapar para o Potter que vinha de família trouxa. Justino chegou até a contar que os pais tinham feito reserva para ele em Eton. Isto não é o tipo de coisa que se fale assim, com o herdeiro de Slytherin à solta, não é mesmo?

— Então decididamente você acha que é o Potter, Ernie? — perguntou, ansiosa, uma menina loura de marias-chiquinhas.

— Ana — disse o garoto forte, solenemente —, ele é um ofidioglota. Todo mundo sabe que isso é a marca do bruxo das trevas. Você já ouviu falar de um bruxo decente que soubesse falar com cobras? Chamavam o próprio Slytherin de língua de serpente.

Seguiram-se muitos murmúrios depois disso e Ernie continuou:

— Lembram o que estava escrito na parede? *Inimigos do herdeiro, cuidado.* Potter teve um problema com o Filch. Logo em seguida, a gata de Filch é atacada. Aquele aluno do primeiro ano, o Creevey, estava aborrecendo Potter no jogo de quadribol, tirando fotos dele estirado na lama. Logo em seguida, Creevey foi atacado.

— Mas ele sempre pareceu tão gentil — disse Ana em dúvida —, e foi quem fez Você-Sabe-Quem desaparecer. Ele não pode ser tão ruim assim, pode?

Ernie baixou a voz, misterioso, os alunos da Lufa-Lufa se curvaram mais para a frente, e Harry se aproximou mais para poder captar as palavras de Ernie.

— Ninguém sabe como foi que ele sobreviveu àquele ataque de Você--Sabe-Quem, quero dizer, ele era só um bebê quando a coisa toda aconteceu. Devia ter explodido em pedacinhos. Só um bruxo das trevas realmente poderoso poderia ter sobrevivido a um ataque daqueles. — E baixando a voz até quase um sussurro, continuou: — Vai ver é por isso que Você-Sabe-Quem queria matá-lo para começar. Não queria outro bruxo das trevas *concorrendo* com ele. Que outros poderes será que o Potter anda escondendo?

Harry não conseguiu aguentar mais. Pigarreando alto, saiu de trás das estantes. Se não estivesse tão zangado, teria achado engraçada a cena que o aguardava: cada aluno da Lufa-Lufa parecia ter se petrificado só de vê-lo, e a cor foi se esvaindo do rosto de Ernie.

— Olá — disse Harry. — Estou procurando o Justino Finch-Fletchley.

Os receios dos garotos da Lufa-Lufa claramente se confirmaram. Todos olharam cheios de medo para Ernie.

— Que é que você quer com ele? — perguntou Ernie com a voz trêmula.
— Eu queria dizer a ele o que realmente aconteceu com aquela cobra no Clube dos Duelos.

Ernie mordeu os lábios brancos, tomou fôlego e disse:
— Nós estávamos todos lá. Vimos o que aconteceu.
— Então vocês repararam que depois que falei com a cobra ela recuou? — perguntou Harry.
— Só o que eu vi — disse Ernie, insistente, embora tremesse enquanto falava — foi você falando em língua de cobra e açulando o bicho para cima de Justino.
— Eu não açulei a cobra para cima dele! — protestou Harry, a voz trêmula de raiva. — A cobra nem *encostou* nele!
— Por pouco. E caso você esteja tendo novas ideias — acrescentou depressa —, é melhor eu informá-lo que pode investigar minha família por nove gerações de bruxos, e que o meu sangue é tão puro quanto o de qualquer outro, portanto...
— Não ligo a mínima para o tipo de sangue que você tem! — tornou Harry furioso. — Por que eu iria querer atacar pessoas que nasceram trouxas?
— Ouvi falar que você detesta os trouxas com quem mora — disse Ernie na mesma hora.
— É impossível morar com os Dursley e não detestá-los. Eu gostaria de ver você no meu lugar.

E dando meia-volta, saiu furioso da biblioteca, ganhando um olhar de reprovação de Madame Pince, que estava lustrando a capa dourada de um grande livro de feitiços.

Harry saiu pelo corredor às tontas, mal reparando aonde ia, tal era a sua fúria. O resultado foi que bateu em alguma coisa muito grande e sólida, que o derrubou no chão.

— Ah, olá, Hagrid — disse erguendo a cabeça.

O rosto de Hagrid estava inteiramente oculto pelo gorro de lã esbranquiçado de neve, mas não podia ser mais ninguém, pois ele praticamente ocupava o corredor com aquele seu casacão de pele de toupeira. Um galo morto pendia de suas enormes mãos enluvadas.

— Tudo bem, Harry? — perguntou ele, empurrando o gorro para trás para poder falar. — Você não está em aula?
— Cancelada — disse Harry, levantando-se. — Que é que você está fazendo aqui?

Hagrid ergueu o galo inerte.

– É o segundo que matam neste período letivo – explicou. – Ou é raposa ou bicho-papão e preciso da permissão do diretor para lançar um feitiço em volta do galinheiro.

Por debaixo das sobrancelhas grossas e salpicadas de neve, ele examinou Harry com mais atenção.

– Você tem certeza de que está bem? Está cheio de calor e zanga...

Harry não conseguiu se forçar a repetir o que Ernie e o resto dos garotos da Lufa-Lufa tinham andado dizendo.

– Não é nada. É melhor eu ir andando, Hagrid, a próxima aula é Transfiguração e tenho que apanhar meus livros.

Ele se afastou, a cabeça cheia com o que Ernie dissera a seu respeito.

*O Justino estava esperando uma coisa dessas acontecer desde que deixou escapar para o Potter que vinha de família trouxa...*

Harry subiu a escada batendo os pés e entrou em outro corredor que estava particularmente escuro; os archotes tinham sido apagados por uma corrente de ar forte e gelada que entrava por uma vidraça solta. Estava na metade do corredor quando caiu estendido em cima de uma coisa que havia no chão.

Virou-se para ver melhor em cima do que caíra e sentiu o estômago derreter.

Justino Finch-Fletchley jazia no chão, duro e frio, uma expressão de choque fixa no rosto, os olhos, sem visão, voltados para o teto. E não era tudo. Ao lado dele outro vulto, a visão mais estranha que Harry já encontrara.

Era Nick Quase Sem Cabeça, que agora deixara de ser branco-pérola e transparente e se tornara preto e fumegante, e flutuava imóvel na horizontal, a mais de um metro e meio do chão. Sua cabeça estava quase inteiramente solta, e seu rosto tinha uma expressão de choque idêntica à de Justino.

Harry ficou em pé, a respiração rápida e superficial, o coração produzindo uma espécie de rufo de tambor em suas costelas. Fora de si, olhou para um lado do corredor deserto e para o outro e viu uma fila de aranhas que se afastava o mais depressa possível dos corpos. Os únicos sons que ouvia eram as vozes abafadas dos professores nas salas de aula de cada lado.

Poderia correr e ninguém saberia que estivera ali. Mas não podia simplesmente deixá-los caídos... Tinha que procurar ajuda... Alguém acreditaria que ele não tivera nada a ver com aquilo?

Enquanto estava parado, cheio de pânico, uma porta se abriu com uma batida. Pirraça, o poltergeist, saiu em disparada.

— Ora, é o Potter Pirado! — zombou ele, entortando os óculos de Harry ao passar por ele. — Que é que o Potter está aprontando? Por que é que o Potter está rondando... Pirraça parou no meio de uma cambalhota no ar. De cabeça para baixo, deparou com Justino e Nick Quase Sem Cabeça. Desvirou-se na mesma hora, encheu os pulmões de ar e, antes que Harry pudesse impedi-lo, gritou:

— ATAQUE! ATAQUE! MAIS UM ATAQUE! NEM MORTAL NEM FANTASMA ESTÃO SEGUROS! SALVEM SUAS VIDAS! ATAAAAAQUE!

Bam — bam — bam —, porta atrás de porta se escancarou ao longo do corredor que foi invadido por um mundão de gente. Durante vários minutos, a cena era de tal confusão que Justino correu o risco de ser esmagado, e as pessoas não paravam de passar através de Nick Quase Sem Cabeça. Harry se viu imprensado contra a parede enquanto os professores gritavam pedindo calma. A Prof.ª McGonagall veio correndo, seguida por seus alunos em sua cola, um dos quais ainda tinha os cabelos listrados de preto e branco. Ela usou a varinha para produzir um alto estampido e restaurar o silêncio, e mandou todos de volta para as salas de aula. Nem bem o corredor se esvaziara um pouco quando Ernie, o garoto da Lufa-Lufa, chegou, ofegante, à cena.

— *Apanhado na cena do crime!* — berrou Ernie, o rosto lívido, apontando dramaticamente para Harry.

— Agora já chega, Macmillan! — disse a professora rispidamente.

Pirraça subia e descia no ar, e agora sorria malvadamente observando a cena; adorava o caos. Enquanto os professores se curvavam sobre Justino e Nick Quase Sem Cabeça, examinando-os, Pirraça começou a cantar:

*Ah, Potter, podre, veja o que você fez,*
*Matar alunos não é nada cortês...*

— Já chega, Pirraça! — vociferou a Prof.ª McGonagall e Pirraça saiu voando de costas e estirando a língua para Harry.

Justino foi levado para a ala hospitalar pelo Prof. Flitwick e a Prof.ª Sinistra, do departamento de astronomia, mas ninguém sabia o que fazer com Nick Quase Sem Cabeça. Por fim, a Prof.ª McGonagall conjurou um grande leque de ar, e entregou-o a Ernie com instruções para abanar Nick Quase Sem Cabeça até o andar de cima. Ernie obedeceu e abanou Nick como se fosse um aerofólio silencioso. Assim, Harry e a professora ficaram a sós.

— Por aqui, Potter — falou ela.

— Professora — disse Harry depressa —, eu juro que não...

— Isto não está mais em minhas mãos, Potter — interrompeu ela secamente.

Os dois caminharam em silêncio, viraram em um canto e ela parou diante de uma gárgula de pedra feíssima.

– Gota de limão! – disse. Era evidentemente uma senha, porque a gárgula logo ganhou vida e afastou-se para o lado, ao mesmo tempo que a parede atrás dela se abria em duas. Mesmo temendo o que o aguardava, Harry não pôde deixar de se admirar. Atrás da parede havia uma escada em caracol que subia suavemente, como uma escada rolante. Nem bem ele e a Prof.ª McGonagall pisaram nela, Harry ouviu a parede fazer um barulho seco e se fechar às costas dos dois. Subiram em círculos, cada vez mais altos, até que por fim, ligeiramente tonto, Harry viu uma porta de carvalho reluzindo à sua frente, com uma aldrava em forma de grifo.

Soube então aonde tinha sido levado. Ali devia ser a sala de Dumbledore.

# 12

## A POÇÃO POLISSUCO

Do alto da escada eles desceram, a Prof.ª McGonagall bateu a uma porta que se abriu silenciosamente, e eles entraram. A professora disse a Harry que esperasse e o deixou ali, sozinho.

Harry olhou em volta. Uma coisa era certa: de todas as salas de professores que visitara até aquele dia, a de Dumbledore era de longe a mais interessante. Se não estivesse apavorado com a iminência de ser expulso da escola, ele teria ficado muito feliz com a oportunidade de examiná-la.

Era uma sala bonita e circular, cheia de ruídos engraçados. Havia vários instrumentos de prata curiosos sobre mesas de pernas finas, que giravam e soltavam pequenas baforadas de fumaça. As paredes estavam cobertas de retratos de antigos diretores e diretoras, todos eles cochilavam tranquilamente em suas molduras. Havia também uma enorme escrivaninha de pés de garra, e, pousado sobre uma prateleira atrás dela, um chapéu de bruxo surrado e roto — o *Chapéu Seletor*.

Harry hesitou. Lançou um olhar desconfiado às bruxas e aos bruxos que dormiam nas paredes. Certamente não faria mal se ele apanhasse o chapéu e o experimentasse outra vez? Só para ver... só para se certificar de que ele o *pusera* na Casa certa...

Sem fazer barulho, deu a volta à escrivaninha, tirou o chapéu da prateleira e colocou-o devagarinho na cabeça. Era largo demais e lhe cobriu os olhos, exatamente como acontecera da primeira vez em que o experimentara. Harry ficou olhando a escuridão dentro do chapéu, à espera. Então uma vozinha disse em seu ouvido: "Caraminholas na cabeça, Harry Potter?"

— Ah, é — murmurou Harry. — Ah, desculpe incomodá-lo, eu queria perguntar...

— Você anda se perguntando se o coloquei na casa certa — disse o chapéu sabiamente. — Sei... você foi particularmente difícil de classificar. Mas mantenho o que disse antes — o coração de Harry deu um salto —, você *teria* se dado bem na Sonserina...

O estômago de Harry afundou. Agarrou a ponta do chapéu e o tirou. Ele pendeu inerte em sua mão, encardido e desbotado. Harry o devolveu à prateleira, sentindo-se mal.

— Você está enganado — disse em voz alta para o chapéu imóvel e silencioso que não se mexeu. Harry recuou, observando-o. Então, um ruído estranho e sufocado atrás dele o fez virar.

Afinal não estava sozinho. Encarrapitado em um poleiro dourado, atrás da porta, achava-se um pássaro de aparência decrépita que lembrava um peru meio depenado. Harry o encarou, e o pássaro sustentou funestamente o seu olhar, tornando a fazer o mesmo ruído sufocado. Harry achou que ele parecia muito doente. Seus olhos estavam opacos e, mesmo enquanto Harry o observava, caíram mais algumas penas de sua cauda.

Harry estava pensando que só o que lhe faltava era o pássaro de estimação de Dumbledore morrer, enquanto estavam sozinhos ali na sala, quando o pássaro pegou fogo.

Harry gritou chocado e se afastou da mesa. Olhou ansioso em volta para ver se encontrava um copo de água em algum lugar, mas não viu nenhum; o pássaro, entrementes, transformara-se numa bola de fogo; o pássaro deu um grito alto e no segundo seguinte não restava nada dele, exceto um monte de cinzas fumegantes no chão.

A porta da sala se abriu. Dumbledore entrou com o ar muito grave.

— Professor — ofegou Harry. — Seu pássaro, eu não pude fazer nada, ele simplesmente pegou fogo...

Para surpresa de Harry, Dumbledore sorriu.

— Já não era sem tempo. Ele tem andado com uma aparência medonha há dias; e venho dizendo a ele para se apressar.

E deu uma risadinha ao ver a cara de espanto de Harry.

— Fawkes é uma fênix, Harry. As fênix pegam fogo quando chega a hora de morrer e tornar a renascer das cinzas. Olhe ele...

Harry olhou em tempo de ver um pássaro minúsculo, amarrotado, recém-nascido botar a cabeça para fora das cinzas. Era tão feio quanto o anterior.

— É uma pena que você a tenha visto no dia em que queimou — disse Dumbledore, sentando-se à escrivaninha. — Na realidade ela é muito bonita quase o tempo todo, tem uma plumagem vermelha e dourada. Criaturas fascinantes, as fênix. São capazes de sustentar cargas pesadíssimas, suas lágrimas têm poderes curativos e são animais de estimação muitíssimo *fiéis*.

No choque de ver Fawkes pegando fogo, Harry se esquecera por que estava ali, mas tudo voltou à lembrança quando Dumbledore se acomodou no cadeirão à mesa e o encarou com aqueles seus olhos azul-claros e penetrantes.

Mas antes que Dumbledore pudesse dizer outra palavra, a porta da sala se escancarou com um estrondo, e Hagrid entrou, um olhar selvagem nos olhos, o gorro encarrapitado no alto da cabeça desgrenhada e o galo morto ainda balançando em uma das mãos.

— Não foi Harry, Prof. Dumbledore! — disse Hagrid, pressuroso. — Eu estava falando com ele *segundos* antes de aquele garoto ser encontrado, ele nunca teria tido tempo, meu senhor...

Dumbledore tentou dizer alguma coisa, mas Hagrid continuou falando, sacudindo o galo, agitado, fazendo voar penas para todo o lado.

— ... não pode ter sido ele, eu juro até na frente do Ministro da Magia se precisar...

— Hagrid, eu...

— ... o senhor pegou o garoto errado, meu senhor, eu *sei* que Harry jamais...

— *Hagrid!* — disse Dumbledore em voz alta. — Eu *não* acho que Harry tenha atacado essas pessoas.

— Ah — acalmou-se Hagrid, o galo pendurado imóvel a um lado. — Certo. Então vou esperar lá fora, diretor.

E saiu num repelão, parecendo constrangido.

— O senhor não acha que fui eu, professor? — repetiu Harry esperançoso enquanto Dumbledore espanava as penas de galo de cima de sua escrivaninha.

— Não, Harry, não acho. — Seu rosto novamente grave. — Mas ainda assim quero falar com você.

Harry esperou nervoso enquanto Dumbledore o estudava, as pontas dos seus longos dedos juntas.

— Preciso lhe perguntar, Harry, se tem alguma coisa que você gostaria de me perguntar — disse gentilmente. — Qualquer coisa.

Harry não soube o que dizer. Pensou em Draco gritando: *"Vocês vão ser os próximos, sangues ruins!"* e na Poção Polissuco que estava cozinhando no banheiro da Murta Que Geme. Depois pensou na voz sem corpo que ouvira duas vezes e se lembrou do que Rony comentara: *"Ouvir vozes que ninguém mais ouve não é bom sinal, mesmo no mundo da magia."* Pensou ainda no que todos andavam

dizendo dele, e seu pavor crescente era que estivesse de alguma forma ligado a Salazar Slytherin...
— Não — disse Harry. — Não tem nada, não, professor...

O ataque duplo a Justino e a Nick Quase Sem Cabeça transformou o que até ali fora nervosismo em verdadeiro pânico. Curiosamente, era o destino do fantasma que mais parecia preocupar as pessoas. O que poderia fazer aquilo a um fantasma?, elas perguntavam umas às outras; que poder terrível poderia fazer mal a alguém que já estava morto? Houve quase uma corrida para reservar lugares no Expresso de Hogwarts que iria levar os alunos para casa no Natal.

— Nesse ritmo, seremos os únicos a ficar para trás — disse Rony a Harry e Hermione. — Nós, Draco, Crabbe e Goyle. Que beleza de férias vamos ter!

Crabbe e Goyle, que sempre acompanhavam o que Draco fazia, tinham se inscrito para permanecer na escola durante as férias também. Mas Harry ficou contente que a maioria das pessoas estivesse partindo. Estava cansado de ser evitado nos corredores, como se achassem que lhe fossem crescer presas e pudesse cuspir veneno a qualquer momento; cansado de ser comentado, de ser apontado, de levar vaias ao passar.

Fred e Jorge, porém, achavam muita graça em tudo. Saíam do caminho para andar à frente de Harry nos corredores, gritando: "Abram caminho para o herdeiro de Slytherin, um bruxo realmente maligno vai passar..."

Percy desaprovava inteiramente esse comportamento.

— Não é motivo para graças — disse friamente.

— Ah, sai do caminho, Percy. Harry está com pressa.

— É, ele está indo para a Câmara Secreta tomar uma xícara de chá com seu criado de caninos afiados — disse Jorge, dando uma risadinha debochada.

Gina também não achou graça nenhuma.

— Ah, não façam isso — choramingava todas as vezes que Fred perguntava a Harry em voz alta quem ele pretendia atacar a seguir, ou quando Jorge, ao encontrar Harry, fingia afugentá-lo com um grande dente de alho.

Harry não se importava; sentia-se melhor que ao menos Fred e Jorge achassem a ideia de ele ser herdeiro de Slytherin muito ridícula. Mas as brincadeiras dos gêmeos pareciam estar irritando Draco, que amarrava cada vez mais a cara sempre que os via aprontando.

— É porque está *morrendo de vontade* de dizer que o herdeiro é ele — disse Rony com ar de quem sabe das coisas. — Vocês sabem que Draco detesta quando alguém o supera em alguma coisa, e você está recebendo todo o crédito pelo trabalho sujo que ele fez.

— Não será por muito tempo — anunciou Hermione com um tom de satisfação. — A Poção Polissuco está quase pronta. Vamos extrair a verdade dele a qualquer momento.

Enfim o período letivo terminou, e um silêncio profundo como a neve desceu sobre o castelo. Harry achou que o lugar ficara tranquilo, em vez de sombrio, e gostou do fato de que ele, Hermione e os Weasley tivessem a Torre da Grifinória só para eles, assim podiam brincar de snap explosivo à vontade sem incomodar ninguém e praticar duelos sozinhos. Fred, Jorge e Gina tinham preferido ficar na escola a visitar Gui no Egito com o Sr. e a Sra. Weasley. Percy, que desaprovava o que chamava de comportamento infantil dos gêmeos, não passava muito tempo na sala comunal da Grifinória. Tinha declarado pomposamente que ele só ficara para o Natal porque era seu dever, como monitor, ajudar os professores em tempos tão tempestuosos.

A manhã de Natal despontou fria e branca. Harry e Rony, os únicos que tinham restado no dormitório, foram acordados muito cedo por Hermione, que entrou de repente, completamente vestida, trazendo presentes para os dois.

— Acordem — disse em voz alta, afastando as cortinas da janela.

— Mione, você não podia estar aqui... — disse Rony, protegendo os olhos da claridade.

— Feliz Natal para você também — disse a garota lhe atirando um presente. — Estou de pé há quase uma hora, acrescentando heneróbios à poção. Está pronta.

Harry se sentou, de repente muito acordado.

— Tem certeza?

— Positivo — disse Hermione, empurrando Perebas, o rato, para poder se sentar na beirada da cama de Rony. — Se vamos usá-la, eu diria que deve ser hoje à noite.

Naquele momento, Edwiges entrou voando no quarto, trazendo um pequeno pacote no bico.

— Olá — disse Harry alegremente quando a coruja pousou na cama dele.

— Você voltou a falar comigo?

Edwiges deu umas bicadinhas carinhosas na orelha dele, o que foi um presente muito melhor do que o que lhe trouxera, e que ele descobriu ser uma encomenda dos Dursley. Eles tinham enviado a Harry um palito e um bilhete pedindo a ele que verificasse se não poderia ficar em Hogwarts durante as férias de verão também.

Os outros presentes que ganhara de Natal foram bem melhores. Hagrid lhe mandou uma grande lata de bolinhos de chocolate, que Harry decidiu deixar amolecer junto à lareira antes de comer; Rony lhe deu um livro chamado *Voando com os canhões*, um livro de fatos interessantes sobre o seu time de quadribol favorito, e Hermione lhe comprou uma caneta de luxo de pena de águia. Harry abriu o último presente e encontrou um suéter tricotado pela Sra. Weasley e um grande bolo de Natal. Leu o cartão dela com uma nova onda de remorsos, pensando no carro do Sr. Weasley (que não era visto desde a colisão com o Salgueiro Lutador), e a nova série de indisciplinas que ele e Rony estavam planejando.

Ninguém, nem mesmo alguém morto de medo de tomar a Poção Polissuco, dali a pouco, poderia deixar de se alegrar com o almoço de Natal em Hogwarts.

O Salão Principal estava magnífico. Não só tinha uma dúzia de árvores de Natal cobertas de cristais de gelo e largas guirlandas de visco e azevinho que cruzavam o teto, como também caía uma neve encantada, morna e seca. Dumbledore puxou o coro de algumas de suas músicas de Natal preferidas. Hagrid cantava cada vez mais alto a cada taça de gemada de vinho quente que consumia. Percy, que não reparou que Fred havia enfeitiçado o seu distintivo de monitor — agora com os dizeres "Cabeça de Alfinete" —, não parava de perguntar aos garotos por que ficavam dando risadinhas. Harry nem ligou que Draco Malfoy, sentado à mesa da Sonserina, estivesse fazendo comentários altos e debochados sobre seu novo suéter. Com um pouco de sorte, ele receberia o troco dentro de algumas horas.

Harry e Rony mal tinham acabado de comer o terceiro prato de pudim de Natal quando Hermione os levou para fora do Salão para finalizar os planos para aquela noite.

— Ainda precisamos de uns pedacinhos das pessoas em que queremos nos transformar — disse Hermione num tom trivial, como se estivesse mandando os garotos ao supermercado comprar detergente. — E é claro que será melhor se pudermos conseguir alguma coisa de Crabbe e Goyle; eles são os melhores amigos de Malfoy, que contará aos dois qualquer coisa. E também temos que garantir que os verdadeiros Goyle e Crabbe não apareçam de repente enquanto interrogamos Draco.

"Já tenho tudo resolvido", continuou ela calmamente, não dando atenção às caras espantadas de Harry e Rony. E mostrou dois pedaços de bolo de chocolate. "Recheei estes dois com uma simples Poção do Sono. Vocês só precisam se certificar de que Crabbe e Goyle encontrem os bolos. Sabem como são esganados, com certeza vão querer comê-los. Depois que caírem no sono, arranquem uns fios de cabelo deles e escondam os dois num armário de vassouras."

Harry e Rony se entreolharam, incrédulos.

— Mione, acho que isso não...

— Poderia dar tudo errado...

Mas Hermione tinha um brilho de aço nos olhos, muito semelhante ao que a Prof.ª McGonagall às vezes exibia.

— A poção será inútil sem os fios de cabelo de Crabbe e Goyle — disse a garota com severidade. — Vocês querem investigar Malfoy, não é?

— Ah, está bem, está bem — disse Harry. — Mas e você? Vai arrancar o cabelo de quem?

— Já tenho o meu! — disse Hermione, animada, tirando um frasquinho do bolso e mostrando aos dois um único fio de cabelo dentro. — Lembram que a Emília Bulstrode lutou comigo no Clube dos Duelos? Ela deixou o fio de cabelo nas minhas vestes quando estava tentando me estrangular! E como foi passar o Natal em casa... então só preciso dizer ao pessoal da Sonserina que resolvi voltar.

Quando Hermione saiu apressada para verificar outra vez a Poção Polissuco, Rony se virou para Harry com uma expressão de fim do mundo no rosto.

— Você já ouviu falar de um plano em que tantas coisas pudessem dar errado?

Mas, para completa surpresa de Harry e Rony, a primeira etapa da operação transcorreu suavemente, conforme Hermione previra. Eles ficaram rondando o saguão deserto depois do chá de Natal, esperando Crabbe e Goyle que tinham sido deixados sozinhos à mesa da Sonserina, devorando o quarto prato de pão de ló com calda de vinho. Harry equilibrara os bolos de chocolate na ponta do corrimão. Quando viram Crabbe e Goyle saindo do Salão Principal, ele e Rony se esconderam depressa atrás de uma armadura próxima à porta de entrada.

— Como pode ser tão tapado? — Rony cochichou em êxtase quando Crabbe apontou alegremente os bolos para Goyle e os pegou. Sorrindo, idiotamente, enfiaram os bolos inteiros nas bocas enormes. Por um momento, os dois mastigaram vorazes, com expressões de triunfo no rosto. Depois, sem a menor mudança de expressão, desmontaram de costas no chão. De longe, a parte mais difícil foi escondê-los no armário do outro lado do saguão. Quando estavam guardados em segurança entre baldes e esfregões, Harry arrancou uns fios do cabelo curto e duro que cobria a testa de Goyle, e Rony arrancou vários fios do cabelo de Crabbe. Roubaram também os sapatos, porque os seus eram, em comparação, demasiado pequenos. Depois, ainda aturdidos com o que tinham acabado de fazer, correram escada acima para o banheiro da Murta Que Geme.

Mal conseguiam enxergar devido à fumaça que saía do boxe em que Hermione mexia o caldeirão. Puxando as vestes para proteger o rosto, Harry e Rony bateram de leve na porta.

— Mione?

Ouviram um barulho de chave e Hermione apareceu, o rosto brilhando, cheia de ansiedade. Atrás dela ouvia-se o *glube-glube* da poção viscosa que borbulhava. Havia três cálices preparados sobre a tampa do vaso sanitário.

— Vocês conseguiram? — perguntou Hermione sem fôlego.

Harry mostrou os fios de cabelo de Goyle.

— Ótimo. E eu tirei escondido estas vestes da lavanderia — disse Hermione, mostrando um pequeno saco. — Vocês precisarão de números maiores porque vão ser Crabbe e Goyle.

Os três espiaram dentro do caldeirão. De perto, a poção parecia uma lama escura e espessa que borbulhava devagar.

— Tenho certeza de que fiz tudo direito — disse Hermione, nervosa, relendo a página manchada de *Poções muy potentes*. — Parece que o livro diz que deve... depois que bebermos a poção, teremos exatamente uma hora antes de voltarmos a ser nós mesmos.

— E agora? — sussurrou Rony.

— Separamos a poção nos três cálices e acrescentamos os cabelos.

Hermione serviu grandes conchas da poção em cada cálice. Depois, com a mão trêmula, sacudiu o fio de cabelo de Emília Bulstrode do frasco para dentro do primeiro cálice.

A poção assobiou alto como uma chaleira fervendo e espumou feito louca. Um segundo depois, mudou de cor para um amarelo doentio.

— Grrr, essência de Emília Bulstrode — disse Rony, olhando-a com nojo.

— Aposto que tem um gosto horrível.

— Ponha os fios na sua, então — disse Hermione.

Harry deixou cair os fios de cabelo de Goyle no cálice do meio, e Rony pôs os de Crabbe no último. Os dois cálices assobiaram e espumaram: o de Goyle mudou para um cáqui cor de piolho, e o de Crabbe para um castanho encardido e escuro.

— Calma aí — disse Harry quando Rony e Hermione estenderam a mão para os cálices. — É melhor não bebermos tudo aqui... Quando nos transformarmos em Crabbe e Goyle não vamos caber no boxe. E Emília Bulstrode não é nenhuma fadinha.

— Bem pensado — disse Rony, destrancando a porta. — Ficaremos em boxes separados.

Tomando cuidado para não derramar nem uma gota de Poção Polissuco, Harry entrou no boxe do meio.

— Pronto? — perguntou.

— Pronto — responderam as vozes de Rony e Hermione.

— Um... dois... três...

Apertando o nariz, Harry bebeu a poção em dois grandes goles. Tinha gosto de repolho passado do ponto de cozimento.

Imediatamente seu estômago começou a revirar como se ele tivesse acabado de engolir duas cobras — dobrado ao meio, ele se perguntou se ia enjoar —, depois uma sensação de queimação se espalhou rapidamente da barriga até a pontinha dos dedos dos pés e das mãos — em seguida, ele caiu de quatro, sem ar e teve a sensação de que estava derretendo, quando a pele de todo o seu corpo borbulhou como cera quente — e, antes que seus olhos e mãos começassem a crescer, os dedos engrossaram, as unhas alargaram, os nós dos dedos se estufaram como parafusos de cabeça de lentilha —, os ombros se esticaram dolorosamente e um formigamento na testa lhe informou que seus cabelos estavam crescendo em direção às sobrancelhas — as vestes se rasgaram quando o peito se alargou como uma barrica rompendo os aros —, os pés se tornaram um suplício dentro dos sapatos quatro números menor...

Tão de repente quanto começara, tudo cessou. Harry estava deitado de borco no piso frio como pedra, ouvindo Murta gargarejar mal-humorada no boxe da ponta. Com dificuldade, sacudiu fora os sapatos e ficou em pé. Então era assim que a pessoa se sentia, na pele de Goyle. Com a mão enorme tremendo, ele despiu as vestes antigas, que estavam agora no meio das canelas, vestiu as novas e amarrou os sapatos abotinados de Goyle. Ergueu a mão para afastar os cabelos dos olhos e só encontrou fios duros e curtos, que vinham até o meio da testa. Então percebeu que os óculos estavam anuviando sua visão porque Goyle obviamente não precisava deles, tirou-os e perguntou:

— Vocês dois estão bem? — A voz baixa e irritante de Goyle saiu de sua boca.

— Estou — veio o rosnado profundo de Crabbe da sua direita.

Harry destrancou a porta e foi até o espelho rachado. Goyle o encarou com aqueles olhos opacos e fundos. Harry coçou a orelha. Goyle também. A porta de Rony se abriu. Eles se entreolharam. Exceto que parecia pálido e chocado, Rony era indistinguível de Crabbe, do corte de cabelo em cuia até os braços compridos de gorila.

— Isso é incrível — disse Rony, aproximando-se do espelho e cutucando o nariz chato de Crabbe. — *Incrível.*

— É melhor irmos andando — disse Harry, afrouxando o relógio que ficara apertadíssimo no pulso grosso de Goyle. — Ainda temos que descobrir onde fica a sala comunal da Sonserina. Só espero que a gente encontre alguém para seguir...

Rony, que estivera observando Harry, disse:

— Você não sabe como é esquisito ver o Goyle *pensando.* — Bateu então na porta de Hermione. — Vamos, precisamos ir...

Uma voz aguda respondeu.

— Eu... eu acho que afinal não vou. Vão indo sem mim.

— Mione, nós sabemos que a Emília Bulstrode é feia, ninguém vai saber que é você...

— Não... verdade... acho que não vou. Vocês andem depressa, estão perdendo tempo...

Harry olhou para Rony intrigado.

— *Assim* você está mais parecido com o Goyle. É assim que ele fica toda vez que um professor faz uma pergunta.

— Mione, você está bem? — perguntou Harry através da porta.

— Muito bem... muito bem... vão andando...

Harry consultou o relógio. Cinco dos preciosos sessenta minutos já se tinham passado.

— Na volta nos encontramos aqui, está bem? — falou ele.

Os dois garotos abriram a porta do banheiro com cautela, verificaram se a barra estava limpa e saíram.

— Não balance os braços desse jeito — murmurou Harry para o amigo.

— Hein?

— Crabbe mantém os braços meio duros...

— Que tal assim?

— É, assim está melhor...

Os dois desceram a escada de mármore. Só precisavam agora que aparecesse um aluno da Sonserina para o seguirem até o salão comunal da casa, mas não havia ninguém por perto.

— Alguma ideia? — murmurou Harry.

— Os alunos da Sonserina sempre vêm daquela direção para tomar café da manhã — disse Rony indicando com a cabeça a entrada para as masmorras.

Mal as palavras saíram de sua boca e uma menina de cabelos longos e crespos saiu pela entrada.

— Desculpe — disse Rony, correndo para ela. — Esquecemos qual é o caminho para o nosso salão comunal.

— Como? — perguntou a garota empertigada. — *Nosso* salão comunal? Eu *sou* da Corvinal.

E se afastou olhando desconfiada para os dois.

Harry e Rony desceram os degraus de pedra mergulhando na escuridão, seus passos ecoando particularmente altos à medida que os enormes pés de Crabbe e Goyle batiam no chão, sentindo que a coisa não ia ser tão fácil quanto tinham esperanças que fosse.

Os corredores que lembravam labirintos estavam desertos. Eles foram se internando cada vez mais fundo por baixo da escola, verificando constantemente os relógios para ver quanto tempo ainda lhes sobrava. Passados quinze minutos, quando iam começando a se desesperar, ouviram um movimento repentino no alto.

— Rá! — gritou Rony, animado. — Aí vem um deles agora!

O vulto vinha saindo de um aposento lateral. Ao se aproximarem, porém, sentiram um aperto no coração. Não era um aluno da Sonserina, era Percy.

— Que é que você está fazendo aqui embaixo? — perguntou Rony surpreso.

Percy fez cara de afrontado.

— Isto — disse se empertigando — não é da sua conta. É o Crabbe, não é?

— Que, ah, sim — disse Rony.

— Muito bem, já para os seus dormitórios — disse Percy com severidade. — Não é seguro ficar andando por corredores escuros hoje em dia.

— Mas como é que *você* está andando? — lembrou Rony.

— Eu — disse Percy empertigando-se — sou monitor. Nada vai *me* atacar.

De repente ecoou uma voz atrás de Harry e Rony. Draco Malfoy vinha em direção ao grupo e, pela primeira vez na vida, Harry teve prazer em vê-lo.

— Aí, até que enfim — disse ele com voz arrastada, olhando para os dois. — Estiveram se empapuçando no Salão Principal esse tempo todo? Andei procurando vocês; quero que vejam uma coisa realmente engraçada.

Malfoy lançou um olhar mortífero a Percy.

— E o que é que você está fazendo aqui embaixo, Weasley? — perguntou com desdém.

Percy parecia indignado.

— Vocês precisam mostrar um pouco mais de respeito por um monitor da escola! — disse. — Não gosto de sua atitude!

Malfoy riu debochado e fez sinal para Harry e Rony o seguirem.

Harry quase pediu desculpas a Percy mas se conteve bem em tempo. Ele e Rony correram atrás de Draco, que disse assim que viraram o corredor:

— Esse Peter Weasley...

— Percy — Rony corrigiu-o automaticamente.

— O que seja. Tenho visto ele rondando por aqui um bocado ultimamente. E aposto como sei o que está aprontando. Acha que vai pegar o herdeiro de Slytherin sozinho.

Draco deu uma risada curta e debochada. Harry e Rony se entreolharam animados.

O garoto parou junto a um trecho da parede de pedra, liso e úmido.

— Como é mesmo a senha? — perguntou a Harry.

— Ah... — hesitou Harry.

— Ah, já sei... *puro sangue*! — disse Draco, sem parar para ouvir, e uma porta de pedra escondida na parede deslizou. Draco entrou e Harry e Rony o seguiram.

A sala comunal da Sonserina era um aposento comprido e subterrâneo com paredes de pedra rústica, de cujo teto pendiam correntes com luzes redondas e esverdeadas. Um fogo ardia na lareira encimada por um console de madeira esculpida e ao seu redor viam-se as silhuetas de vários alunos da Sonserina em cadeiras de espaldar alto.

— Esperem aqui — disse Draco a Harry e Rony, indicando duas cadeiras vazias mais afastadas da lareira. — Vou buscar, meu pai acabou de me mandar...

Imaginando o que Draco iria lhes mostrar, Harry e Rony se sentaram, fazendo o possível para parecer à vontade.

Draco voltou um minuto depois trazendo um papel que parecia ser um recorte de jornal. Enfiou-o na cara de Rony.

— Isso vai fazer vocês darem uma boa gargalhada.

Harry viu os olhos de Rony se arregalarem de choque. Ele leu o recorte depressa, deu uma risada forçada e o entregou a Harry. A notícia fora recortada do *Profeta Diário* e dizia:

### INQUÉRITO NO MINISTÉRIO DA MAGIA

Arthur Weasley, Chefe da Seção de Controle do Mau Uso dos Artefatos dos Trouxas foi multado hoje em cinquenta galeões, por enfeitiçar um carro dos trouxas.

O Sr. Lúcio Malfoy, membro da diretoria da Escola de Magia e Bruxaria de Hogwarts, onde o carro enfeitiçado bateu no início deste ano, pediu hoje a demissão do Sr. Weasley.

"Weasley desmoralizou o Ministério", declarou o Sr. Malfoy ao nosso repórter. "Ficou claro que ele não está qualificado para legislar, e o seu projeto de lei para proteger os trouxas deveria ser imediatamente esquecido."

O Sr. Weasley não foi encontrado para comentar essas declarações, embora sua mulher tenha dito aos repórteres para se afastarem da casa e ameaçado mandar o vampiro da família atacá-los.

— E aí? — perguntou Draco impaciente quando Harry devolveu o recorte.
— Vocês não acham engraçado?
— Ha, ha, ha — riu Harry desanimado.
— Arthur Weasley gosta tanto de trouxas que devia partir a varinha e ir se juntar a eles — disse Draco desdenhoso. — Pela maneira como se comportam, nem dá para dizer que os Weasley são puros sangues.

A cara de Rony — ou melhor, de Crabbe — se contorceu de fúria.
— Qual é o problema, Crabbe? — perguntou Draco com rispidez.
— Dor de estômago — grunhiu Rony.
— Então vá para a ala hospitalar e dê um chute naqueles sangues ruins por mim — disse Draco sufocando o riso. — Sabe, estou admirado que o *Profeta Diário* ainda não tenha noticiado todos esses ataques — continuou, pensativo.
— Suponho que Dumbledore esteja tentando abafar o caso. Ele vai ser despedido se isso não parar logo. Meu pai diz que Dumbledore foi a pior coisa que já aconteceu a Hogwarts. Ele adora trouxas. Um diretor decente nunca deixaria escória como o Creevey entrar.

Draco começou a tirar fotografias com uma máquina imaginária e fez uma imitação cruel mas exata de Colin: "Potter, posso bater uma foto sua, Potter! Pode me dar o seu autógrafo? Posso lamber os seus sapatos, por favor, Potter?"
Ele deixou cair as mãos e olhou para Harry e Rony.
— Que é que *há* com vocês dois?
Em atraso, Harry e Rony forçaram uma risada, mas Draco pareceu satisfeito; talvez Crabbe e Goyle sempre fossem lentos para entender as coisas.
— São Potter, o amigo dos sangues ruins — disse Draco lentamente. — Ele é outro que não tem espírito de bruxo, ou não andaria por aí com aquela Granger sangue ruim metida a besta. E tem gente que acha que *ele é* o herdeiro de Slytherin!
Harry e Rony esperaram com a respiração suspensa: Draco estava certamente a segundos de contar que era ele — mas então...
— Eu bem *gostaria* de saber quem *é* — disse com petulância. — Até poderia ajudar.
O queixo de Rony caiu de um jeito que Crabbe pareceu ainda mais tapado do que de costume. Felizmente, Draco não reparou e Harry, pensando rápido, disse:
— Você deve ter uma ideia de quem está por trás disso tudo...
— Você sabe que não tenho, Goyle. Quantas vezes preciso lhe dizer isso? — retrucou Draco com maus modos. — E meu pai não quer me contar *nada* sobre a última vez que a Câmara foi aberta, tampouco. É claro, foi há cinquenta anos, antes do tempo dele, mas ele sabe tudo que aconteceu e diz que o caso foi abafado e que vai levantar suspeitas se eu souber de muita coisa. Mas uma coisa eu sei, a última vez que a Câmara Secreta foi aberta, um sangue ruim *morreu*. Então aposto que é uma questão de tempo até um deles ser morto... espero que seja a Granger — disse com prazer.
Rony crispava os punhos enormes de Crabbe. Harry, sentindo que o amigo poderia se denunciar se avançasse em Draco, lançou a Rony um olhar de alerta e disse:
— Você sabe se a pessoa que abriu a Câmara da última vez foi apanhada?
— Ah, é claro... seja lá o que for foi expulso — disse Draco. — Com certeza ainda está em Azkaban.
— Azkaban? — perguntou Harry intrigado.
— Azkaban, *a prisão de bruxos*, Goyle — disse Draco, olhando para ele incrédulo. — Sinceramente, se você fosse mais devagar, andaria para trás.
Mexeu-se inquieto na cadeira e continuou:

— Meu pai diz para eu ficar na minha e deixar o herdeiro de Slytherin fazer o trabalho. Diz que a escola precisa se livrar de toda a sujeira dos sangues ruins, mas para eu não me meter. É claro que ele está com as mãos cheias nesse momento. Sabem que o Ministério da Magia revistou a nossa propriedade na semana passada?

Harry tentou botar na cara de Goyle uma expressão de preocupação.

— É... — disse Draco. — Felizmente não encontraram muita coisa. Papai tem um material para Artes das Trevas muito valioso. Mas, felizmente, temos a nossa câmara secreta embaixo da sala de visitas...

— Oh! — exclamou Rony.

Draco olhou. O mesmo fez Harry. Rony corou. Até seus cabelos começavam a ficar vermelhos. O nariz também estava crescendo — o tempo deles se esgotara e Rony começava a voltar ao normal e, pelo olhar de horror que de repente lançou a Harry, devia estar acontecendo o mesmo com o amigo.

Os dois se levantaram depressa.

— O remédio para o meu estômago — rosnou Rony e, sem mais demora, atravessou correndo toda a extensão do salão da Sonserina, atirou-se à parede de pedra e saiu pelo corredor na esperança de que Draco não tivesse notado nada. Harry sentiu os pés derraparem nos enormes sapatos de Goyle e teve que levantar as vestes à medida que iam encolhendo; os dois se precipitaram pelas escadas que levavam ao saguão de entrada, onde se ouviam as batidas abafadas que vinham do armário em que haviam trancado Crabbe e Goyle. Deixando os sapatos ao lado da porta, eles subiram de meias e a toda velocidade a escada de mármore em direção ao banheiro da Murta Que Geme.

— Bom, não foi uma perda total de tempo — ofegou Rony, fechando a porta do banheiro ao passarem. — Sei que não descobrimos quem é o atacante, mas vou escrever a papai amanhã e dizer para ele revistar embaixo da sala de visitas dos Malfoy.

Harry contemplou seu rosto no espelho rachado. Voltara ao normal. Colocou os óculos enquanto Rony socava a porta do boxe de Hermione.

— Mione, saia daí, temos um monte de coisas para lhe contar...

—Vão embora! — disse Hermione esganiçada.

Harry e Rony se entreolharam.

— Qual é o problema? — perguntou Rony. — Você já deve ter voltado ao normal agora, nós...

Mas a Murta Que Geme atravessou de repente a porta do boxe. Harry nunca a vira com a cara tão feliz.

— Aaaaaah, esperem até ver. Está *horrível*...

Eles ouviram o trinco se abrir e Hermione saiu, soluçando, as vestes cobrindo a cabeça.

— Que foi que houve? — perguntou Rony inseguro. — Você continua com o nariz da Emília ou coisa assim?

Hermione deixou as vestes caírem e Rony recuou contra a pia.

O rosto da garota estava coberto de pelos pretos. Os olhos tinham virado amarelos e orelhas compridas e pontudas espetavam para fora dos cabelos.

— Era um pelo de g-gato! E-Emília Bulstrode deve ter um gato! E a poção não deve ser usada para transformar animais!

— Uau! — exclamou Rony.

— Vão caçoar de você horrores! — exclamou Murta, feliz.

— Tudo bem, Mione — disse Harry depressa. — Levamos você para a ala hospitalar. Madame Pomfrey nunca faz muitas perguntas...

Levou muito tempo para persuadirem Hermione a deixar o banheiro. Murta Que Geme despediu-se dos garotos com uma risada gaiata.

— Espere até todo mundo descobrir que você tem *rabo*!

# 13

## O DIÁRIO SECRETÍSSIMO

Hermione permaneceu na ala hospitalar várias semanas. Houve uma boataria sobre o seu sumiço quando o resto da escola voltou das férias de Natal, porque naturalmente todos pensaram que ela fora atacada. Foram tantos os alunos que passaram pela ala hospitalar tentando dar uma olhada nela que Madame Pomfrey pegou outra vez as cortinas e pendurou-as em torno da cama da garota, para lhe poupar a vergonha de ser vista com a cara peluda.

Harry e Rony iam visitá-la toda tarde. Quando o novo período letivo começou, eles lhe levavam os deveres de casa do dia.

— Se tivessem crescido bigodes de gato em mim, eu teria tirado umas férias dos deveres — disse Rony, certa noite, despejando uma pilha de livros na mesa de cabeceira de Hermione.

— Pare de ser bobo, Rony, tenho que me manter em dia — disse Hermione decidida. Seu estado de ânimo melhorara muito desde que todos os pelos desapareceram do seu rosto, e os olhos estavam voltando lentamente à cor castanha. — Suponho que não encontraram nenhuma pista nova? — acrescentou aos sussurros, de modo que Madame Pomfrey não a escutasse.

— Nada — respondeu Harry, desanimado.

— Eu tinha tanta *certeza* de que era Draco — disse Rony, pela centésima vez.

— Que é isso? — perguntou Harry, apontando para alguma coisa dourada que aparecia por baixo do travesseiro de Hermione.

— É só um cartão desejando que eu fique boa logo — disse Hermione depressa, tentando escondê-lo, mas Rony foi mais rápido. Puxou o cartão, abriu-o e leu em voz alta:

*À senhorita Granger desejo uma rápida convalescença, seu professor preocupado Gilderoy Lockhart, Ordem de Merlin, Terceira Classe, Membro Honorário da Liga de Defesa Contra as Artes das Trevas, cinco vezes vencedor do Prêmio do Sorriso Mais Atraente do Semanário dos Bruxos.*

Rony olhou para Hermione, enojado.

– Você dorme com isso debaixo do travesseiro?

Mas Hermione não precisou responder porque Madame Pomfrey apareceu para lhe dar a medicação noturna.

– O Lockhart é o cara mais populista que você já conheceu ou o quê? – perguntou Rony a Harry ao saírem da enfermaria e começarem a subir a escada que levava à Torre da Grifinória. Snape passara tanto dever de casa que Harry achou que provavelmente estaria no sexto ano quando terminasse tudo.

Rony estava acabando de comentar que gostaria de ter perguntado a Hermione quantos rabos de rato devia usar na Poção de Arrepiar Cabelos quando um vozerio no andar de cima chegou aos ouvidos dos dois.

– É o Filch – murmurou Harry enquanto subiam depressa a escada e paravam, escondidos, apurando os ouvidos.

– Você acha que mais alguém foi atacado? – perguntou Rony tenso.

Os dois ficaram quietos, as cabeças inclinadas na direção da voz de Filch, que parecia um tanto histérica.

– *... sempre mais trabalho para mim! Enxugando o chão a noite inteira, como se já não tivesse o suficiente para fazer! Não, isto é a última gota, vou procurar o Dumbledore...*

Os passos dele cessaram e os meninos ouviram uma porta bater a distância.

Os garotos esticaram as cabeças para espiar mais além do canto. Filch, pelo que viam, estivera em seu posto de vigia habitual: estavam mais uma vez no local em que Madame Nor-r-ra fora atacada. Viram imediatamente a razão dos gritos de Filch. Uma grande inundação se espalhava por metade do corredor e aparentemente a água ainda não parara de correr por baixo da porta do banheiro da Murta Que Geme. Quando Filch parou de gritar, eles puderam ouvir os lamentos da Murta ecoando pelas paredes do banheiro.

– *Agora* o que será que ela tem?! – exclamou Rony.

– Vamos até lá ver – disse Harry e, levantando as vestes bem acima dos tornozelos, os dois atravessaram aquela agueira até a porta com o letreiro INTERDITADO, não lhe deram atenção, como sempre, e entraram.

Murta Que Geme chorava, se é que isso era possível, cada vez mais alto e com mais vontade do que nunca. Parecia ter-se escondido no seu boxe habitual. Estava escuro no banheiro porque as velas haviam se apagado com a grande inundação que deixara as paredes e o piso encharcados.

– Que foi, Murta? – perguntou Harry.

– Quem é? – engrolou Murta, infeliz. – Vem jogar mais alguma coisa em mim?

Harry meteu os pés na água até o boxe dela.

— Por que eu iria jogar alguma coisa em você?

— É a mim que você pergunta! — gritou Murta, surgindo em meio a mais uma onda líquida, que se espalhou pelo chão já molhado. — Estou aqui cuidando da minha vida e alguém acha que é engraçado jogar um livro em mim...

— Mas não deve machucar se alguém joga um livro em você — argumentou Harry. — Quero dizer, ele atravessa você, não é mesmo?

Disse a coisa errada. Murta se estufou e gritou com voz aguda:

— Vamos todos jogar livros na Murta, porque ela não é capaz de sentir! Dez pontos se você fizer o livro atravessar a barriga dela! Muito bem, ha, ha, ha! Que ótimo jogo, eu não acho!

— Mas afinal quem jogou o livro em você? — perguntou Harry.

— Eu não sei... Eu estava sentada na curva do corredor, pensando na morte, e o livro atravessou a minha cabeça — disse Murta olhando feio para os garotos. — Está lá, foi levado pela água...

Harry e Rony espiaram embaixo da pia para onde Murta apontava. Havia um livro pequeno e fino caído ali. Tinha uma capa preta e gasta e estava molhado como tudo o mais naquele banheiro. Harry adiantou-se para apanhá-lo, mas Rony de repente esticou o braço para impedi-lo.

— Que foi?

— Você está maluco — disse Rony. — Pode ser perigoso.

— *Perigoso?* — perguntou Harry rindo. — Deixe disso, de que jeito poderia ser perigoso?

— Você ficaria surpreso — disse Rony, olhando apreensivo para o livro. — Os livros que o Ministério da Magia tem confiscado, papai me contou, tinha um que queimava os olhos da pessoa. E todo mundo que leu *Sonetos de um bruxo* passou a falar em rima para o resto da vida. E uma velha bruxa em Bath tinha um livro que a pessoa *não conseguia parar de ler!* Passava a andar com a cara no livro, tentando fazer tudo com uma só mão. E...

— Está bem, já entendi.

O livrinho continuava no chão, empapado e indefinível.

— Bem, não vamos descobrir se não dermos uma olhada — falou Harry. Abaixou-se para se desvencilhar de Rony e apanhou o livro do chão.

Harry viu num instante que era um diário, e o ano meio desbotado na capa lhe informou que tinha cinquenta anos de idade. Abriu-o ansioso. Na primeira página, mal e mal conseguiu ler o nome T. S. Riddle, em tinta borrada.

– Calma aí – disse Rony, que se aproximara cautelosamente e espiava por cima do ombro do amigo. – Conheço esse nome... T. S. Riddle recebeu um prêmio por serviços especiais prestados à escola há cinquenta anos.

– Como é que você sabe? – perguntou Harry, admirado.

– Porque Filch me fez polir o escudo desse homem umas cinquenta vezes durante a minha detenção – disse Rony com raiva. – Daquela vez que arrotei lesmas para todo o lado. Se você tivesse tirado lesmas de um nome durante uma hora, você também se lembraria.

Harry separou as páginas molhadas. Estavam completamente em branco. Não havia o menor vestígio de escrita em nenhuma delas, nem mesmo *Aniversário da tia Magda* ou *dentista às três e meia*.

– Não entendo por que alguém quis descartar ele – comentou Rony, curioso.

Harry virou as costas do livro e viu impresso o nome de uma papelaria na rua Vauxhall, em Londres.

– O dono deve ter nascido trouxa – disse Harry pensativo. – Para ter comprado um diário na rua Vauxhall...

– Bom, não vai servir para você – disse Rony. E baixando a voz: – Cinquenta pontos se você conseguir fazer ele atravessar o nariz da Murta.

Harry, porém, meteu o diário no bolso.

Hermione deixou a ala hospitalar, sem bigodes, sem rabo, sem pelos, no início de fevereiro. Na primeira noite de volta à Torre da Grifinória, Harry lhe mostrou o diário de T. S. Riddle e lhe contou como o tinham encontrado.

– Aaah, talvez tenha poderes secretos – disse a garota, entusiasmada, apanhando o diário e examinando-o com atenção.

– Se tiver, deve estar escondendo esses poderes muito bem – disse Rony.

– Vai ver é tímido. Não sei por que você não joga esse diário fora, Harry.

– Eu queria saber por que alguém tentou *jogá-lo fora*. E também gostaria de saber por que foi que Riddle recebeu um prêmio por serviços especiais prestados a Hogwarts.

– Pode ter sido por qualquer coisa – disse Rony. – Talvez tenha ganhado trinta corujas ou salvou um professor dos tentáculos de uma lula-gigante. Talvez tenha assassinado a Murta; isso teria sido um favor para todo mundo...

Mas Harry podia dizer pela expressão parada no rosto de Hermione que ela estava pensando o mesmo que ele.

— Que foi? — perguntou Rony olhando de um para outro.
— Bom, a Câmara Secreta foi aberta há cinquenta anos, não foi? Foi o que Draco disse.
— É... — disse Rony lentamente.
— E este diário tem cinquenta anos — disse Hermione, tamborilando os dedos nele, agitada.
— E daí?
— Ah, Rony, vê se acorda — retrucou a garota. — Sabemos que quem abriu a Câmara da última vez foi expulso *há cinquenta anos*. Sabemos que T. S. Riddle recebeu um prêmio por serviços especiais prestados à escola *há cinquenta anos*. Muito bem, e se Riddle recebeu o prêmio por *ter pegado o herdeiro de Slytherin*? O diário dele provavelmente nos contaria tudo, onde fica a Câmara, como abri-la, que tipo de criatura mora lá, e a pessoa que está por trás desses ataques desta vez não gostaria de ver o diário rolando por aí, não é?
— É uma teoria *brilhante*, Mione — disse Rony —, só tem um furinho pequenininho. *Não tem nada escrito no diário*.
Mas Hermione estava tirando a varinha de dentro da mochila.
— Talvez a tinta seja invisível! — sussurrou.
A garota deu três toques no diário e disse: *Aparecium!*
Nada aconteceu. Sem desanimar, Hermione meteu outra vez a mão na mochila e tirou uma coisa que parecia uma borracha vermelho e berrante.
— É um revelador que comprei no Beco Diagonal — explicou.
Ela esfregou a borracha com força em *primeiro de janeiro*. Nada aconteceu.
— Estou dizendo que não tem nada aí para se achar — falou Rony. — Riddle simplesmente ganhou um diário de Natal e não se deu o trabalho de usá-lo.

Harry não conseguiu explicar, nem para si mesmo, por que simplesmente não jogou fora o diário de Riddle. O fato era que, mesmo *sabendo* que o diário estava em branco, não parava de pegá-lo distraidamente e de folheá-lo, como se fosse uma história que ele quisesse terminar. E embora tivesse certeza de que nunca ouvira falar em T. S. Riddle antes, ainda assim o nome parecia significar alguma coisa para ele, quase como se Riddle fosse um amigo que tivera quando era muito pequeno, e meio que esquecera. Mas isto era absurdo. Nunca tivera amigos antes de Hogwarts. Duda cuidara disso.

Ainda assim, Harry estava decidido a descobrir mais sobre Riddle. Por isso, próximo ao amanhecer, rumou para a sala de troféus para examinar o prêmio especial de Riddle, acompanhado por uma Hermione interessada e um Rony completamente descrente, que disse aos dois que já vira a sala de troféus o suficiente para uma vida inteira.

O escudo dourado de Riddle estava guardado em um armário de canto. Não continha detalhes sobre as razões por que fora concedido. ("Ainda bem, porque seria maior e eu ainda estaria polindo essa coisa", disse Rony.) Mas eles encontraram o nome de Riddle em uma velha medalha de Mérito em Magia e em uma lista de antigos monitores-chefes.

— Ele até parece o Percy — disse Rony, torcendo o nariz enojado. — Monitor, monitor-chefe... provavelmente o primeiro aluno em todas as classes...

— Você fala isso como se fosse uma coisa ruim — disse Hermione num tom ligeiramente magoado.

O sol agora voltara a brilhar palidamente sobre Hogwarts. No interior do castelo, as pessoas se sentiam mais esperançosas. Não houvera mais ataques desde os de Justino e Nick Quase Sem Cabeça, e Madame Pomfrey tinha o prazer de informar que as mandrágoras estavam ficando imprevisíveis e cheias de segredinhos, o que significava que iam deixando depressa a infância.

— Quando desaparecer a acne delas, estarão prontas para ser reenvasadas — Harry ouviu-a dizer gentilmente ao Filch uma certa tarde. — E depois disso, iremos cortá-las e cozinhá-las. Num instante você terá a sua Madame Nor--r-ra de volta.

Talvez o herdeiro de Slytherin tenha perdido a coragem, pensou Harry. Devia estar se tornando cada vez mais arriscado abrir a Câmara Secreta, com a escola tão atenta e desconfiada. Talvez o monstro, fosse o que fosse, estivesse neste mesmo momento se aninhando para hibernar outros cinquenta anos...

Ernie Macmillan da Lufa-Lufa não concordava com essa visão otimista. Continuava convencido de que Harry era o culpado, que ele "se denunciara" no Clube dos Duelos. Pirraça não estava ajudando nada; a toda hora aparecia nos corredores cheios de alunos, cantando: "Ah, Potter podre...", agora com um número de dança para acompanhar.

Gilderoy Lockhart parecia pensar que, sozinho, fizera os ataques pararem. Harry ouviu-o dizer isso à Prof.ª McGonagall quando os alunos da Grifinória faziam fila para ir à aula de Transfiguração.

— Acho que não vai haver mais problemas, Minerva — disse ele dando um tapinha no nariz e uma piscadela com ar de quem sabe das coisas. — Acho que a Câmara foi fechada para sempre desta vez. O culpado deve ter sentido que era apenas uma questão de tempo até nós o pegarmos. Achou mais sensato parar agora, antes que eu o liquidasse.

"Sabe, o que a escola precisa agora é de uma injeção no moral. Esquecer as lembranças do período passado! Não vou dizer mais nada por ora, mas acho que sei exatamente o que..."

E dando outra pancadinha no nariz se afastou decidido.

A ideia que Lockhart fazia de uma injeção no moral tornou-se clara no café da manhã de catorze de fevereiro. Harry não dormira o suficiente por causa de um treino de quadribol até tarde, na véspera, e correu para o Salão Principal, um pouco atrasado. Pensou, por um momento, que tivesse entrado na porta errada.

As paredes estavam cobertas com grandes flores de um rosa berrante. E pior ainda, de um teto azul-celeste caía confete em feitio de coração. Harry dirigiu-se à mesa da Grifinória, onde Rony estava sentado com cara de enjoo, e Hermione parecia não conseguir parar de rir.

— Que é que está acontecendo? — perguntou Harry aos dois, sentando-se e limpando o confete do bacon.

Rony apontou para a mesa dos professores, aparentemente nauseado demais para falar. Lockhart, usando vestes rosa berrante, para combinar com a decoração, gesticulava pedindo silêncio. Os professores, de cada lado dele, estavam impassíveis. De onde se sentara, Harry podia ver um músculo tremendo na bochecha da Profª McGonagall. Snape parecia que tinha acabado de tomar um grande copo de Esquelesce.

— Feliz Dia dos Namorados! — exclamou Lockhart. — E será que posso agradecer às quarenta e seis pessoas que me mandaram cartões até o momento? Claro, tomei a liberdade de fazer esta surpresinha para vocês, e ela não acaba aqui!

Lockhart bateu palmas e, pela porta que abria para o saguão de entrada, entraram onze anões de cara amarrada. Mas não eram uns anões quaisquer. Lockhart mandara-os usar asas douradas e trazer harpas.

— Os meus cupidos, entregadores de cartões! — Sorriu Lockhart. — Eles vão circular pela escola durante o dia de hoje entregando os cartões dos namorados. E a brincadeira não termina aí! Tenho certeza de que os meus colegas vão querer entrar no espírito festivo da data! Por que não pedir ao Prof. Snape para lhes ensinar a preparar uma Poção do Amor! E por falar nisso, o Prof. Flitwick conhece mais Feitiços de Fascinação do que qualquer outro bruxo que eu conheça, o santinho!

O Prof. Flitwick escondeu o rosto nas mãos. Snape fez cara de que obrigaria a beber veneno o primeiro aluno que lhe pedisse uma Poção do Amor.

– Por favor, Mione, me diga que você não foi uma das quarenta e seis – disse Rony ao deixarem o Salão Principal para assistir à primeira aula. A garota de repente ficou muito interessada em procurar na mochila o seu horário e não respondeu.

O dia inteiro, os anões não pararam de invadir as salas de aula e entregar cartões, para irritação dos professores e, no fim daquela tarde, quando os alunos da Grifinória iam subindo para a aula de Feitiços, um dos anões alcançou Harry.

– Oi, você! "Arry" Potter! – gritou um anão particularmente mal-encarado, que abria caminho às cotoveladas para chegar até Harry.

Cheio de calores só de pensar em receber um cartão do Dia dos Namorados na frente de uma fileira de alunos do primeiro ano, que por acaso incluía Gina Weasley, Harry tentou escapar. O anão, porém, meteu-se por entre a garotada chutando as canelas de todos e o alcançou antes que o garoto pudesse se afastar dois passos.

– Tenho um cartão musical para entregar a "Arry" Potter em pessoa – disse, empunhando a harpa de um jeito meio assustador.

– *Aqui não* – sibilou Harry, tentando escapar.

– Fique *parado!* – grunhiu o anão, agarrando a mochila de Harry e puxando-o de volta.

– Me solta! – rosnou o garoto, puxando.

Com um barulho de pano rasgado, a mochila se rompeu ao meio. Os livros, a varinha, o pergaminho e a pena se espalharam pelo chão, e o vidro de tinta se derramou por cima de tudo.

Harry virou-se para todos os lados, tentando reunir tudo antes que o anão começasse a cantar, causando um certo engarrafamento no corredor.

– Que é que está acontecendo aqui? – ouviu-se a voz fria e arrastada de Draco Malfoy. Harry começou a enfiar tudo febrilmente na mochila rasgada, desesperado para sair dali antes que Draco pudesse ouvir o cartão musical.

– Que confusão é essa? – perguntou outra voz conhecida. Era Percy Weasley que se aproximava.

Perdendo a cabeça, Harry tentou correr, mas o anão o agarrou pelos joelhos e o derrubou com estrondo no chão.

– Muito bem – disse ele, sentando-se em cima dos calcanhares de Harry. – Vamos ao seu cartão cantado:

Teus olhos são verdes como sapinhos cozidos,
Teus cabelos, pretos como um quadro de aula.
Queria que tu fosses meu, garoto divino,
Herói que venceu o malvado Lorde das Trevas.

Harry teria dado todo o ouro de Gringotes para evaporar na hora. Fazendo um grande esforço para rir com os colegas, ele se levantou, os pés dormentes com o peso do anão, enquanto Percy Weasley fazia o possível para dispersar os alunos, alguns chorando de tanto rir.

— Vão andando, vão andando, a sineta tocou há cinco minutos, já para a aula — disse o monitor, espantando os alunos mais novos. — E você, Malfoy...

Harry, erguendo a cabeça, viu Draco se abaixar e apanhar alguma coisa. Mostrou-a, debochando, a Crabbe e Goyle, e Harry percebeu que ele se apossara do diário de Riddle.

— Devolva isso aqui — disse Harry controlado.

— Que será que Potter andou escrevendo nisso? — disse Draco, que obviamente não reparara na data impressa na capa e pensava que era o diário de Harry. Fez-se silêncio entre os presentes. Gina olhava do diário para Harry, com cara de terror.

— Devolva, Malfoy — disse Percy com severidade.

— Depois que eu olhar — disse Draco, agitando o diário no ar para enraivecer Harry.

Percy falou:

— Como monitor... — Mas Harry perdera a paciência. Puxou a varinha e gritou: "*Expelliarmus!*" e do mesmo jeito que Snape desarmara Lockhart, Draco viu o diário sair voando de sua mão. Rony, com um grande sorriso, apanhou-o.

— Harry! — disse Percy em voz alta. — Nada de mágica nos corredores. Vou ter que reportar isso, sabe!

Mas Harry não se importou, ganhara uma vez de Draco e isso valia cinco pontos da Grifinória em qualquer dia. Draco ficou furioso e, quando Gina passou por ele para entrar na sala de aula, gritou despeitado:

— Acho que Potter não gostou muito do seu cartão!

Gina cobriu o rosto com as mãos e correu para dentro da sala. Rosnando, Rony puxou a varinha também, mas Harry agarrou-o para afastá-lo. O amigo não precisava passar a aula de Feitiços inteira arrotando lesmas.

Somente quando chegaram à sala de aula do Prof. Flitwick foi que Harry notou uma coisa muito estranha no diário de Riddle. Todos os seus livros estavam ensopados de tinta vermelha. O diário, porém, continuava tão limpo como antes do tinteiro quebrar em cima dele. Tentou dizer isto a Rony, que estava enfrentando novos problemas com a varinha; grandes bolhas saíam da ponta, e ele não estava muito interessado em nada mais.

Harry se recolheu ao dormitório antes dos colegas àquela noite. Em parte era porque achava que não iria conseguir aguentar Fred e Jorge cantando "Teus olhos são verdes como sapinhos cozidos" mais uma vez, e em parte porque queria examinar o diário de Riddle e sabia que Rony achava que era uma perda de tempo.

Harry sentou-se na cama de colunas e folheou as páginas em branco, nenhuma das quais tinha nem sequer vestígio de tinta vermelha. Então tirou um tinteiro novo do armário ao lado da cama, molhou a pena e deixou cair um pingo na primeira página do diário.

A tinta brilhou intensamente no papel durante um segundo e, em seguida, como se estivesse sendo chupada pela página, desapareceu. Animado, Harry tornou a molhar a pena uma segunda vez e escreveu: "Meu nome é Harry Potter."

As palavras brilharam momentaneamente na página e também desapareceram sem deixar vestígios. Então, finalmente, aconteceu uma coisa.

Filtrando-se de volta à página, com a própria tinta de Harry, surgiram palavras que ele nunca escrevera.

"*Olá, Harry Potter. Meu nome é Tom Riddle. Como foi que você encontrou o meu diário?*"

Essas palavras também se dissolveram, mas não antes de Harry recomeçar a escrever.

"Alguém tentou se desfazer dele no vaso sanitário."

Ele esperou, ansioso, pela resposta de Riddle.

"*Que sorte que registrei minhas memórias em algo mais durável que a tinta. Mas sempre soube que haveria gente que não ia querer que este diário fosse lido.*"

"Que quer dizer com isso?", escreveu Harry, borrando a página de tanta animação.

"*Quero dizer que este diário guarda memórias de coisas terríveis. Coisas que foram abafadas. Coisas que aconteceram na Escola de Magia e Bruxaria de Hogwarts.*"

"É onde eu estou agora", respondeu Harry depressa. "Estou em Hogwarts e coisas terríveis estão acontecendo. Sabe alguma coisa sobre a Câmara Secreta?"

Seu coração batia forte. A resposta de Riddle veio depressa, a caligrafia mais desleixada, como se estivesse correndo para contar tudo o que sabia.

"Claro que sei alguma coisa sobre a Câmara Secreta. No meu tempo, disseram à gente que era uma lenda, que não existia. Mas era uma mentira. No meu quinto ano, a Câmara foi aberta e o monstro atacou vários alunos e finalmente matou um. Peguei a pessoa que tinha aberto a Câmara e ela foi expulsa. Mas o diretor, Prof. Dippet, constrangido porque uma coisa dessas acontecera em Hogwarts, proibiu-me de contar a verdade. A história que foi divulgada é que a menina morrera em um acidente imprevisível. Eles me deram um troféu bonito, reluzente e gravado, pelo meu trabalho, e me avisaram para ficar de boca fechada. O monstro continuou vivo, e aquele que tinha o poder de libertá-lo não foi preso."

Harry quase derrubou o tinteiro na pressa de responder.

"Está acontecendo outra vez agora. Houve três ataques, e ninguém parece saber quem está por trás deles. Quem foi da última vez?"

"Posso lhe mostrar, se você quiser", veio a resposta de Riddle. "Você não precisa acreditar no que digo. Posso levá-lo à minha lembrança da noite em que o peguei."

Harry hesitou, a pena suspensa sobre o diário. Que é que Riddle queria dizer? Como é que ele podia ser levado para dentro da lembrança de outra pessoa? Olhou, nervoso, para a porta do dormitório que estava ficando escuro. Quando tornou a olhar para o diário, viu novas palavras se formando.

"Deixe eu lhe mostrar."

Harry parou por uma fração de segundo e em seguida escreveu duas letras:

"OK."

As páginas do diário começaram a virar como se tivessem sido apanhadas por um vendaval e pararam na metade do mês de junho. Boquiaberto, Harry viu que o quadradinho correspondente ao dia treze de junho parecia ter-se transformado numa telinha de televisão. Com as mãos ligeiramente trêmulas, ele ergueu o livro para encostar o olho na janelinha e antes que entendesse o que estava acontecendo, viu-se inclinando para a frente; a janela foi se alargando, ele sentiu o corpo abandonar a cama e mergulhar de cabeça na abertura da página, num rodamoinho de cores e sombras.

Depois, sentiu o pé bater em chão firme e ficou parado, trêmulo, e as formas borradas à sua volta entraram de repente em foco.

Soube imediatamente onde se achava. Essa sala circular com os retratos que cochilavam era o escritório de Dumbledore — mas não era Dumbledore quem se sentava à escrivaninha. Um bruxo mirrado e frágil, careca, exceto por alguns fiapos de cabelos brancos, lia uma carta à luz da vela. Harry nunca vira esse homem antes.

— Sinto muito — disse, trêmulo —, não tive intenção de entrar assim...

Mas o bruxo não ergueu a cabeça. Continuou a ler, franzindo ligeiramente a testa. Harry se aproximou mais da escrivaninha e gaguejou:

— Hum... vou me retirar, posso?

O bruxo continuou a não lhe dar atenção. Nem parecia tê-lo ouvido. Achando que o bruxo talvez fosse surdo, Harry falou mais alto.

— Sinto muito se o incomodei. Vou-me embora agora — falou quase gritando.

O bruxo dobrou a carta com um suspiro, levantou-se, passou por Harry sem olhá-lo e foi abrir as cortinas da janela.

O céu lá fora estava cor de rubi; parecia ser o pôr do sol. O bruxo voltou à escrivaninha, sentou-se e ficou girando os polegares, de olho na porta.

Harry correu o olhar pela sala. Não havia Fawkes, a fênix — nem mecanismos barulhentos de prata. Era a Hogwarts que Riddle conhecera, o que significava que este bruxo desconhecido era o diretor em vez de Dumbledore, e que ele, Harry, era pouco mais do que um fantasma, completamente invisível às pessoas de cinquenta anos atrás.

Alguém bateu à porta da sala.

— Entre — disse o velho bruxo com a voz fraca.

Um menino de uns dezesseis anos entrou tirando o chapéu cônico. Um distintivo de monitor brilhava em seu peito. Ele era mais alto do que Harry, mas seus cabelos também eram muito pretos.

— Ah, Riddle! — exclamou o diretor.

— O senhor queria me ver, Prof. Dippet — disse o garoto, que parecia nervoso.

— Sente-se — convidou Dippet. — Acabei de ler a carta que você me mandou.

— Ah — disse Riddle, e se sentou apertando as mãos com força.

— Meu caro rapaz — disse Dippet bondosamente. — Não posso deixá-lo permanecer na escola durante o verão. Com certeza você quer ir para a casa passar as férias?

— Não — respondeu Riddle na mesma hora. — Preferia continuar em Hogwarts a voltar para aquele... aquele...

— Você mora num orfanato de trouxas nas férias, não é? — perguntou Dippet, curioso.

— Moro, sim, senhor — respondeu Riddle, corando ligeiramente.

— Você nasceu trouxa?

— Mestiço. Pai trouxa e mãe bruxa.

— E seus pais...

— Minha mãe morreu logo depois que eu nasci. Me disseram no orfanato que ela só viveu o tempo suficiente para me dar um nome... Tom, em homenagem ao meu pai, Servolo, ao meu avô.

Dippet fez um muxoxo de simpatia.

— O problema é, Tom — suspirou ele —, que talvez pudéssemos tomar providências para acomodá-lo, mas nas atuais circunstâncias...

— O senhor se refere aos ataques? — perguntou Riddle, e o coração de Harry deu um salto, ao que ele se aproximou mais, com medo de perder alguma palavra.

— Precisamente — disse o diretor. — Meu rapaz, você deve entender que seria muito insensato de minha parte permitir que você permaneça no castelo quando terminar o ano letivo. Principalmente à luz da recente tragédia... a morte daquela pobre menininha... Você estará muito mais seguro no seu orfanato. Aliás, o Ministério da Magia está neste momento falando em fechar a escola. Não estamos nem perto de identificar a... hum... fonte de todos esses contratempos...

Os olhos de Riddle se arregalaram.

— Diretor, se a pessoa fosse apanhada, se tudo isso acabasse...

— Que quer dizer? — perguntou Dippet esganiçando a voz e aprumando-se na cadeira. — Riddle, você está me dizendo que sabe alguma coisa sobre esses ataques?

— Não, senhor — respondeu Riddle depressa.

Mas Harry teve certeza de que era o mesmo tipo de não que ele próprio dissera a Dumbledore.

Dippet se recostou parecendo ligeiramente desapontado.

— Pode ir, Tom...

Riddle se levantou escorregando para fora da cadeira e saiu acabrunhado da sala. Harry acompanhou-o.

Eles desceram pela escada em caracol e saíram ao lado da gárgula no corredor que escurecia. Riddle parou, e Harry fez o mesmo, observando-o. Era visível que Riddle estava pensando em coisas sérias. Mordia o lábio e franzia a testa.

Então, como se tivesse repentinamente chegado a uma decisão, afastou-se depressa, e Harry deslizou silenciosamente atrás dele. Não viram mais ninguém até chegarem ao saguão de entrada, onde um bruxo alto, com barba e longos cabelos acajus que cascateavam pelos seus ombros, chamou Riddle da escadaria de mármore.

— Que é que você está fazendo, andando por aí tão tarde, Tom?

Harry boquiabriu-se ao ver o bruxo. Não era outro se não Dumbledore, cinquenta anos mais novo.

— Tive que ir ver o diretor.

– Então vá logo para a cama – disse Dumbledore, fixando em Riddle exatamente o tipo de olhar penetrante que Harry conhecia tão bem. – É melhor não perambular pelos corredores hoje em dia. Não desde que...

Ele soltou um pesado suspiro, desejou boa noite a Riddle e foi-se embora. Riddle observou-o desaparecer de vista e então, andando depressa, rumou direto para a escada de pedra que levava às masmorras, com Harry nos seus calcanhares.

Mas, para desapontamento de Harry, Riddle não o levou nem a um corredor oculto nem a um túnel secreto, mas à mesmíssima masmorra em que Harry tinha aula de Poções com Snape. Os archotes não tinham sido acesos e, quando Riddle empurrou a porta quase fechada, Harry só conseguiu distinguir que ele parara imóvel à porta, vigiando o corredor.

Pareceu a Harry que ficaram ali no mínimo uma hora. Só o que ele via era o vulto de Riddle à porta, espiando pela fresta, esperando como uma estátua. E quando Harry esqueceu a ansiedade e a tensão e começou a desejar voltar ao presente, ouviu alguma coisa do lado de fora da porta.

Alguém estava andando sorrateiramente pelo corredor. Ouviu esse alguém passar pela masmorra em que ele e Riddle estavam escondidos. Riddle, silencioso como uma sombra, esgueirou-se pela porta e seguiu a pessoa, Harry acompanhou-o na ponta dos pés, esquecido de que ninguém podia ouvi-lo.

Por uns cinco minutos, talvez, os dois seguiram as pegadas, até que Riddle parou subitamente, a cabeça inclinada, atento a novos ruídos. Harry ouviu uma porta se abrir com um rangido, e alguém falar num sussurro rouco.

– Vamos... preciso sair daqui... Vamos logo... para a caixa...

Havia alguma coisa familiar naquela voz...

De um salto, Riddle contornou um canto. Harry foi atrás. Via a silhueta escura de um garoto enorme, agachado diante de uma porta aberta, com uma grande caixa ao lado.

– Noite, Rúbeo – disse Riddle rispidamente.

O garoto bateu a porta e se levantou.

– Que é que você está fazendo aqui embaixo, Tom?

Riddle se aproximou.

– Acabou – disse. – Vou ter que entregá-lo, Rúbeo. Estão falando em fechar Hogwarts se os ataques não pararem.

– Que é que...

— Acho que você não teve intenção de matar ninguém. Mas monstros não são bichinhos de estimação. Imagino que você o tenha soltado para fazer exercício e...
— Ele nunca mataria ninguém! — disse o garotão, recuando contra a porta fechada. Atrás dele, Harry podia ouvir uns rumores e uns cliques esquisitos.
— Vamos, Rúbeo — falou Riddle, aproximando-se ainda mais. — Os pais da garota morta estarão aqui amanhã. O mínimo que Hogwarts pode fazer é garantir que a coisa que matou a filha deles seja abatida...
— Não foi ele! — rugiu o garoto, a voz ecoando no corredor escuro. — Ele não faria isso! Nunca!
— Afaste-se — disse Riddle, puxando a varinha.
Seu feitiço iluminou repentinamente o corredor com uma luz flamejante. A porta atrás do garotão se escancarou com tal força que o empurrou contra a parede oposta. E pelo vão saiu uma coisa que fez Harry soltar um grito comprido e penetrante que ninguém ouviu...
Um corpanzil baixo e peludo e um emaranhado de pernas pretas; um brilho de muitos olhos e um par de pinças afiadíssimas — Riddle tornou a erguer a varinha, mas demorou demais. A coisa derrubou-o e fugiu, desembestou pelo corredor e desapareceu de vista. Riddle levantou-se correndo, procurando a coisa; ergueu a varinha, mas o garotão pulou em cima dele, tirou-lhe a varinha e o derrubou de novo no chão gritando: "NÃÃÃÃÃÃÃO!"
A cena girou, a escuridão foi total; Harry sentiu-se caindo e, com um baque, aterrissou de braços e pernas abertos em sua cama de colunas no dormitório da Grifinória, com o diário de Riddle aberto sobre a barriga.
Antes que tivesse tempo de recuperar o fôlego, a porta do dormitório se abriu e Rony entrou.
— Ah, é aqui que você está! — disse.
Harry se sentou. Estava suado e trêmulo.
— Que aconteceu? — perguntou Rony, olhando-o preocupado.
— Foi Hagrid, Rony. Hagrid abriu a porta da Câmara Secreta há cinquenta anos.

## 14

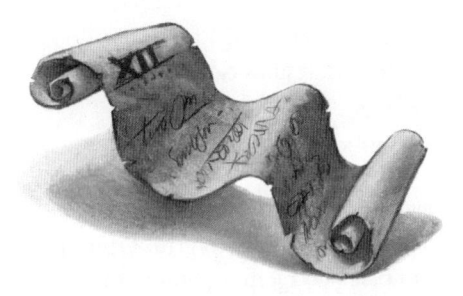

## CORNÉLIO FUDGE

Harry, Rony e Hermione sempre souberam que Hagrid tinha uma lamentável queda por criaturas grandes e monstruosas. Durante o primeiro ano em Hogwarts, ele tentara criar um dragão em sua casinha de madeira, e levaria muito tempo para os garotos esquecerem o gigantesco cachorro de três cabeças a que ele dera o nome de Fofo. E se, quando era criança, Hagrid tivesse ouvido falar que havia um monstro escondido em algum lugar do castelo, Harry tinha certeza de que ele teria feito o possível para dar uma espiada. E provavelmente pensaria que era uma vergonha o monstro ficar preso tanto tempo e que merecia uma oportunidade de esticar as pernas; Harry bem podia imaginar o Hagrid de treze anos tentando pôr uma coleira e uma guia no bicho. Mas tinha igualmente certeza de que Hagrid jamais quisera matar alguém.

Chegou a desejar que não tivesse descoberto como trabalhar com o diário de Riddle. Rony e Hermione o fizeram repetir várias vezes o que vira, até ele ficar cheio de contar e cheio das conversas compridas e tortuosas que se seguiam à sua história.

— Riddle *pode* ter apanhado a pessoa errada — disse Hermione. — Talvez fosse outro o monstro que estava atacando as pessoas...

— Quantos monstros vocês acham que cabem aqui no castelo? — perguntou Rony abobado.

— Sempre soubemos que Hagrid foi expulso — disse Harry, infeliz. — E os ataques devem ter parado depois que o mandaram embora. Do contrário, Riddle não teria ganhado um prêmio.

Rony tentou um ângulo diferente.

— Riddle se parece com o Percy, afinal quem pediu a ele para dedurar o Hagrid?

— Mas o monstro tinha *matado* alguém, Rony — lembrou Hermione.

— E Riddle iria voltar para um orfanato de trouxas se fechassem Hogwarts — disse Harry. — Não posso culpá-lo por querer ficar aqui...

— Você encontrou o Hagrid na Travessa do Tranco, não foi, Harry?
— Ele estava comprando um repelente para lesmas carnívoras — respondeu Harry depressa.

Os três se calaram. Passado muito tempo, Hermione deu voz à pergunta mais cabeluda num tom hesitante.

— Vocês acham que devemos *perguntar* ao Hagrid o que aconteceu?
— Ia ser uma visita animada — disse Rony. — "Olá, Hagrid. Conte para a gente, você andou soltando alguma coisa selvagem e peluda no castelo ultimamente?"

Por fim, eles resolveram não dizer nada a Hagrid a não ser que houvesse outro ataque e, como muitos e muitos dias se passaram sem sequer um sussurro da voz invisível, começaram a alimentar esperanças de que nunca precisariam perguntar a ele os motivos de sua expulsão. Fazia agora quase quatro meses desde que Justino e Nick Quase Sem Cabeça tinham sido petrificados, e quase todo mundo parecia pensar que o atacante, fosse quem fosse, tinha se retirado para sempre. Pirraça finalmente se cansara do seu refrão "Ah, Potter podre", Ernie Macmillan pediu certo dia a Harry, com muita educação, para lhe passar um balde de sapos saltitantes na aula de Herbologia, e em março várias mandrágoras deram uma festa de arromba na estufa três, o que deixou a Prof.ª Sprout muito feliz.

— Na hora em que começarem a tentar se mudar para os vasos umas das outras então saberemos que estão completamente adultas — explicou ela a Harry. — Assim poderemos ressuscitar aqueles pobrezinhos na ala hospitalar.

Os alunos do segundo ano receberam algo novo em que pensar durante os feriados de Páscoa. Chegara a hora de escolher as matérias para o terceiro ano, um assunto que pelo menos Hermione levou muito a sério.

— Pode afetar todo o nosso futuro — disse a Harry e Rony enquanto examinavam as listas das novas matérias, marcando-as com tiques.
— Eu só quero desistir de Poções — falou Harry.
— Não podemos — contrapôs Rony desanimado. — Continuamos com todas as matérias antigas ou eu teria descartado Defesa Contra as Artes das Trevas.
— Mas essa é muito importante! — exclamou Hermione chocada.
— Não do jeito que o Lockhart ensina — disse Rony. — Eu não aprendi nada com ele a não ser que é perigoso deixar diabretes soltos.

Neville Longbottom recebera cartas de todos os bruxos e bruxas da família, cada um deles lhe dando um conselho diferente sobre o que escolher.

Confuso e preocupado, ele se sentou para ler as listas de matérias, com a língua de fora, perguntando às pessoas se achavam que Aritmancia parecia mais difícil do que o estudo das Runas Antigas. Dino Thomas que, como Harry, crescera entre trouxas, por fim fechou os olhos e ia apontando a varinha para a lista e escolhendo as matérias em que ela tocava. Hermione não pediu conselho de ninguém, matriculou-se em todas.

Harry sorriu constrangido em pensar o que o tio Válter e a tia Petúnia diriam se ele tentasse discutir sua carreira de bruxo com os dois. Não que ele não recebesse nenhuma orientação: Percy Weasley estava ansioso para partilhar com ele a experiência que tinha.

— Depende aonde você quer chegar, Harry — disse. — Nunca é cedo demais para pensar no futuro, por isso eu recomendo Adivinhação. As pessoas dizem que Estudo dos Trouxas é moleza, e pessoalmente acho que os bruxos deviam ter uma compreensão total da comunidade não mágica, particularmente se estão pensando em trabalhar em contato com eles, olhe só o meu pai, tem que tratar de assuntos dos trouxas o tempo todo. Meu irmão Carlinhos sempre foi uma pessoa que gostou do ar livre, por isso se especializou na Criação de Criaturas Mágicas. Favoreça suas inclinações, Harry.

Mas a única coisa em que Harry se achava muito bom era no quadribol. Por fim, ele acabou escolhendo as mesmas matérias novas que Rony, achando que se fosse mal, pelo menos teria um amigo para ajudá-lo.

O jogo seguinte da Grifinória seria contra a Lufa-Lufa. Wood insistia em fazer treinos todas as noites depois do jantar, de modo que Harry mal tinha tempo para mais nada, exceto o quadribol e os deveres de casa. Entretanto, os treinos estavam mais amenos, ou pelo menos estavam mais curtos e, na véspera do jogo de sábado, ele foi ao dormitório guardar a vassoura, sentindo que as chances da Grifinória para a Taça de Quadribol nunca tinham sido maiores.

Mas sua animação não durou muito. No alto da escada para o dormitório, ele encontrou Neville Longbottom, que parecia transtornado.

— Harry, não sei quem fez aquilo, acabei de encontrar...

Olhando para Harry amedrontado, Neville abriu a porta.

O conteúdo do malão de Harry estava espalhado por todos os lados. Sua capa estava rasgada no chão. As roupas de cama tinham sido arrancadas, a gaveta puxada do armário ao lado da cama e seu conteúdo espalhado em cima do colchão.

Harry aproximou-se da cama, boquiaberto, pisando em cima de umas páginas soltas de *Viagens com trasgos*. Enquanto ele e Neville rearrumavam a cama, Rony, Dino e Simas entraram. Dino disse um palavrão em voz alta.

— Que aconteceu, Harry?

— Não faço ideia — disse Harry. Mas Rony examinava as vestes de Harry. Todos os bolsos tinham sido revirados.

— Alguém andou procurando alguma coisa — disse Rony. — Tem alguma coisa faltando?

Harry começou a apanhar as coisas e a atirá-las para dentro do malão. Somente quando ele atirou o último livro de Lockhart foi que se deu conta do que estava faltando.

— O diário de Riddle desapareceu — disse em voz baixa a Rony.

— Quê?

Harry indicou com a cabeça a porta do dormitório, e Rony o seguiu para fora. Juntos desceram correndo até a sala comunal da Grifinória, quase vazia àquela hora, e se reuniram a Hermione, que estava sentada sozinha, lendo um livro chamado *Runas antigas sem mistérios*.

Hermione ficou perplexa com as notícias.

— Mas... só outro aluno da Grifinória poderia ter roubado, ninguém mais sabe a senha...

— Exatamente — disse Harry.

Eles acordaram na manhã seguinte com um sol radioso e uma brisa leve e fresca.

— Condições perfeitas para o quadribol! — exclamou Wood, entusiasmado, à mesa da Grifinória, enchendo os pratos dos jogadores com ovos mexidos. — Harry, mexa-se, você precisa de um café da manhã decente.

Harry estivera observando a mesa da Grifinória, cheia de alunos, imaginando se o novo dono do diário de Riddle estaria ali, bem diante dos seus olhos. Hermione andou insistindo que ele comunicasse o roubo, mas Harry não gostou da ideia. Teria que contar a um professor tudo que sabia sobre o diário, e quantas pessoas sabiam por que Hagrid fora expulso há cinquenta anos? Não queria ser a pessoa a trazer tudo à tona de novo.

Quando saiu do Salão Principal com Rony e Hermione para ir apanhar o equipamento de quadribol, mais uma preocupação muito séria se somou à sua lista crescente. Tinha acabado de pôr o pé na escadaria de mármore quando ouviu outra vez...

"*Matar desta vez... me deixe cortar... estraçalhar...*"

Ele deu um grito alto e Rony e Hermione saltaram para longe assustados.

— A voz! — disse Harry, espiando por cima do ombro. — Acabei de ouvi-la de novo, vocês não ouviram?

Rony sacudiu a cabeça, os olhos arregalados. Hermione, porém, deu uma palmada na testa.

— Harry, acho que acabei de entender uma coisa! Tenho de ir até a biblioteca!

E, deixando os amigos, subiu as escadas correndo.

— Que é que ela entendeu? — perguntou Harry distraído, ainda olhando à volta, tentando descobrir de onde vinha a voz.

— Muito mais do que eu — disse Rony, sacudindo a cabeça.

— Mas por que ela tem de ir à biblioteca?

— Porque é isso que Mione faz — disse Rony sacudindo os ombros. — Quando tiver uma dúvida, vá à biblioteca.

Harry ficou parado, indeciso, tentando ouvir a voz novamente, mas os alunos agora vinham saindo do Salão Principal às suas costas, falando alto, dirigindo-se à porta da frente a caminho do campo de quadribol.

— É melhor você ir andando — disse Rony. — São quase onze horas, o jogo...

Harry correu até a Torre da Grifinória, apanhou sua Nimbus 2000 e se juntou à multidão que atravessava os jardins, mas sua cabeça continuava no castelo com a voz invisível e, enquanto vestia o uniforme vermelho no vestiário, seu único consolo era que todo mundo estava lá fora para assistir ao jogo.

Os times entraram em campo sob aplausos estrondosos. Olívio Wood decolou para um voo de aquecimento em volta das balizas; Madame Hooch lançou as bolas. Os jogadores da Lufa-Lufa, que jogavam de amarelo-canário, estavam amontoados num bolinho, discutindo táticas de última hora.

Harry ia montar a vassoura quando viu a Prof$^{a}$ McGonagall vir decidida em sua direção, quase correndo, com um enorme megafone púrpura na mão.

O coração de Harry sofreu um baque violento.

— O jogo foi cancelado — a Prof$^{a}$ McGonagall anunciou pelo megafone, dirigindo-se ao estádio. Ouviram-se vaias e gritos. Olívio Wood, arrasado, pousou e correu para a professora sem desmontar da vassoura.

— Mas, professora! — gritou. — Temos que jogar, a Taça, *Grifinória*...

McGonagall não lhe deu atenção e continuou a falar pelo megafone:

— Todos os alunos devem se dirigir às salas comunais de suas Casas, onde os diretores das casas darão maiores informações. O mais rápido que puderem, por favor!

Então, baixou o megafone e chamou Harry.

— Potter, acho que é melhor você vir comigo...

Imaginando como é que ela poderia suspeitar dele desta vez, Harry viu Rony se separar da multidão que reclamava; correu para os dois que já iam a caminho do castelo. Para surpresa de Harry, a professora não fez objeção.

— É, talvez seja melhor você vir também, Weasley...

Alguns alunos que caminhavam perto deles reclamavam do cancelamento do jogo; outros pareciam preocupados. Harry e Rony acompanharam a Prof.ª McGonagall de volta à escola e subiram a escadaria de mármore. Mas não foram levados à sala de ninguém desta vez.

— Vai ser um pouco chocante para vocês — disse a Prof.ª McGonagall, num tom surpreendentemente gentil quando se aproximavam da enfermaria. — Houve mais um ataque... mais um ataque *duplo*.

As entranhas de Harry deram uma terrível cambalhota. A professora abriu a porta e ele e Rony entraram.

Madame Pomfrey estava curvada sobre uma menina do quinto ano, de cabelos longos e crespos. Harry reconheceu a aluna da Corvinal a quem por acaso perguntaram onde ficava a sala da Sonserina. E na cama ao lado achava-se...

— Mione! — gemeu Rony.

Hermione estava deitada absolutamente imóvel, os olhos abertos e vidrados.

— Elas foram encontradas perto da biblioteca — disse a Prof.ª McGonagall. — Suponho que nenhum dos dois tenha uma explicação para isto. Estava no chão ao lado delas...

Segurava um pequeno espelho circular.

Harry e Rony balançaram a cabeça, com os olhos fixos em Hermione.

— Vou acompanhá-los de volta à Torre da Grifinória — continuou a professora deprimida. — Tenho mesmo que falar com os alunos.

— Todos os alunos devem voltar à sala comunal de suas casas até as seis horas da tarde. Nenhum aluno deve sair dos dormitórios depois dessa hora. Um professor os acompanhará a cada aula. Nenhum aluno deve usar o banheiro a não ser escoltado por um professor. Todos os treinos e jogos de quadribol estão adiados. Não haverá mais atividades noturnas.

Os alunos da Grifinória aglomerados na sala comunal ouviram a professora em silêncio. Ela enrolou o pergaminho que acabara de ler e disse com a voz um tanto embargada:

— Não preciso acrescentar que raramente me senti tão aflita. É provável que fechem a escola a não ser que o autor desses ataques seja apanhado. Eu pediria a quem achar que talvez saiba alguma coisa que me procure.

Foi ela sair um tanto desajeitada pelo buraco do retrato e os alunos começarem a falar imediatamente.

— São dois alunos da Grifinória atacados, sem contar o nosso fantasma, um aluno da Corvinal e um da Lufa-Lufa — disse o amigo dos gêmeos Weasley, Lino Jordan, contando nos dedos. — Será que nenhum professor reparou que os alunos da Sonserina não foram tocados? Não é óbvio que essa coisa toda está vindo da Sonserina? O herdeiro de Slytherin, o monstro da Sonserina, por que é que eles não mandam embora todo o pessoal da Sonserina? — vociferou ele, em meio a acenos de concordância e aplausos.

Percy Weasley estava sentado em uma poltrona atrás de Lino, mas desta vez não parecia ansioso para dizer o que pensava. Parecia pálido e atordoado.

— Percy ficou em estado de choque — disse Jorge a Harry, baixinho. — Aquela menina da Corvinal, Penelope Clearwater, é monitora. Acho que ele não pensou que o monstro se atrevesse a atacar um monitor.

Mas Harry só estava ouvindo com metade da atenção. Não estava conseguindo se livrar da visão de Hermione deitada na cama de hospital como se tivesse sido talhada em pedra. E se o culpado não fosse apanhado logo, o que o aguardava era uma vida com os Dursley. Tom Riddle entregara Hagrid porque teria que enfrentar um orfanato de trouxas se a escola fechasse. Harry agora sabia exatamente o que ele sentira.

— Que é que vamos fazer? — perguntou Rony baixinho ao ouvido de Harry. — Você acha que eles suspeitam de Hagrid?

— Precisamos ir falar com ele — disse Harry decidindo-se. — Não posso acreditar que desta vez ele seja o culpado, mas se soltou o monstro da última vez saberá como entrar na Câmara Secreta, e isto é um começo.

— Mas McGonagall disse para ficarmos em nossa torre a não ser na hora das aulas...

— Acho — disse Harry, mais baixinho ainda — que está na hora de tirar outra vez do malão a velha capa do meu pai.

Harry herdara somente uma coisa do pai: uma longa capa de invisibilidade prateada. Era a única chance que tinham de sair escondidos da escola para visitar Hagrid, sem ninguém ficar sabendo. Assim, foram se deitar na hora de costume, esperaram até Neville, Dino e Simas pararem de discutir sobre a Câmara Secreta e irem finalmente dormir, então se levantaram, vestiram-se outra vez e jogaram a capa por cima dos dois.

A viagem pelos corredores escuros e desertos do castelo não foi um prazer. Harry, que perambulara pelo castelo à noite várias vezes antes, nunca os vira tão cheios depois do pôr do sol. Professores, monitores e fantasmas andavam pelos corredores aos pares, olhando tudo atentamente, à procura de alguma atividade incomum. A Capa da Invisibilidade não os impedia de fazer barulho, e houve um momento particularmente tenso em que Rony deu uma topada a poucos metros do lugar onde Snape estava montando guarda. Felizmente, Snape espirrou quase ao mesmo tempo que Rony xingou. Foi com alívio que chegaram às portas de entrada e as abriram devagarinho.

Fazia uma noite clara e estrelada. Eles correram em direção às janelas iluminadas da casa de Hagrid e despiram a capa somente quando estavam à sua porta de entrada.

Segundos depois de terem batido, Hagrid escancarou a porta. Eles deram de cara com um arco que o amigo apontava. Canino, o cão de caçar javalis, o acompanhava dando fortes latidos.

– Ah! – exclamou ele, baixando a arma e encarando os meninos. – Que é que vocês estão fazendo aqui?

– Para que é isso? – perguntou Harry, ao entrarem, apontando para o arco.

– Nada... nada... – murmurou Hagrid. – Estava esperando... não faz mal... Sentem... Vou preparar um chá...

Ele parecia não saber muito bem o que estava fazendo. Quase apagou a lareira ao derramar água da chaleira e em seguida amassou o bule com um movimento nervoso da mão enorme.

– Você está bem, Hagrid? – perguntou Harry. – Soube do que aconteceu com a Mione?

– Ah, soube, soube, sim – respondeu Hagrid, com a voz ligeiramente falha.

Ele não parava de olhar nervoso para as janelas. Serviu aos meninos dois canecões de água fervendo (esquecera-se de pôr chá na chaleira) e ia servindo uma fatia de bolo de frutas num prato quando ouviram uma forte batida à porta.

Hagrid deixou cair o bolo de frutas. Harry e Rony se entreolharam em pânico, mas logo se cobriram com a capa e se retiraram para um canto. Hagrid se certificou de que os garotos estavam escondidos, apanhou o arco e escancarou mais uma vez a porta.

— Boa noite, Hagrid.

Era Dumbledore. Ele entrou, parecendo mortalmente sério e vinha acompanhado por um homem de aspecto muito esquisito.

O estranho tinha os cabelos grisalhos despenteados, uma expressão ansiosa e usava uma estranha combinação de roupas: terno de risca de giz, gravata vermelha, uma longa capa preta e botas roxas de bico fino. Sob o braço carregava um chapéu-coco cor de limão.

— É o chefe do papai! – cochichou Rony. – Cornélio Fudge, Ministro da Magia!

Harry deu uma forte cotovelada em Rony para fazê-lo calar-se.

Hagrid empalidecera e suava. Deixou-se cair em uma cadeira e olhava de Dumbledore para Cornélio Fudge.

— Problema sério, Hagrid – disse Fudge em tom seco. – Problema muito sério. Tive que vir. Quatro ataques em alunos nascidos trouxas. As coisas foram longe demais. O Ministério teve que agir.

— Eu nunca – disse Hagrid, olhando suplicante para Dumbledore. – O senhor sabe que eu nunca, Prof. Dumbledore...

— Quero que fique entendido, Cornélio, que Hagrid goza de minha inteira confiança – disse Dumbledore fechando a cara para Fudge.

— Olhe, Alvo – respondeu Fudge, constrangido. – A ficha de Hagrid depõe contra ele. O Ministério teve que fazer alguma coisa, o conselho diretor da escola entrou em contato...

— Contudo, Cornélio, continuo a afirmar que levar Hagrid não vai resolver nada – disse Dumbledore. Seus olhos azuis tinham uma intensidade que Harry nunca vira antes.

— Procure entender o meu ponto de vista – disse Fudge, manuseando o chapéu-coco. – Estou sofrendo muita pressão. Precisam ver que estou fazendo alguma coisa. Se descobrirmos que não foi Hagrid, ele voltará e não se fala mais no assunto. Mas tenho que levá-lo. Tenho. Não estaria cumprindo o meu dever...

— Me levar? – perguntou Hagrid, começando a tremer. – Me levar aonde?

— Só por um tempo – disse Fudge sem encarar Hagrid nos olhos. – Não é um castigo, Hagrid, é mais uma precaução. Se outra pessoa for apanhada, você será solto com as nossas desculpas...

— Não para Azkaban? – lamentou Hagrid, rouco.

Antes que Fudge pudesse responder, ouviram outra batida forte à porta.

Dumbledore atendeu-a. Foi a vez de Harry levar uma cotovelada nas costelas; deixara escapar uma exclamação audível.

O Sr. Lúcio Malfoy entrou decidido na cabana de Hagrid, envolto em uma longa capa de viagem, com um sorriso frio e satisfeito. Canino começou a rosnar.

— Já está aqui, Fudge — disse em tom de aprovação. — Muito bem...

— Que é que o senhor está fazendo aqui? — perguntou Hagrid furioso. — Saia da minha casa!

— Meu caro, por favor, acredite em mim, não me dá nenhum prazer estar no seu... hum... você chama isso de casa? — disse Lúcio Malfoy, desdenhoso, correndo os olhos pela pequena cabana. — Simplesmente vim à escola e me disseram que o diretor se encontrava aqui.

— E o que era exatamente que você queria comigo, Lúcio? — perguntou Dumbledore. Falou com cortesia, mas a intensidade ainda encandecia os seus olhos azuis.

— É *lamentável*, Dumbledore — disse Malfoy sem pressa, puxando um rolo de pergaminho —, mas os conselheiros acham que está na hora de você se retirar. Tenho aqui uma Ordem de Suspensão, com as doze assinaturas. Receio que o Conselho pense que você está perdendo o jeito. Quantos ataques houve até agora? Mais dois hoje à tarde, não foi? Nesse ritmo, não sobrarão alunos nascidos trouxas em Hogwarts, e todos sabemos que perda *horrível* isto seria para a escola.

—Ah, olhe aqui, Lúcio — disse Fudge, parecendo assustado —, Dumbledore suspenso, não, não, a última coisa que queremos neste momento...

— A nomeação, ou a suspensão de um diretor é assunto do Conselho, Fudge — disse o Sr. Malfoy suavemente. — E como Dumbledore não conseguiu fazer parar os ataques...

— Olhe aqui, Malfoy, se *Dumbledore* não consegue fazê-los parar — disse Fudge, cujo lábio superior estava úmido de suor —, eu pergunto, quem vai *conseguir*?

— Isto resta ver — disse o Sr. Malfoy com um sorriso desagradável. — Mas como todo o Conselho votou...

Hagrid levantou-se de um salto, a cabeça desgrenhada raspando o teto.

— E quantos você precisou ameaçar e chantagear para concordarem, hein, Malfoy? — vociferou.

— Ai, ai, ai, sabe, esse seu mau gênio ainda vai lhe causar problemas um dia desses, Hagrid — disse o Sr. Malfoy. — Eu aconselharia você a não gritar assim com os guardas de Azkaban, eles não vão gostar nadinha.

— Você não pode afastar Dumbledore! — gritou Hagrid, fazendo Canino se agachar e choramingar no cesto de dormir. — Afaste ele, e os alunos nascidos trouxas não terão a menor chance. Vai haver mortes em seguida.

— Acalme-se, Hagrid — ordenou Dumbledore. Virou-se então para Lúcio Malfoy. — Se o Conselho quer que eu me afaste, Lúcio, naturalmente eu vou obedecer...

— Mas... — gaguejou Fudge.

— Não! — disse Hagrid com raiva.

Dumbledore não tirara seus olhos azuis cintilantes dos olhos frios e cinzentos de Lúcio Malfoy.

— Porém — continuou ele, falando muito lenta e claramente de modo que ninguém perdesse uma só palavra —, você vai descobrir que só terei realmente deixado a escola quando ninguém mais aqui for leal a mim. Você também vai descobrir que Hogwarts sempre ajudará aqueles que a ela recorrerem.

Por um segundo Harry teve quase certeza de que os olhos de Dumbledore piscaram em direção ao canto em que ele e Rony estavam escondidos.

— Admiráveis sentimentos — disse Malfoy fazendo uma reverência. — Todos sentiremos falta do seu... hum... modo muito pessoal de dirigir as coisas, Alvo, e só espero que o seu sucessor consiga impedir... ah... matanças.

E dirigiu-se à porta da cabana, abriu-a, fez um gesto largo indicando a porta para Dumbledore. Fudge, manuseando seu chapéu-coco, esperou Hagrid passar à sua frente, mas Hagrid continuou firme, inspirou profundamente e disse com clareza:

— Se alguém quiser descobrir alguma coisa, é só seguir as aranhas. Elas indicariam o caminho certo! É só o que digo.

Fudge olhou-o muito admirado.

— Tudo bem, estou indo — disse Hagrid, vestindo o casacão de pele de toupeira. Mas quando ia saindo para acompanhar Fudge, ele parou outra vez e disse em voz alta: — Alguém vai ter que dar comida a Canino enquanto eu estiver fora.

A porta se fechou com força e Rony tirou a Capa da Invisibilidade.

— Estamos enrascados agora — disse ele rouco. — Dumbledore foi embora. Seria melhor que fechassem a escola hoje à noite. Com a saída dele haverá um ataque por dia.

Canino começou a uivar, arranhando a porta fechada.

## 15

### ARAGOGUE

O verão espalhou-se lentamente pelos jardins que cercavam o castelo; o céu e o lago, os dois, ficaram azul-clarinhos, e flores do tamanho de repolhos se abriram repentinamente nas estufas. Mas sem a visão de Hagrid caminhando pelos jardins com Canino nos calcanhares, a paisagem vista das janelas do castelo não parecia normal para Harry, aliás, era pouco melhor do que o interior do castelo, onde as coisas pareciam terrivelmente erradas.

Harry e Rony tentaram visitar Hermione, mas as visitas à ala hospitalar agora não eram permitidas.

— Não queremos mais nos arriscar — disse Madame Pomfrey, com severidade, por uma fresta na porta da enfermaria. — Não, sinto muito, há grande possibilidade de o atacante voltar para liquidar os pacientes...

Com a saída de Dumbledore, o medo se espalhou como nunca antes, de modo que o sol que aquecia as paredes do castelo por fora parecia se deter nas janelas de caixilhos. Quase não se via na escola um rosto que não parecesse preocupado e tenso, e qualquer risada que ecoasse pelos corredores soava aguda e artificial e era rapidamente abafada.

Harry repetia constantemente para si mesmo as últimas palavras de Dumbledore: "*Só terei realmente deixado a escola quando ninguém mais aqui for leal a mim... Hogwarts sempre ajudará aqueles que a ela recorrerem.*" Mas de que adiantavam essas palavras? A quem exatamente pediriam ajuda quando todos estavam tão confusos e apavorados quanto eles?

A dica de Hagrid sobre as aranhas era muito mais fácil de entender — o problema era que não parecia ter restado uma única aranha no castelo para se seguir. Harry procurava por todo lado aonde ia, com a ajuda (um tanto relutante) de Rony. Eles eram atrapalhados, é claro, pelo fato de não poderem andar sozinhos, tinham que se deslocar pelo castelo com um grupo de alunos da Grifinória. A maioria dos seus colegas parecia satisfeita em ser acompanhada de aula em aula por professores, mas Harry achava isso muito aborrecido.

Havia porém uma pessoa que parecia estar se divertindo muito com a atmosfera de terror e suspeita. Draco Malfoy andava se pavoneando pela escola como se tivesse acabado de ser nomeado monitor-chefe. Harry não entendeu por que andava tão satisfeito até a aula de Poções, duas semanas depois de Dumbledore e Hagrid terem ido embora, quando, sentado atrás de Malfoy, Harry ouviu-o se gabar para Crabbe e Goyle.

– Eu sempre achei que meu pai era a pessoa que iria se livrar de Dumbledore – disse sem se preocupar em manter a voz baixa. – Falei com vocês que ele achava que Dumbledore era o pior diretor que a escola já tinha tido. Talvez a gente tenha um diretor decente agora. Alguém que não queira manter a Câmara Secreta fechada. McGonagall não vai durar muito tempo, ela só está substituindo...

Snape passou por Harry, sem fazer comentários sobre a cadeira e o caldeirão vazios de Hermione.

– Professor – perguntou Draco em voz alta. – Professor, por que é que o senhor não se candidata ao lugar de diretor?

– Vamos, Malfoy – respondeu Snape, embora não conseguisse refrear um sorrisinho. – O Prof. Dumbledore foi apenas suspenso pelo Conselho. Quero crer que estará de volta conosco logo, logo.

– É, claro – disse Draco, rindo. – Acho que o senhor teria o voto do meu pai, professor, se quisesse se candidatar, vou dizer ao meu pai que o senhor é o melhor professor que temos, professor...

Snape sorriu enquanto andava pela masmorra, felizmente sem ter visto que Simas Finnigan fingia vomitar no caldeirão.

– Fico surpreso que os sangues ruins não tenham feito as malas – continuou Draco. – Aposto cinco galeões que o próximo vai morrer. Pena que não tenha sido a Granger...

A sineta tocou nesse instante, o que foi uma sorte; ao ouvir as últimas palavras de Draco, Rony tinha saltado do banquinho e, na agitação para reunirem mochilas e livros, seus esforços para se atracar com Draco passaram despercebidos.

– Me deixe agarrar ele – rosnou Rony, enquanto Harry e Dino o seguravam pelos braços. – Nem estou ligando, não preciso da minha varinha, vou matar ele com as mãos...

– Vamos depressa, tenho de levá-los à aula de Herbologia – disse rispidamente Snape à classe e logo saíram, com Harry, Rony e Dino fechando a fila, Rony ainda tentando se desvencilhar. Os amigos só acharam que era seguro soltá-lo quando Snape já levara a turma para fora do castelo e estavam atravessando a horta em direção às estufas.

A aula de Herbologia foi muito tranquila; faltavam agora dois alunos na classe: Justino e Hermione.

A Profª Sprout mandou todos podarem figueiras cáusticas da Abissínia. Harry foi despejar uma braçada de galhos mortos na composteira e deu de cara com Ernie Macmillan. Ernie tomou fôlego e disse, muito formal:

— Eu só quero dizer, Harry, que lamento muito ter suspeitado de você. Sei que você nunca atacaria Hermione Granger e peço desculpas por tudo que disse. Estamos todos no mesmo barco agora, e, bom...

Ele estendeu a mão gorducha e Harry a apertou.

Ernie e sua amiga Ana vieram trabalhar na mesma figueira que Harry e Rony.

— Aquele tal de Draco Malfoy — disse Ernie quebrando galhinhos secos — parece muito satisfeito com tudo isso, não é? Sabe, eu acho que *ele* bem poderia ser o herdeiro de Slytherin.

— Você é tão inteligente! — disse Rony, que pelo jeito não perdoara Ernie tão depressa quanto Harry.

— Você acha que foi Malfoy, Harry? — perguntou Ernie.

— Não — respondeu Harry com tanta firmeza que Ernie e Ana arregalaram os olhos.

Segundos depois. Harry viu uma coisa.

Várias aranhas de bom tamanho estavam andando pelo chão do lado de fora da vidraça, deslocando-se numa estranha linha reta como se tomassem o caminho mais curto para ir a um encontro combinado. Harry bateu na mão de Rony com a tesoura de poda.

— *Ai*! Que é que você...

Harry apontou para as aranhas, seguindo o trajeto que faziam com os olhos apertados contra o sol.

— Ah, é! — exclamou Rony, tentando parecer satisfeito, sem conseguir. — Mas não podemos segui-las agora...

Ernie e Ana ouviam curiosos.

Os olhos de Harry se apertaram e ele focalizou as aranhas. Se elas prosseguissem naquele curso, não havia dúvida de onde iriam parar.

— Parece que estão indo para a Floresta Proibida...

E Rony pareceu ainda mais infeliz com essa ideia.

Ao fim da aula, a Profª Sprout acompanhou os alunos até a aula de Defesa Contra as Artes das Trevas. Harry e Rony deixaram-se ficar para trás para poder falar sem serem ouvidos.

— Teremos que usar a Capa da Invisibilidade outra vez — disse Harry a Rony. — Podemos levar Canino conosco. Ele está acostumado a entrar na floresta com Hagrid, talvez possa ajudar.

— Certo — concordou Rony, que revirava a varinha nos dedos, nervoso.

— Hum... não dizem que tem... não dizem que tem lobisomens na floresta? — acrescentou quando se sentavam nos lugares de sempre, no fundo da classe de Lockhart.

Preferindo não responder àquela pergunta, Harry disse:

— Mas lá também há coisas boas. Os centauros são legais, e os unicórnios...

Rony nunca estivera na Floresta Proibida antes. Harry entrara somente uma vez e alimentava esperanças de não repetir a experiência.

Lockhart entrou aos saltos na sala, e a classe ficou olhando para ele. Todos os outros professores na escola pareciam mais sérios do que o normal, mas Lockhart estava, no mínimo, animado e confiante.

— Vamos, garotos! — exclamou, sorrindo para todos os lados. — Por que essas caras tristes?

Os garotos trocaram olhares exasperados, mas ninguém respondeu.

— Vocês não percebem — disse Lockhart, falando lentamente, como se todos fossem um pouco retardados — que o perigo passou! O culpado foi levado embora...

— Quem disse? — perguntou Dino em voz alta.

— Meu caro rapaz, o Ministro da Magia não teria levado Hagrid se não estivesse cem por cento convencido de que era culpado — disse Lockhart, num tom de voz de alguém que explica que um mais um são dois.

— Ah, teria levado, sim — disse Rony, ainda mais alto do que Dino.

— Me lisonjeia dizer que sei um *tantinho* mais sobre a prisão de Hagrid do que o senhor, Sr. Weasley — disse Lockhart num tom presunçoso.

Rony começou a dizer que achava que não, mas parou no meio da frase quando Harry o chutou com força por baixo da carteira.

— Não estávamos lá, lembra? — resmungou Harry.

Mas a animação desagradável de Lockhart, suas insinuações de que sempre achara que Hagrid não prestava e sua confiança de que a história toda agora chegara ao fim irritaram tanto Harry que ele teve gana de atirar *Como se divertir com vampiros* bem no meio da cara boba do professor. Em vez disso contentou-se em rabiscar um bilhete para Rony: *Vamos hoje à noite.*

Rony leu o bilhete, engoliu com força e olhou de esguelha para a carteira vazia em que Hermione normalmente se sentava. A visão pareceu fortalecer sua decisão, e ele concordou com um aceno de cabeça.

\* \* \*

A sala comunal da Grifinória andava sempre muito cheia ultimamente, porque a partir das seis horas os alunos da casa não podiam ir a lugar algum. E, também, tinham muito o que conversar, por isso a sala só se esvaziava depois da meia-noite.

Harry foi buscar a Capa da Invisibilidade no malão logo depois do jantar e passou a noite sentado em cima dela, esperando a sala se esvaziar. Fred e Jorge desafiaram Harry e Rony para umas partidas de snap explosivo, e Gina se sentou para apreciar, muito quieta na cadeira que Hermione geralmente usava. Os dois amigos perdiam todas as partidas de propósito, tentando terminar o jogo depressa, mas, mesmo assim, já era mais de meia-noite quando Fred, Jorge e Gina finalmente foram se deitar.

Harry e Rony esperaram até ouvir os ruídos distantes das portas dos dormitórios se fechando antes de apanhar a capa, atirá-la sobre seus corpos e sair pelo buraco do retrato.

Foi outra travessia difícil do castelo, evitando esbarrar nos professores. Finalmente chegaram ao saguão de entrada, puxaram o trinco das portas de carvalho, esgueiraram-se entre as duas folhas tentando impedir que elas rangessem e saíram para os jardins banhados de luar.

– Claro – disse Rony abruptamente quando atravessavam o gramado –, podemos chegar à floresta e descobrir que não há nada para seguir. Aquelas aranhas talvez nem estivessem indo para lá. Sei que parecia que se deslocavam naquela direção geral, mas...

A voz dele foi emudecendo cheia de esperança.

Os garotos chegaram à casa de Hagrid, que parecia triste e pobre com as janelas às escuras. Quando Harry empurrou a porta, Canino ficou louco de alegria de vê-los. Preocupados que ele pudesse acordar todo mundo no castelo com seus latidos fortes e ressonantes, eles lhe deram quadradinhos de chocolate, que grudava os maxilares, de uma lata em cima do console da lareira.

Harry deixou a Capa da Invisibilidade em cima da mesa de Hagrid. Não precisariam dela na floresta escura como breu.

– Vamos, Canino, vamos dar um passeio – disse Harry dando palmadinhas na perna, e Canino saiu de casa dando saltos de felicidade atrás deles, correu para a orla da floresta e levantou a perna contra um enorme sicômoro.

Harry puxou a varinha, murmurou "*Lumos!*" e brilhou uma luzinha na ponta, suficiente para deixá-los ver o caminho à procura das aranhas.

— Bem pensado — disse Rony. — Eu acenderia a minha também, mas você sabe, provavelmente iria explodir ou fazer outra maluquice qualquer...

Harry bateu no ombro de Rony, apontando para o capim. Duas aranhas solitárias corriam para longe da luz da varinha procurando a sombra das árvores.

— Muito bem — suspirou Rony resignado com o pior —, estou pronto. Vamos.

Então, com Canino correndo à volta, cheirando raízes e folhas de árvores, eles se embrenharam na floresta. Orientados pela luz da varinha de Harry, seguiram o fluxo constante de aranhas que iam pelo caminho. Seguiram-no por uns vinte minutos, sem falar, procurando ouvir outros ruídos que não fossem os dos gravetos estalando ou das folhas rumorejando. Então, quando o arvoredo se tornou mais denso que nunca, de modo que já não avistavam as estrelas no alto, e a varinha de Harry brilhava solitária num mar de trevas, eles viram as aranhas que os guiavam abandonarem o caminho.

Harry parou, tentando ver aonde as aranhas estavam indo, mas tudo fora do seu pequeno círculo de luz estava escuríssimo. Ele nunca se embrenhara tão fundo na floresta. Lembrava-se vivamente de Hagrid aconselhando-o a não se afastar do caminho da floresta da última vez que estivera ali. Mas o guarda-caça se achava a quilômetros de distância, provavelmente sentado em uma cela de Azkaban, e também lhe dissera para seguir as aranhas.

Alguma coisa úmida encostou na mão de Harry, e ele deu um pulo para trás, esmagando o pé de Rony, mas era apenas o nariz de Canino.

— Que é que você acha? — perguntou Harry a Rony, cujos olhos ele mal conseguia vislumbrar, refletindo a luz de sua varinha.

— Já chegamos até aqui — disse Rony.

Então os dois acompanharam as sombras velozes das aranhas entrando pelo meio das árvores. Não podiam mais andar muito depressa; havia raízes e tocos de árvores no caminho, pouco visíveis na escuridão quase total. Harry sentia o hálito quente de Canino em sua mão. Mais de uma vez tiveram que parar para que Harry pudesse se agachar procurando as aranhas à luz da varinha.

Caminharam pelo que pareceu pelo menos meia hora, as vestes agarrando nos galhos baixos e espinheiros. Passado algum tempo, repararam que o chão parecia estar descendo, embora o arvoredo estivesse mais denso que nunca.

Então Canino soltou de repente um latido que ecoou por todos os lados, fazendo Harry e Rony darem um pulo de fazer a alma se soltar do corpo.

— Que foi? — perguntou Rony alto, olhando a escuridão à volta e segurando o cotovelo de Harry com força.
— Tem alguma coisa se mexendo ali adiante — sussurrou Harry. — Escute... parece uma coisa grande...
Eles escutaram. A uma certa distância para a direita, a coisa grande estava partindo galhos à medida que abria caminho por entre as árvores.
— Ah, não! — exclamou Rony. — Ah, não, ah, não, ah...
— Cale a boca — mandou Harry muito nervoso. — A coisa vai ouvir você.
— Me ouvir?! — exclamou Rony numa voz estranhamente aguda. — Ela já ouviu o Canino!
A escuridão parecia estar empurrando para dentro as órbitas dos olhos deles enquanto aguardavam aterrorizados. Ouviram um ronco esquisito e em seguida o silêncio.
— Que acha que ela está fazendo? — perguntou Harry.
— Provavelmente está se preparando para atacar.
Os dois esperaram, tremendo, mal atrevendo a se mexer.
— Você acha que foi embora? — cochichou Harry.
— Sei lá...
Então, para a direita, eles viram um clarão repentino tão intenso, na escuridão, que os dois ergueram as mãos para proteger os olhos. Canino latiu e tentou correr, mas ficou preso num emaranhado de espinhos e latiu ainda mais alto.
— Harry! — gritou Rony, a voz esganiçando de alívio. — Harry, é o nosso carro!
— Quê?
— Ande!
Harry acompanhou o amigo como pôde em direção à luz, esbarrando e tropeçando nas coisas e um instante depois saíram numa clareira.
O carro do Sr. Weasley estava parado, vazio, no meio de um círculo de árvores grossas sob uma ramagem densa, os faróis acesos. Quando Rony avançou boquiaberto, ele foi ao encontro do garoto, exatamente como um canzarrão turquesa cumprimentando o dono.
— Estava aqui o tempo todo! — disse Rony encantado, andando à volta do carro. — Olhe só para ele. A floresta fez ele virar selvagem...
As laterais do carro estavam arranhadas e sujas de lama. Pelo jeito ele passara a rodar na floresta sozinho. Canino pareceu não gostar nada do carro; ficou colado em Harry, que sentia o cão tremer. A respiração mais calma outra vez, Harry guardou a varinha nas vestes.

– E nós achamos que ele ia nos atacar! – disse Rony, apoiando-se no carro e lhe dando palmadinhas. – Fiquei muito tempo imaginando onde teria sumido!

Harry apurou a vista à procura de sinais de aranhas no chão iluminado, mas todas fugiram da claridade dos faróis.

– Perdemos a pista. Vem, vamos tentar encontrá-las.

Rony ficou calado. Nem se mexeu. Tinha os olhos fixos em um ponto a uns três metros acima do chão da floresta, logo atrás de Harry. Seu rosto estava lívido de terror.

Harry nem teve tempo de se virar. Ouviu um som estalado e alto e de repente sentiu uma coisa comprida e peluda agarrá-lo pela cintura e erguê--lo do chão, deixando-o de cara para baixo. Debatendo-se cheio de terror, ele ouviu o mesmo som e viu as pernas de Rony abandonarem o chão, também, e Canino choramingar e uivar – no instante seguinte, ele estava sendo arrebatado para o meio das árvores escuras.

Com a cabeça pendurada, Harry viu que a coisa que o segurava andava sobre seis pernas imensamente compridas e peludas, as duas dianteiras agarravam-no com firmeza sob um par de pinças pretas e reluzentes. Atrás, ele ouvia outro bicho igual, sem dúvida carregando Rony. Estavam entrando no coração da floresta. Harry ouvia Canino lutando para se libertar de um terceiro monstro, ganindo alto, mas Harry não poderia ter berrado nem se tivesse querido; parecia ter deixado a voz no carro lá na clareira.

Ele nunca soube quanto tempo ficou nas garras do bicho; só soube que de repente a escuridão diminuiu o suficiente para deixá-lo ver que o chão coberto de folhas agora estava pululando de aranhas. Esticou o pescoço para o lado e percebeu que tinham chegado à borda de uma vasta depressão, uma depressão que fora desmatada, de modo que as estrelas iluminaram claramente a pior cena que ele jamais vira.

Aranhas, aranhinhas como aquelas que cobriam as folhas embaixo. Aranhas do tamanho de cavalos, com oito olhos, oito pernas, pretas, peludas, gigantescas. O maciço espécime que carregava Harry desceu uma encosta íngreme em direção a uma teia enevoada em forma de cúpula, bem no meio da depressão, enquanto suas companheiras acorriam de todos os lados, batendo as pinças à vista do carregamento.

Harry caiu no chão de quatro quando a aranha o soltou. Rony e Canino caíram com um baque surdo ao lado dele. Canino não uivava mais, encolhia--se em silêncio onde caíra. Rony era a imagem exata do que Harry sentia. Tinha a boca arreganhada numa espécie de grito silencioso, e seus olhos saltavam das órbitas.

O garoto de repente percebeu que a aranha que o soltara estava falando alguma coisa. Fora difícil entender, porque ela batia as pinças a cada palavra.

— Aragogue! — a aranha chamou. — Aragogue!

E do meio da teia enevoada em forma de cúpula, emergiu lentamente uma aranha do tamanho de um filhote de elefante. Havia fios cinzentos na pelagem do seu corpo e nas pernas pretas, e cada olho, em sua feia cabeça provida de pinças, era leitoso. A aranha era cega.

— Que é? — disse, batendo rapidamente as pinças.

— Homens — bateu a aranha que apanhara Harry.

— É Hagrid? — perguntou a aranha aproximando-se, os oito olhos leitosos movendo-se vagamente.

— Estranhos — bateu a aranha que trouxera Rony.

— Mate-os — bateu Aragogue, preocupada. — Eu estava dormindo...

— Somos amigos de Hagrid — gritou Harry. Seu coração parecia ter saltado do peito e ido bater na garganta.

Clique, clique, clique fizeram as pinças das aranhas por toda a depressão.

Aragogue parou.

— Hagrid nunca mandou homens à depressão antes — disse lentamente.

— Hagrid está enrascado — disse Harry respirando muito rápido. — Foi por isso que viemos.

— Enrascado!? — exclamou a aranha idosa, e Harry pensou ter sentido preocupação no clique das pinças. — Mas por que o mandou?

Harry pensou em se levantar, mas decidiu o contrário; achou que as pernas não o aguentariam. Então falou do chão, o mais calmo que pôde.

— Na escola acham que Hagrid andou fazendo uma... uma coisa com os alunos. Levaram ele para Azkaban.

Aragogue bateu as pinças furiosamente, e a toda volta da depressão o som foi repetido pela multidão de aranhas; era como um aplauso, exceto que, em geral, aplausos não faziam Harry sentir náuseas de medo.

— Mas isso foi há anos — disse Aragogue, preocupada. — Anos e anos atrás. Lembro-me muito bem. Foi por isso que o fizeram sair da escola. Acreditaram que eu era o monstro que morava na chamada Câmara Secreta. Acharam que Hagrid tinha aberto a Câmara e me libertado.

— E você... você não veio da Câmara Secreta? — perguntou Harry, que sentia um suor frio na testa.

— Eu! — exclamou Aragogue, batendo as pinças zangada. — Eu não nasci no castelo. Vim de uma terra distante. Um viajante me deu de presente a Hagrid quando eu ainda estava no ovo. Hagrid era só um garoto, mas cuidou de mim, me escondeu num armário do castelo, me alimentou com restos da mesa. Hagrid é um bom amigo e um bom homem. Quando fui descoberta e responsabilizada pela morte da garota, ele me protegeu. Tenho vivido aqui na floresta desde então, onde Hagrid ainda me visita. Ele até me arranjou uma esposa, Mosague, e você está vendo como a nossa família cresceu, tudo graças à bondade de Hagrid...

Harry reuniu o que restava de sua coragem.

– Então você nunca... nunca atacou ninguém?

– Nunca – falou rouca a aranha. – Teria sido o meu instinto, mas por respeito a Hagrid, eu nunca fiz mal a um ser humano. O corpo da menina que foi morta foi encontrado no banheiro. Não conheço parte alguma do castelo a não ser o armário em que cresci. A nossa espécie gosta do escuro e do silêncio...

– Mas então... Você sabe o que matou aquela garota? – perguntou Harry.

– Porque a coisa que matou está de volta atacando pessoas outra vez...

Suas palavras foram abafadas por uma eclosão de cliques e o ruído de muitas pernas longas a se agitar com raiva; grandes sombras escuras moveram-se a toda volta.

– A coisa que mora no castelo – disse Aragogue – é um bicho que nós aranhas tememos mais do que qualquer outro. Lembro-me muito bem como supliquei a Hagrid que me deixasse ir embora, quando senti a fera rondando pela escola.

– O que é? – perguntou Harry pressuroso.

Mais cliques altos, mais movimentos; as aranhas pareciam estar fechando o cerco.

– Nós não falamos nisso! – disse Aragogue com rispidez. – Não mencionamos seu nome! Eu nunca disse nem a Hagrid o nome daquele temível bicho, embora ele tenha me perguntado muitas vezes.

Harry não quis insistir no assunto, não com as aranhas se aproximando por todos os lados. Aragogue parecia ter-se cansado de falar. Estava recuando lentamente para sua teia em forma de cúpula, mas as outras aranhas continuaram a se aproximar devagarinho de Harry e Rony.

– Bem, então vamos embora – falou Harry, desesperado, a Aragogue, ouvindo as folhas farfalharem às suas costas.

– Embora? – repetiu Aragogue lentamente. – Acho que não...

– Mas... mas...

— Meus filhos e minhas filhas não fazem mal a Hagrid, porque eu assim ordeno. Mas não posso negar a eles carne fresca quando ela entra com tanta boa vontade em nosso ninho. Adeus, amigo de Hagrid.

Harry virou-se depressa. A poucos passos, erguendo-se acima dele, havia uma parede maciça de aranhas, dando cliques, os muitos olhos brilhando nas cabeças feias.

Mesmo enquanto pegava a varinha, Harry percebeu que não ia adiantar. Havia aranhas demais, mas ao tentar se levantar, pronto para morrer lutando, ouviu uma nota alta e longa, e um clarão de luz atravessou a depressão.

O carro do Sr. Weasley roncou encosta abaixo, os faróis acesos, a buzina tocando, derrubando aranhas para os lados; várias foram atiradas de costas, as múltiplas pernas sacudindo no ar. O carro parou cantando os pneus diante dos garotos e as portas se abriram.

— Apanhe o Canino! — gritou Harry, mergulhando no banco da frente; Rony agarrou o cão pela barriga e atirou-o, ganindo, no banco de trás, as portas se fecharam, Rony nem tocou no acelerador, pois o carro não precisou disso; o motor roncou e eles partiram, atropelando mais aranhas. Subiram a encosta a toda velocidade, saíram da depressão e logo estavam correndo pela floresta, os ramos fustigando as janelas do carro enquanto ele rodava com inteligência pelos vãos mais largos, seguindo um caminho que obviamente conhecia.

Harry olhou de esguelha para Rony. A boca do amigo continuava aberta num grito silencioso, mas seus olhos não estavam mais arregalados.

— Você está bem?

Rony olhava fixo para a frente, incapaz de responder.

Eles rodaram pelo mato rasteiro, Canino uivando alto no banco de trás, e Harry viu o espelho lateral se partir ao tirarem um fino de um grande carvalho. Depois de dez minutos de estrépito e sacolejões, as árvores foram se espaçando e Harry pôde novamente ver pedaços do céu.

O carro parou tão de súbito que eles quase saíram pelo para-brisa. Tinham chegado à orla da floresta. Canino atirou-se contra a janela tal era a sua ansiedade para sair e, quando Harry abriu a porta, ele disparou por entre as árvores para a casa de Hagrid, o rabo entre as pernas. Harry desceu também e, passado pouco mais de um minuto, Rony pareceu recuperar a sensibilidade nas pernas e o seguiu, ainda de pescoço duro e olhar fixo. Harry deu uma palmadinha de agradecimento no carro enquanto ele dava marcha a ré na floresta e desaparecia de vista.

Harry voltou à cabana de Hagrid para apanhar a Capa da Invisibilidade. Encontrou Canino tremendo debaixo de um cobertor no seu cesto. Quando Harry saiu de novo, encontrou Rony vomitando violentamente na horta de abóboras.

— Siga as aranhas — disse Rony, fraco, limpando a boca na manga. — Não vou perdoar o Hagrid nunca. Temos sorte de estar vivos.

— Aposto como ele pensou que Aragogue não faria mal a amigos dele.

— Este é exatamente o problema de Hagrid! — retrucou Rony, dando murros na parede da cabana. — Ele sempre acha que os monstros não são maus por natureza, e olhe onde é que ele foi parar! Numa cela em Azkaban! — Rony tremia sem parar agora. — Para que foi que ele nos mandou lá? Que foi que descobrimos? Eu gostaria de saber.

— Que Hagrid nunca abriu a Câmara Secreta — disse Harry, atirando a capa sobre Rony e cutucando-o no braço para fazê-lo andar. — Ele era inocente.

Rony bufou. Evidentemente, criar Aragogue em um armário não correspondia à ideia que ele fazia de ser inocente.

Quando o castelo surgiu mais próximo, Harry ajeitou a capa para ter certeza de que os pés dos dois estavam escondidos, depois entreabriu as portas de entrada, que sempre rangiam. Atravessaram cautelosamente o saguão de entrada e subiram a escada de mármore, prendendo a respiração ao passar pelos corredores que as sentinelas vigilantes percorriam. Finalmente alcançaram a segurança da sala comunal da Grifinória, onde o fogo da lareira se consumira até virar uma cinza luminosa. Tiraram a capa e subiram a escada em caracol para o dormitório.

Rony caiu na cama sem se dar o trabalho de tirar a roupa. Harry, porém, não sentia sono. Sentou-se na borda de sua cama de colunas, pensando em tudo que Aragogue dissera.

A coisa que se escondia em algum lugar do castelo, pensou, parecia uma espécie de monstro Voldemort — nem mesmo outros monstros gostavam de nomeá-lo. Mas ele e Rony não estavam nem perto de descobrir o que era, nem como petrificava suas vítimas. Até mesmo Hagrid jamais soubera o que havia na Câmara Secreta.

Harry puxou as pernas para cima da cama e se recostou nos travesseiros, espiando a lua brilhar para ele através da janela da torre.

Não conseguia ver o que mais poderiam fazer. Tinha encontrado becos sem saída por todos os lados. Riddle apanhara a pessoa errada, o herdeiro de Slytherin escapara, e ninguém saberia dizer se era a mesma pessoa ou outra diferente que abrira a Câmara desta vez. Não havia mais ninguém a quem perguntar. Harry ficou deitado, ainda pensando no que Aragogue dissera.

O sono vinha chegando quando o que lhe pareceu a ultimíssima esperança lhe veio à cabeça e ele de repente se sentou na cama.

— Rony — sibilou no escuro —, Rony...

O amigo acordou com um ganido como o de Canino, correu os olhos arregalados à volta e viu Harry.

— Rony, aquela garota que morreu. Aragogue disse que ela foi encontrada no banheiro — falou Harry sem dar atenção aos roncos fungados de Neville que vinham de um canto. — E se ela nunca saiu do banheiro? E se ela continua lá?

Rony esfregou os olhos, franzindo a cara para a lua. E então ele também entendeu.

—Você não acha que... não a *Murta Que Geme?*

## 16

## A CÂMARA SECRETA

— Tantas vezes estivemos naquele banheiro, e ela ali a apenas três boxes de distância — comentou Rony amargurado à mesa do café, na manhã seguinte —, e poderíamos ter perguntado a ela, e agora...

Fora bastante difícil encontrar as aranhas. Fugir dos professores o tempo suficiente para entrar escondido em um banheiro de meninas, e ainda por cima o banheiro de meninas bem ao lado da cena do primeiro ataque, seria quase impossível.

Mas aconteceu uma coisa logo na primeira aula, Transfiguração, que varreu a Câmara Secreta para longe dos pensamentos dos dois garotos pela primeira vez em semanas. Minutos depois de entrarem em sala, a Profª McGonagall avisou que os exames começariam no dia primeiro de junho, dali a uma semana.

— Exames? — gritou Simas Finnigan. — E vamos ter *exames*?

Ouviram um estrondo atrás de Harry quando a varinha de Neville escapuliu e fez desaparecer um pé de sua carteira. A professora restaurou-a com um aceno da própria varinha e se virou de cara amarrada para Simas.

— A razão de se manter a escola aberta neste momento é vocês receberem educação — disse ela severamente. — Portanto, os exames vão se realizar normalmente, e confio que vocês estejam estudando a sério.

Estudando a sério! Jamais ocorrera a Harry que haveria exames com o castelo naquela situação. Houve muitos murmúrios de protesto na sala que fizeram a professora amarrar ainda mais a cara.

— As instruções que recebi do Prof. Dumbledore foram no sentido de manter a escola funcionando o mais normalmente possível. E isto, não preciso dizer, significa descobrir o quanto os senhores aprenderam neste ano.

Harry olhou para os dois coelhos que deveria transformar em chinelos. Que é que ele aprendera até ali naquele ano? Não conseguia lembrar nada que lhe pudesse ser útil em um exame.

Rony parecia que tinha acabado de ser informado de que seria obrigado a ir viver na Floresta Proibida.

— Você pode me imaginar fazendo exames com isso? — perguntou ele a Harry, mostrando a varinha, que começara a assobiar alto.

Três dias antes do primeiro exame, a Prof.ª McGonagall deu outro aviso no café da manhã.

— Tenho boas notícias — disse, e os alunos no Salão, ao invés de se calarem, desataram a falar.

— Dumbledore vai voltar! — exclamaram de alegria vários alunos.

— Apanharam o herdeiro de Slytherin! — gritou, esganiçada, uma menina na mesa da Corvinal.

— Os jogos de quadribol vão recomeçar! — berrou Olívio, animado.

Quando o vozerio diminuiu, a professora disse:

— A Prof.ª Sprout me informou que finalmente as mandrágoras estão prontas para serem colhidas. Hoje à noite, poderemos ressuscitar os alunos que foram petrificados. Não será preciso lembrar a todos que um deles talvez possa nos dizer quem ou o que os atacou. Tenho esperanças que este ano tenebroso terminará com a captura do culpado.

Houve uma explosão de vivas. Harry olhou para a mesa da Sonserina e não ficou nem um pouco surpreso ao ver que Draco Malfoy não se alegrara. Rony, porém, parecia mais feliz do que nos últimos dias.

— Então, não vai fazer diferença nunca termos perguntado nada à Murta! — disse a Harry. — Mione provavelmente terá todas as respostas quando a acordarem! E mais, vai endoidar quando descobrir que vamos ter exames dentro de três dias. Ela não estudou. Seria mais caridoso que a deixassem onde está até os exames terminarem.

Nesse instante Gina Weasley se aproximou e se sentou ao lado de Rony. Parecia tensa e nervosa e Harry reparou que torcia as mãos no colo.

— Que foi que aconteceu? — perguntou Rony, servindo-se de mais mingau.

Gina não disse nada, mas olhava de uma ponta a outra da mesa da Grifinória com uma expressão apavorada no rosto, que lembrou a Harry alguém, embora ele não conseguisse atinar quem.

— Desembucha logo — disse Rony, observando-a.

Harry de repente percebeu com quem Gina parecia. Estava se balançando para a frente e para trás na cadeira, exatamente como Dobby fazia quando estava hesitando, pouco antes de revelar a informação proibida.

— Tenho que lhe contar uma coisa — murmurou Gina, tomando cuidado para não olhar para Harry.

— O quê? — perguntou Harry.

Gina fez cara de quem não consegue encontrar as palavras certas.

— *Que é?* — perguntou Rony.

Gina abriu a boca, mas não saiu som algum. Harry se curvou para a frente e falou baixinho, de modo que somente Gina e Rony pudessem ouvir.

— É uma coisa sobre a Câmara Secreta? Você viu alguma coisa? Alguém se comportando estranhamente?

Gina tomou fôlego e, naquele exato momento, Percy Weasley apareceu, com a cara cansada e pálida.

— Se você já terminou de comer, fico com o seu lugar, Gina. Estou morto de fome. Acabei de ser liberado do serviço de vigilância.

Gina deu um pulo como se sua cadeira estivesse eletrificada, lançou a Percy um olhar rápido e amedrontado e saiu correndo. Percy se sentou e pegou uma caneca no meio da mesa.

— Percy! — disse Rony aborrecido. — Ela ia começar a nos contar uma coisa importante!

A meio caminho de beber um gole de chá, Percy se engasgou.

— Que tipo de coisa? — perguntou tossindo.

— Acabei de perguntar se tinha visto alguma coisa estranha e ela começou a dizer...

— Ah, isso, não tem nada a ver com a Câmara Secreta — disse Percy na mesma hora.

— Como é que você sabe? — perguntou Rony erguendo as sobrancelhas.

— Bem, se você faz questão de saber, Gina, hum, esbarrou comigo no outro dia quando eu estava... bem, não importa, a questão é que ela me viu fazendo uma coisa e eu, hum, pedi a ela para não contar a ninguém. Devo dizer que achei que ela iria cumprir a promessa. Não é nada, verdade, só que eu preferia...

Harry nunca vira Percy tão constrangido.

— Que é que você estava fazendo, Percy? — perguntou Rony rindo. — Vamos, conte para a gente, não vamos rir.

Percy não retribuiu o sorriso.

— Me passa esses pães, Harry, estou morto de fome.

\* \* \*

Harry sabia que o mistério todo poderia ser resolvido no dia seguinte sem ajuda deles, mas não iria deixar passar uma oportunidade de falar com Murta se aparecesse uma — e para sua alegria apareceu, no meio da manhã, quando a turma estava sendo levada para a aula de História da Magia por Gilderoy Lockhart.

Lockhart, que tantas vezes os tranquilizara dizendo que o perigo passara, para em seguida provar-se o contrário, agora estava inteiramente convencido de que nem valia a pena levá-los em segurança pelos corredores. Seus cabelos não estavam tão sedosos quanto de costume; parecia que estivera acordado a maior parte da noite, vigiando o quarto andar.

— Marquem minhas palavras — disse, contornando um canto com os alunos. — As primeiras palavras que aqueles coitados petrificados vão dizer serão "Foi Hagrid". Francamente, estou pasmo que a Prof.ª McGonagall continue achando que todas essas medidas de segurança são necessárias.

— Concordo, professor — disse Harry, fazendo Rony derrubar os livros de surpresa.

— Obrigado, Harry — disse Lockhart, gentilmente, enquanto esperavam uma longa fila de alunos da Lufa-Lufa passar. — Quero dizer, nós, professores, já temos muito o que fazer sem ter que acompanhar alunos às aulas e ficar de guarda à noite inteira...

— Tem razão — disse Rony, percebendo a jogada. — Por que o senhor não nos deixa aqui, só temos mais um corredor pela frente...

— Sabe, Weasley, acho que vou fazer isso. Preciso mesmo preparar a minha próxima aula...

E se afastou depressa.

— Preparar a aula — Rony caçoou quando o professor se foi. — É mais provável que vá é enrolar os cabelos.

Os dois amigos deixaram o resto dos colegas da Grifinória seguirem em frente, dispararam por uma passagem lateral e correram para o banheiro da Murta Que Geme. Mas quando estavam se parabenizando pela jogada genial...

— Potter! Weasley! Que é que os senhores estão fazendo?

Era a Prof.ª McGonagall, e sua boca parecia um fio de linha de tão fina.

— Íamos... íamos... — gaguejou Rony. — Íamos... ver...

— Hermione — disse Harry. Rony e a professora olharam para ele.

"Não a vemos há séculos, professora", continuou Harry depressa, pisando no pé de Rony, "e pensamos em entrar sem sermos vistos na ala hospitalar, sabe, e contar a ela que as mandrágoras já estão quase prontas e... para não se preocupar..."

A Prof.ª McGonagall continuou a olhar fixo para ele e por um instante Harry achou que ela iria explodir, mas, quando falou, tinha a voz estranhamente rouca.

– Claro – disse, e Harry, espantado, viu uma lágrima brilhar nos seus olhos de contas. – Claro, compreendo que isto tenha sido mais duro para os amigos dos que foram... compreendo bem. Está bem, Potter, é claro que os senhores podem ir visitar a Srta. Granger. Vou informar ao Prof. Binns aonde foram. Diga a Madame Pomfrey que têm a minha permissão.

Harry e Rony se afastaram, mal ousando acreditar que tinham evitado uma detenção. Quando dobraram o canto do corredor, ouviram distintamente a professora assoar o nariz.

– Essa – disse Rony, entusiasmado – foi a melhor história que você já inventou.

Não havia escolha agora senão ir à ala hospitalar e dizer à Madame Pomfrey que tinham permissão da Prof.ª McGonagall para visitar Hermione.

Madame Pomfrey os deixou entrar, com relutância.

– Não tem sentido conversar com uma pessoa petrificada – disse ela, e os garotos tiveram que admitir que estava certa, depois de se sentarem ao lado de Hermione. Era evidente que Hermione nem imaginava que tinha visitas e que tanto fazia dizerem ao armário de cabeceira para não se preocupar, tal era o bem que a conversa poderia produzir.

– Mas eu me pergunto se ela terá visto o atacante – disse Rony, contemplando com tristeza o rosto rígido de Hermione. – Porque se ele chegou sem ser visto, ninguém nunca vai saber...

Mas Harry não estava olhando para o rosto de Hermione. Estava mais interessado na mão direita da amiga. Estava fechada por cima das cobertas e ao chegar mais perto ele viu que havia um pedaço de papel amarrotado dentro dela.

Verificando antes se Madame Pomfrey andava por perto, ele apontou o papel para Rony.

– Tente tirar – cochichou Rony, mudando a posição da cadeira de modo a esconder Harry da vista de Madame Pomfrey.

Não foi nada fácil. A mão de Hermione segurava o papel com tanta força que Harry teve certeza de que iria rasgá-lo. Enquanto Rony vigiava, ele puxou e torceu e, finalmente, depois de alguns minutos tensos, o papel saiu.

Era uma página rasgada de um livro muito velho da biblioteca. Harry alisou-a ansioso, e Rony se curvou mais para ler também.

Das muitas feras e monstros medonhos que vagam pela nossa terra não há nenhum mais curioso ou mortal do que o basilisco, também conhecido como rei das serpentes. Esta cobra, que pode alcançar um tamanho gigantesco e viver centenas de anos, nasce de um ovo de galinha, chocado por uma rã. Seus métodos de matar são os mais espantosos, pois além das presas letais e venenosas, o basilisco tem um olhar mortífero, e todos que são fixados pelos seus olhos sofrem morte instantânea. As aranhas fogem do basilisco, pois é seu inimigo mortal, e o basilisco foge apenas do canto do galo, que lhe é fatal.

E, no pé da página, uma única palavra fora escrita numa caligrafia que Harry reconheceu ser de Hermione. *Canos.*
Era como se alguém tivesse acabado de acender uma luz em seu cérebro.
– Rony – sussurrou. – É isso. Isso é a resposta. O monstro na Câmara é um *basilisco*, uma cobra gigantesca! É por *isso* que andei ouvindo a voz por todo lado, e ninguém mais ouvia. É porque entendo a língua das cobras...
Harry ergueu os olhos para as camas à sua volta.
– O basilisco mata as pessoas com o olhar. Mas ninguém morreu, porque ninguém o encarou. Colin viu o bicho através da lente da máquina fotográfica. O basilisco queimou o filme que havia dentro, mas Colin só ficou petrificado. Justino... Justino deve ter visto o basilisco através do Nick Quase Sem Cabeça! Nick recebeu todo o impacto, mas não podia morrer *novamente*... e Hermione e aquela monitora da Corvinal foram encontradas com um espelho ao lado delas. Hermione acabara de perceber que o monstro era um basilisco. Aposto o que você quiser que ela preveniu a primeira pessoa que encontrou para antes de virar um canto, primeiro olhar o outro lado com um espelho! E aquela garota tirou o espelho da mochila... e...
O queixo de Rony caíra.
– E Madame Nor-r-ra? – perguntou, ansioso.
Harry pensou bastante, imaginando a cena na noite da festa das bruxas.
– A água... – disse lentamente. – A inundação do banheiro da Murta Que Geme. Aposto como Madame Nor-r-ra só viu o reflexo...
Harry examinou a página que tinha na mão, pressuroso. Quanto mais lia, mais ela fazia sentido.
– *"... O canto do galo... lhe é fatal!"* – leu ele em voz alta. – Os galos de Hagrid foram mortos! O herdeiro de Slytherin não queria nenhum perto do castelo quando a Câmara fosse aberta! *"As aranhas fogem do basilisco!"* Tudo se encaixa!

— Mas como é que o basilisco anda circulando pelo castelo? — perguntou Rony. — Uma cobra gigantesca... Alguém a teria visto...

Harry, porém, apontou para a palavra que Hermione escrevera no pé da página.

— Canos. Canos... Rony, ela está usando os canos. Tenho ouvido aquela voz dentro das paredes...

Rony agarrou de repente o braço de Harry.

— A entrada para a Câmara Secreta! — disse com a voz rouca. — E se for um banheiro? E se for o...

— *Banheiro da Murta Que Geme* — completou Harry.

Os dois ficaram sentados ali, a animação circulando com rapidez pelo corpo, mal conseguindo acreditar.

— Isto significa — disse Harry — que não devo ser o único a falar a língua das cobras na escola. O herdeiro de Slytherin deve ser outro que fala também. É assim que ele controla o basilisco.

— Que vamos fazer? — perguntou Rony, cujos olhos faiscavam. — Vamos direto à Prof.ª McGonagall?

— Vamos à sala dos professores — disse Harry, ficando de pé de um salto.

— Ela vai para lá dentro de dez minutos. Já está quase na hora do intervalo.

Os garotos correram para baixo. Não querendo ser encontrados perambulando por outro corredor, foram diretamente à sala dos professores, ainda deserta. Era um aposento amplo, as paredes forradas com painéis de madeira, as cadeiras de madeira escura. Harry e Rony ficaram andando de um lado para o outro, animados demais para se sentar.

Mas a sineta do intervalo jamais tocou.

Em vez disso, ecoando pelos corredores, ouviram a voz da Prof.ª McGonagall, magicamente amplificada.

"*Todos os alunos voltem imediatamente aos dormitórios de suas Casas. Todos os professores voltem à sala de professores. Imediatamente, por favor.*"

Harry virou-se para encarar Rony.

— Não outro ataque! Não agora!

— Que vamos fazer? — disse Rony horrorizado. — Voltar ao dormitório?

— Não — disse Harry, olhando à sua volta. Havia um tipo feio de guarda--roupa à sua esquerda, onde guardavam as capas dos professores. — Ali dentro. Vamos ouvir o que foi. Depois podemos contar o que descobrimos.

Os garotos se esconderam dentro do armário, escutando o barulho de centenas de pessoas andando no andar de cima e a porta da sala de professores se abrir e bater. Do meio das dobras mofadas das capas, observaram os professores chegarem um a um. Alguns pareciam intrigados, outros completamente apavorados. Então chegou a Prof.ª McGonagall.

— Aconteceu — disse ela na sala silenciosa. — Uma aluna foi levada pelo monstro. Para a Câmara.

O Prof. Flitwick deixou escapar um grito fino. A Prof.ª Sprout tampou a boca com as mãos. Snape agarrou com muita força o espaldar de uma cadeira e perguntou:

— Como você pode ter certeza?

— O herdeiro de Slytherin — disse a professora muito pálida — deixou outra mensagem. Logo abaixo da primeira. "O esqueleto dela jazerá na Câmara para sempre."

O Prof. Flitwick rompeu em lágrimas.

— Quem foi? — perguntou Madame Hooch, que afundara, com os joelhos bambos, numa cadeira. — Que aluna?

— Gina Weasley — respondeu McGonagall.

Harry sentiu Rony escorregar silenciosamente para o chão do armário do lado dele.

— Teremos que mandar todos os alunos para casa amanhã — continuou ela. — Isto é o fim de Hogwarts. Dumbledore sempre disse...

A porta da sala de professores bateu outra vez. Por um momento delirante Harry teve certeza de que seria Dumbledore. Mas era Lockhart e ele sorria.

— Lamento muito, cochilei, que foi que perdi?

Ele não pareceu notar que os outros professores o olhavam com uma expressão muito próxima ao ódio. Snape se adiantou.

— O homem de que precisávamos! Em pessoa! Uma menina foi sequestrada pelo monstro, Lockhart. Levada para a Câmara Secreta. Chegou finalmente a sua vez.

Lockhart ficou lívido.

— Isto mesmo, Gilderoy — disse a Prof.ª Sprout. — Você não estava dizendo ainda ontem à noite que sempre soube onde era a entrada da Câmara Secreta?

— Eu... bem, eu... — gaguejou Lockhart.

— É, você não me disse que tinha certeza do que havia dentro dela? — disse o Prof. Flitwick.

— D-disse? Não me lembro...

— Pois eu me lembro de você dizendo que lamentava não ter tido uma chance de enfrentar o monstro antes de Hagrid ser preso — continuou Snape.

— Você não disse que o caso todo foi mal conduzido e que deviam ter-lhe dado carta branca desde o começo?

Lockhart contemplou os rostos duros dos colegas à sua volta.

— Eu... eu realmente nunca... vocês devem ter entendido mal...

— Vamos deixar o problema em suas mãos, então, Gilderoy — disse a Prof.ª McGonagall. — Hoje à noite será uma ocasião excelente para resolvê-lo. Vamos providenciar para que todos estejam fora do seu caminho. Você terá a oportunidade de cuidar do monstro sozinho. Enfim, terá carta branca.

Lockhart olhou desesperado para os lados, mas ninguém veio em seu socorro. Ele não parecia mais bonitão, nem de longe. Seu lábio tremia e na ausência do sorriso costumeiro, cheio de dentes, seu queixo parecia pequeno e fraco.

— M-muito bem — disse. — Estarei... estarei em minha sala me... me preparando.

E saiu.

— Muito bem — disse a Prof.ª McGonagall, cujas narinas tremiam —, com isso o tiramos do caminho. Os diretores das Casas devem ir informar os alunos do que aconteceu. Digam que o Expresso de Hogwarts os levará para casa logo de manhã. Os demais, por favor, certifiquem-se de que nenhum aluno fique fora dos dormitórios.

Os professores se levantaram e saíram, um por um.

Foi provavelmente o pior dia da vida de Harry. Ele, Rony, Fred e Jorge se sentaram juntos a um canto da sala comunal da Grifinória, incapazes de dizer qualquer coisa. Percy não estava presente. Fora despachar uma coruja para o Sr. e a Sra. Weasley, depois trancou-se no dormitório.

Nenhuma tarde jamais se arrastou tanto quanto essa, tampouco a Torre da Grifinória esteve tão cheia e, no entanto, tão silenciosa. Próximo ao pôr do sol, Fred e Jorge foram se deitar, porque não conseguiam continuar sentados.

— Ela sabia alguma coisa, Harry — disse Rony, falando pela primeira vez desde que entraram no armário da sala de professores. — É por isso que foi sequestrada. Não era uma bobagem sobre o Percy, nada disso. Descobriu alguma coisa sobre a Câmara Secreta. Deve ter sido por isso que foi... — Rony esfregou os olhos com força. — Quero dizer, ela era puro sangue. Não pode haver nenhum outro motivo.

Harry podia ver o sol se pondo, vermelho-sangue, na linha do horizonte. Nunca se sentira pior na vida. Se ao menos houvesse alguma coisa que pudessem fazer. Qualquer coisa.

— Harry — disse Rony. — Você acha que pode haver alguma chance de ela não estar... sabe...

Harry não soube o que dizer. Não conseguia ver como Gina ainda pudesse estar viva.

— Sabe de uma coisa? — disse Rony. — Acho que devíamos ir ver Lockhart. Contar a ele o que sabemos. Ele vai tentar entrar na Câmara. Podemos contar onde achamos que é, e avisar que tem um basilisco lá dentro.

Porque Harry não pôde pensar em mais nada para fazer e porque queria fazer alguma coisa, ele concordou. Os alunos da Grifinória na sala estavam tão infelizes e sentiam tanta pena dos Weasley que ninguém tentou impedi-los quando se levantaram, atravessaram a sala e saíram pelo buraco do retrato.

Anoitecia quando desceram à sala de Lockhart. Parecia haver muita atividade lá dentro. Os garotos ouviram coisas sendo arrastadas, baques surdos e passos apressados.

Harry bateu e fez-se um repentino silêncio na sala. Então abriu-se uma frestinha na porta e eles viram o olho de Lockhart espreitando.

— Ah... Sr. Potter... Sr. Weasley... — disse, abrindo um pouco mais a porta. — Estou muito ocupado no momento, se puderem ser rápidos...

— Professor, temos umas informações para o senhor — disse Harry. — Achamos que podem ajudá-lo.

— Hum... bem... não é tão... — A metade do rosto de Lockhart que podiam ver parecia muito constrangida. — Quero dizer... bem... muito bem...

Ele abriu a porta e os garotos entraram.

Sua sala tinha sido quase completamente desmontada. Havia dois malões abertos no chão. Vestes verde-jade, lilás, azul-meia-noite, tinham sido apressadamente dobradas e guardadas em um deles; livros tinham sido enfiados de qualquer jeito no outro. As fotografias que cobriam as paredes agora estavam comprimidas em caixas sobre a escrivaninha.

— O senhor vai a algum lugar? — perguntou Harry.

— Hum, bem, vou — disse Lockhart, arrancando um pôster com a sua foto em tamanho natural das costas da porta, enquanto falava, e começando a enrolá-lo. — Chamado urgente... inevitável... tenho que partir...

— E a minha irmã? — perguntou Rony de supetão.

— Bem, sobre isso... foi muito azar... — respondeu Lockhart, evitando encarar os garotos, enquanto puxava uma gaveta com força e começava a esvaziar o seu conteúdo em uma mochila. — Ninguém lamenta mais do que eu...

— O senhor é o professor de Defesa Contra as Artes das Trevas! — exclamou Harry. — Não pode ir embora agora! Não com todas essas artes das trevas em ação!
— Bem... devo dizer... quando aceitei o emprego... — resmungou Lockhart, agora amontoando meias por cima das vestes — nada na descrição da função... não era de esperar...
— O senhor quer dizer que está fugindo? — disse Harry, incrédulo. — Depois de tudo que fez nos seus livros...
— Os livros podem ser enganosos — disse Lockhart gentilmente.
— Mas foi o senhor quem os escreveu — gritou Harry.
— Meu caro rapaz — disse Lockhart se endireitando e amarrando a cara para Harry. — Use o bom senso. Meus livros não teriam vendido nem a metade se as pessoas não achassem que eu fiz todas aquelas coisas. Ninguém quer ler histórias de um velho bruxo feio da Armênia, mesmo que tenha salvado uma cidade dos lobisomens. Ele ficaria medonho na capa. Nem sabe se vestir. E a bruxa que afugentou o espírito agourento tinha lábio leporino. Quero dizer, convenhamos...
— Então o senhor só está recebendo crédito pelo que outros bruxos e bruxas fizeram? — perguntou Harry, incrédulo.
— Harry, Harry — disse Lockhart, sacudindo a cabeça com impaciência —, a coisa não é tão simples assim. Há muito trabalho envolvido. Eu tive que procurar essas pessoas. Perguntar exatamente como conseguiram fazer o que fizeram. Depois tive que lançar um Feitiço da Memória para elas esquecerem o que fizeram. Se há uma coisa de que me orgulho é do meu Feitiço da Memória. Não, foi muito trabalhoso, Harry. Não é só autografar livros e tirar fotos de publicidade, sabe. Se você quer ser famoso, tem que estar preparado para dar duro.
Ele fechou os malões com estrondo e trancou-os.
— Vejamos — disse. — Acho que é só. É. Só falta uma coisa.
E tirou a varinha e se virou para os garotos.
— Lamento muito, rapazes, mas tenho que lançar um Feitiço da Memória em vocês agora. Não posso permitir que saiam espalhando os meus segredos por aí. Eu jamais venderia outro livro...
Harry apanhou a própria varinha bem na hora. Lockhart mal erguera a sua, quando Harry berrou:
— Expelliarmus!
Lockhart foi atirado para trás, caiu por cima do malão; a varinha voou no ar; Rony agarrou-a e atirou-a pela janela.

— O senhor não devia ter deixado o Prof. Snape nos ensinar isso — disse Harry furioso, chutando o malão de Lockhart para o lado. Lockhart ficou olhando para ele, parecendo frágil outra vez. Harry apontava a varinha em sua direção.

— Que é que você quer que eu faça? — perguntou Lockhart com a voz fraca. — Eu não sei onde fica a Câmara Secreta. Não há nada que eu possa fazer.

— O senhor está com sorte — disse Harry forçando Lockhart a se levantar com a varinha. — Achamos que sabemos onde fica. E o que tem lá dentro. Vamos.

Saíram os três da sala, desceram as escadas mais próximas e seguiram pelo corredor escuro em que as mensagens brilhavam na parede até a porta do banheiro da Murta Que Geme.

Empurraram Lockhart na frente. Harry ficou satisfeito de verificar que o professor tremia.

Murta Que Geme estava sentada na caixa de água do último boxe.

— Ah, é você — disse quando viu Harry. — Que é que você quer agora?

— Perguntar como foi que você morreu.

A atitude de Murta mudou na hora. Parecia que nunca alguém lhe fizera uma pergunta tão elogiosa.

— Aaaah, foi pavoroso — disse com satisfação. — Aconteceu bem aqui. Morri aqui mesmo neste boxe. Me lembro tão bem! Eu tinha me escondido porque Olívia Hornby estava caçoando de mim por causa dos meus óculos. Tranquei a porta e fiquei chorando e então ouvi alguém entrar. Disseram uma coisa engraçada. Deve ter sido numa língua diferente, acho. Em todo o caso, o que me incomodou foi que era a voz de um *garoto*. Então destranquei a porta do boxe para mandar ele sair e ir usar o banheiro dos garotos e então... — Murta inchou fazendo-se de importante, o rosto brilhante. — *Morri*.

— Como? — perguntou Harry.

— Não faço ideia — disse Murta sussurrando. — Só me lembro de ter visto dois olhos grandes e amarelos. Meu corpo inteiro foi engolfado e então me afastei flutuando... — Ela olhou para Harry sonhadora. — E então voltei. Estava decidida a assombrar Olívia Hornby, sabe. Ah, como ela lamentou ter-se rido dos meus óculos.

— Onde foi exatamente que você viu os olhos?

— Por ali — respondeu Murta apontando vagamente na direção da pia em frente ao boxe em que estava.

Harry e Rony correram para a pia. Lockhart ficou parado bem mais atrás, uma expressão de puro terror no rosto.

Parecia uma pia comum. Eles examinaram cada centímetro, por dentro e por fora, inclusive os canos embaixo. E então Harry viu: gravada ao lado de uma das torneiras de cobre havia uma cobrinha mínima.

— Essa torneira nunca funcionou — disse Murta, animada, quando ele tentou abri-la.

— Harry — disse Rony. — Diga alguma coisa. Alguma coisa em língua de cobra.

— Mas... — Harry se esforçou. As únicas vezes em que conseguira falar a língua das cobras foi quando estava diante de uma cobra real. Ele fixou o olhar na gravação minúscula, tentando imaginar que era real.

"Abra", mandou.

Ele olhou para Rony, que sacudiu a cabeça.

— Nossa língua.

Harry tornou a olhar para a cobra, desejando acreditar que estivesse viva. Se ele mexia a cabeça, a luz das velas fazia parecer que a cobra estava se mexendo.

— Abra — repetiu.

Só que as palavras não foram o que ele ouviu; um estranho assobio lhe escapara da boca e na mesma hora a torneira brilhou com uma luz branca e começou a girar. No segundo seguinte, a pia começou a se deslocar; a pia, na realidade, sumiu de vista, deixando um grande cano exposto, um cano largo o suficiente para um homem escorregar por dentro dele.

Harry ouviu Rony soltar uma exclamação e levantou a cabeça. Decidira o que iria fazer.

— Vou descer — anunciou.

Ele não poderia deixar de descer, agora que tinham encontrado a entrada para a Câmara, não se houvesse a mais leve, mínima, imaginária chance de Gina estar viva.

— Eu também — falou Rony.

Houve uma pausa.

— Bem, parece que vocês não precisam de mim — disse Lockhart com uma sombra do seu antigo sorriso. — Eu vou...

E levou a mão à maçaneta da porta, mas Rony e Harry apontaram as varinhas para ele.

— Você pode descer primeiro — rosnou Rony.

De rosto lívido e sem varinha, Lockhart se aproximou da abertura.

— Rapazes — disse com a voz fraca. — Rapazes, que bem isto vai trazer?

Harry cutucou-o nas costas com a varinha. Lockhart escorregou as pernas para dentro do cano.

— Eu não acho... — começou a dizer, mas Rony deu-lhe um empurrão, e ele desapareceu de vista. Harry seguiu-o em silêncio. Baixou o corpo lentamente para dentro do cano e se soltou.

Foi como se ele se precipitasse por um escorrega escuro, viscoso e sem fim. Viu outros canos saindo para todas as direções, mas nenhum tão largo quanto aquele, que virava e dobrava, sempre e ingrememente para baixo, e ele percebeu que estava descendo cada vez mais fundo sob a escola, para além das masmorras mais fundas. Atrás ele ouvia Rony, batendo-se ligeiramente na curvas.

E então, quando começava a se preocupar com o que aconteceria quando chegasse ao chão, o cano nivelou e ele foi atirado pela extremidade com um baque aquoso, e aterrissou no chão úmido de um túnel de pedra às escuras, suficientemente amplo para a pessoa ficar de pé. Lockhart estava se levantando um pouco adiante, coberto de limo e branco como um fantasma. Harry afastou-se para um lado enquanto Rony também saía chispando do cano.

— Devemos estar a quilômetros abaixo da escola — disse Harry, sua voz ecoando no túnel escuro.

— Provavelmente debaixo do lago — sugeriu Rony, apertando os olhos para enxergar as paredes escuras e limosas.

Os três se viraram para encarar a escuridão à frente.

— *Lumos*! — murmurou Harry para sua varinha que acendeu. — Vamos — chamou Rony e Lockhart, e lá se foram os três, seus passos chapinhando ruidosamente no chão molhado.

O túnel era tão escuro que eles só conseguiam ver uma pequena distância à frente. Suas sombras nas paredes molhadas pareciam monstruosas à luz da varinha.

— Lembrem-se — disse Harry baixinho enquanto avançavam com cautela —, a qualquer sinal de movimento, fechem os olhos imediatamente...

Mas o túnel estava silencioso como um túmulo, e o primeiro som inesperado que ouviram foi o *ruído* de alguma coisa sendo esmagada quando Rony pisou em alguma coisa que descobriram ser um crânio de rato. Harry baixou a varinha para olhar o chão e viu que se encontrava coalhado de ossos de pequenos animais. Tentando por tudo não imaginar que aspecto teria Gina se a encontrassem, Harry, à frente, virou uma curva escura do túnel.

— Harry... tem alguma coisa ali... — disse Rony rouco, agarrando o ombro do amigo.

Eles se imobilizaram, observando. Harry conseguia apenas ver o contorno de uma coisa enorme e curvilínea, deitada atravessada no túnel. A coisa não se mexia.

— Talvez esteja dormindo — sussurrou, olhando para os outros dois atrás. Lockhart tampava os olhos com as mãos. Harry tornou a se virar para olhar a coisa, o coração batendo tão forte que chegava a doer.

Muito devagarinho, com os olhos o mais apertados possível, mas ainda vendo, Harry avançou aos poucos com a varinha erguida.

A luz deslizou pela pele de uma cobra gigantesca, colorida e venenosa, que se encontrava enroscada e oca no chão do túnel. O bicho que se desfizera dela devia ter no mínimo uns seis metros de comprimento.

— Droga — xingou Rony em voz baixa.

Ouviram então um movimento súbito às costas. Os joelhos de Lockhart tinham cedido.

— Levante-se — disse Rony com rispidez, apontando a varinha para Lockhart.

O professor se levantou — em seguida, atirou-se contra Rony, derrubando-o no chão.

Harry deu um salto à frente, mas demasiado tarde — Lockhart já se erguia, ofegante, a varinha de Rony na mão e um sorriso radioso novamente no rosto.

— A aventura termina aqui, rapazes. Vou levar um pedaço dessa pele de volta à escola, dizer que cheguei tarde demais para salvar a garota e que vocês dois enlouqueceram *tragicamente* ao verem o corpo dela mutilado, digam adeus às suas memórias!

Ele ergueu a varinha de Rony, emendada com fita adesiva, acima da cabeça e gritou:

— *Obliviate!*

A varinha explodiu com a força de uma pequena bomba. Harry ergueu os braços para o alto e fugiu, escorregando nas voltas da pele de cobra, escapando do alcance dos grandes pedaços do teto do túnel que caíam com estrondo no chão. No momento seguinte, ele estava sozinho, contemplando uma parede maciça formada pelos destroços.

— Rony! — gritou. — Você está bem? Rony!

— Estou aqui! — respondeu a voz abafada de Rony atrás do entulho. — Estou bem, mas esse bosta aqui não está, a varinha acertou nele...

Ouviu-se uma pancada surda e um sonoro "ai!". Parecia que Rony tinha acabado de chutar Lockhart nas canelas.

– E agora? – perguntou a voz de Rony, desesperada. – Não podemos passar, vai levar séculos...

Harry olhou para o teto do túnel. Tinham aparecido nele enormes rachaduras. O garoto nunca tentara cortar, com auxílio da magia, nada tão grande como essas pedras, e agora não parecia uma boa hora para tentar – e se o túnel inteiro desabasse?

Ouviu-se mais outra pancada e mais um "ai!" por trás das pedras. Estavam perdendo tempo. Gina já fora trazida para a Câmara Secreta havia horas... Harry sabia que havia apenas uma coisa a fazer.

– Espere aí – gritou para Rony. – Espere com Lockhart. Eu vou continuar... Se eu não voltar dentro de uma hora...

Houve uma pausa cheia de significação.

– Vou tentar afastar umas pedras – disse Rony, que parecia estar querendo manter a voz firme. – Para você poder... poder passar na volta. E, Harry...

– Vejo você daqui a pouco – disse Harry, tentando injetar alguma segurança em sua voz trêmula.

E retomou sozinho a caminhada para além da pele de cobra.

Logo o som distante de Rony batalhando para retirar as pedras silenciou. O túnel dava voltas e mais voltas. Cada nervo do corpo de Harry formigava desagradavelmente. Ele queria que o túnel terminasse, mas temia o que encontraria no fim. E então, ao dobrar mais uma curva, deparou com uma parede sólida à sua frente em que havia duas cobras entrelaçadas talhadas em pedra, os olhos engastados com duas enormes esmeraldas brilhantes.

Harry se aproximou, a garganta seca. Não havia necessidade de fingir que essas cobras de pedra eram reais; seus olhos pareciam estranhamente vivos.

Ele adivinhou o que precisava fazer. Pigarreou e os olhos de esmeralda pareceram piscar.

– *Abram* – disse num sibilo grave e fraco.

As cobras se separaram e as paredes se afastaram, as duas metades deslizaram suavemente, desaparecendo de vista e Harry, tremendo dos pés à cabeça, entrou.

## 17

## O HERDEIRO DE SLYTHERIN

Harry se viu parado no fim de uma câmara muito comprida e mal iluminada. Altas colunas de pedra entrelaçadas com cobras em relevo sustentavam um teto que se perdia na escuridão, projetando longas sombras escuras na luz estranha e esverdeada que iluminava o lugar.

Com o coração batendo muito depressa, Harry ficou escutando o silêncio hostil. Será que o basilisco estaria à espreita num canto sombrio, atrás de uma coluna? E onde estaria Gina?

Ele puxou a varinha e avançou por entre as colunas serpentinas. Cada passo cauteloso ecoava alto nas paredes sombreadas. Manteve os olhos semicerrados, pronto para fechá-los depressa ao menor sinal de movimento. As órbitas ocas das cobras de pedra pareciam segui-lo. Mais de uma vez, com um aperto no estômago, ele pensou ter surpreendido uma delas se mexendo.

Então, quando emparelhou com o último par de colunas, uma estátua alta como a própria Câmara apareceu contra a parede do fundo.

Harry teve que esticar o pescoço para ver o rosto gigantesco lá no alto. Era antigo e simiesco, com uma barba longa e rala que caía quase até a barra das vestes esvoaçantes de um bruxo de pedra, onde havia dois pés cinzentos enormes apoiados no chão liso da Câmara. E entre os pés, de bruços, jazia um pequeno vulto de cabelos flamejantes vestido de preto.

— Gina! — murmurou Harry, correndo para ela e se ajoelhando. — Gina... não esteja morta... por favor, não esteja morta... — Ele largou a varinha de lado, segurou Gina pelos ombros e virou-a. Seu rosto estava branco e frio como o mármore, mas tinha os olhos fechados, portanto não estava petrificada. Então devia estar...

"Gina, por favor, acorde", murmurou Harry desesperado, sacudindo-a. A cabeça de Gina balançou desamparada de um lado para outro.

— Ela não vai acordar — disse uma voz indulgente.

Harry se sobressaltou e se virou ainda de joelhos.

Um garoto alto, de cabelos pretos, o observava encostado à coluna mais próxima. Tinha os contornos estranhamente borrados, como se Harry o estivesse vendo através de uma janela embaçada. Mas não havia como se enganar...

— Tom... Tom Riddle?

Riddle confirmou com a cabeça, sem tirar os olhos do rosto de Harry.

— Que é que você quer dizer com "ela não vai acordar"? — perguntou desesperado. — Ela não está... não está...?

— Ainda está viva — disse Riddle. — Mas por um fio.

Harry arregalou os olhos para ele. Tom Riddle estivera em Hogwarts cinquenta anos atrás, contudo achava-se ali parado, envolto por uma luz estranha e enevoada, com os seus exatos dezesseis anos.

— Você é um fantasma? — perguntou Harry incerto.

— Uma lembrança — disse Riddle com suavidade. — Conservada em um diário durante cinquenta anos.

E apontou para o chão perto dos enormes pés da estátua. Caído ali encontrava-se o pequeno diário preto que Harry encontrara no banheiro da Murta Que Geme. Por um segundo, ele se perguntou como aquilo chegara ali — mas havia assuntos mais urgentes a tratar.

— Você tem que me ajudar, Tom — disse Harry, levantando a cabeça de Gina outra vez. — Temos que tirá-la daqui. Tem um basilisco... Não sei onde está, mas pode chegar a qualquer momento... Por favor, me ajude...

Riddle não se mexeu. Harry, suando, conseguiu levantar metade do corpo de Gina do chão e se curvou para apanhar de novo sua varinha.

Mas a varinha desaparecera.

— Você viu?

Ele ergueu a cabeça. Riddle continuava a observá-lo — girava a varinha de Harry entre os dedos compridos.

— Obrigado — disse Harry, estendendo a mão para a varinha.

Um sorriso encrespou os cantos da boca de Riddle. Continuava a encarar Harry, girando distraidamente a varinha.

— Escute aqui — disse Harry com urgência, seus joelhos cedendo sob o peso morto de Gina. — *Temos que ir embora!* Se o basilisco chegar...

— Ele não virá até ser chamado — disse Riddle calmamente.

Harry depositou Gina outra vez no chão, incapaz de continuar a sustentá-la.

— Que quer dizer? Olhe, me dê a minha varinha, posso precisar dela...

O sorriso de Riddle se alargou.

— Você não vai precisar dela.
Harry encarou-o.
— Que é que você quer dizer, não vou...?
— Esperei muito tempo por isto, Harry Potter. Por uma chance de vê-lo. De lhe falar.
— Olhe — disse Harry, perdendo a paciência. — Acho que você não está entendendo. Estamos na Câmara Secreta. Podemos conversar depois...
— Vamos conversar agora — disse Riddle, ainda sorrindo, e guardando a varinha no bolso.
Harry encarou-o. Havia alguma coisa muito estranha acontecendo ali...
— Como foi que Gina ficou assim? — perguntou com a voz lenta.
— Bom, essa é uma pergunta interessante — disse Riddle em tom agradável.
— E uma história bastante comprida. Suponho que a razão de Gina Weasley estar assim é porque abriu o coração e contou todos os seus segredos para um estranho invisível.
— Do que é que você está falando?
— Do diário. Do meu diário. A pequena Gina anda escrevendo nele há meses, me contou suas tristes preocupações e mágoas, como os irmãos implicavam com ela, como teve que vir para a escola com vestes e livros de segunda mão, como — os olhos de Riddle brilharam —, como achava que o bom, o famoso, o importante Harry Potter jamais iria gostar dela...
Todo o tempo que falava, os olhos de Riddle não desgrudavam do rosto de Harry. Havia neles uma expressão quase faminta.
— É muito chato ter que ouvir os probleminhas bobos de uma garota de onze anos. Mas fui paciente. Respondi. Fui simpático, gentil. Gina simplesmente me adorou. Ninguém nunca me compreendeu como você, Tom... É uma alegria ter este diário para fazer confidências... É como ter um amigo portátil que se leva para todo lado no bolso...
Riddle deu uma risada aguda e fria que não combinava com ele. Fez os cabelos na nuca de Harry se arrepiarem.
— Ainda que seja eu a dizer, Harry, sempre fui capaz de encantar as pessoas de quem precisei. Então Gina me revelou sua alma, e por acaso essa alma era exatamente o que eu queria... fui ficando cada vez mais forte com a dieta dos seus medos mais arraigados e segredos mais íntimos. Fiquei poderoso, muito mais poderoso do que a pequena Srta. Weasley. Suficientemente poderoso para começar a alimentá-la com alguns dos meus segredos, e começar a instilar nela um pouco da minha alma...
— Do que é que você está falando? — perguntou Harry, que sentia a boca muito seca.

– Você ainda não adivinhou, Harry Potter? – disse Riddle baixinho. – Gina Weasley abriu a Câmara Secreta. Ela estrangulou os galos da escola e escreveu mensagens ameaçadoras nas paredes. Ela açulou a serpente de Slytherin contra quatro sangues ruins e a gata daquela aberração do Filch.

– Não – sussurrou Harry.

– Sim – confirmou Riddle calmamente. – É claro que ela não *sabia* o que estava fazendo no início. Era muito divertido. Eu gostaria que você tivesse visto as anotações que a garota fez no diário depois... ficaram muito mais interessantes... *"Querido Tom"* – recitou ele, observando a expressão horrorizada de Harry –, *"acho que estou perdendo a memória. Há penas de galos nas minhas vestes e não sei como foram parar lá. Querido Tom, não me lembro do que fiz na noite das Bruxas, mas um gato foi atacado e a frente da minha roupa está suja de tinta. Querido Tom, Percy me diz o tempo todo que estou pálida e que estou diferente do que era. Acho que ele suspeita de mim... Houve outro ataque hoje e não sei onde é que eu estava. Tom, que é que eu vou fazer? Acho que estou ficando maluca... Acho que sou a pessoa que está atacando todo mundo, Tom!"*

Os punhos de Harry se fecharam, as unhas se enterraram nas palmas das mãos.

– Levou muito tempo para a burrinha da Gina parar de confiar no diário – continuou Riddle. – Mas ela finalmente desconfiou e tentou jogá-lo fora. E foi aí que *você* entrou, Harry. Você o encontrou e eu não poderia ter me sentido mais satisfeito. De todas as pessoas que podiam tê-lo apanhado, foi *você*, exatamente a pessoa que eu estava mais ansioso para conhecer...

– E para que você queria me conhecer? – perguntou Harry. A raiva corria pelas veias dele, e precisou de muito esforço para manter a voz firme.

– Bem, veja, Gina me contou tudo sobre você, Harry. Toda a sua história fascinante. – Os olhos de Riddle percorreram a cicatriz em forma de raio na testa de Harry e sua expressão se tornou mais voraz. – Senti que precisava descobrir mais a seu respeito, conversar com você, conhecer você, se pudesse. Então, decidi lhe mostrar a minha famosa captura daquele bobalhão do Hagrid para ganhar sua confiança...

– Hagrid é meu amigo – disse Harry, a voz trêmula. – E foi você que o incriminou, não foi? Pensei que você tivesse se enganado, mas...

Riddle deu aquela risada aguda outra vez.

– Foi a minha palavra contra a de Hagrid, Harry. Bem, você pode imaginar o que pareceu ao velho Armando Dippet. De um lado, Tom Riddle, pobre, mas brilhante, órfão, mas muito *corajoso*, monitor, aluno-modelo... do outro lado, o trapalhão do Hagrid, que vivia se metendo em encrencas, tentava criar filhotes de lobisomens debaixo da cama, fugia para a Floresta Proibida para brigar com trasgos... mas admito que até eu mesmo fiquei surpreso que o plano tivesse funcionado tão bem. Achei que alguém deveria perceber que Hagrid não poderia ser o herdeiro de Slytherin. Eu gastara cinco anos inteiros para descobrir tudo que podia sobre a Câmara Secreta e encontrar a entrada... como se Hagrid tivesse cabeça, ou poder para tanto!

"Só o professor de Transfiguração, Dumbledore, pareceu pensar que Hagrid era inocente. E convenceu Dippet a conservar Hagrid aqui e treiná-lo para guarda-caça. É, acho que ele talvez tivesse adivinhado... Dumbledore nunca pareceu gostar de mim tanto quanto os outros professores..."

— Aposto que Dumbledore não se deixou enganar por você — disse Harry com os dentes cerrados.

— Bem, não há dúvida de que ele ficou me vigiando de maneira incômoda depois que Hagrid foi expulso — disse Riddle indiferente. — Percebi que não seria seguro tornar a abrir a Câmara enquanto ainda estivesse na escola. Mas não iria desperdiçar os longos anos que passei procurando por ela. Resolvi deixar aqui um diário, preservando o meu eu de dezesseis anos em suas páginas, de modo que um dia, com sorte, eu pudesse conduzir alguém pelas minhas pegadas e terminar a nobre tarefa de Salazar Slytherin.

— Bem, você não a terminou — disse Harry em tom de vitória. — Desta vez ninguém morreu, nem mesmo a gata. Dentro de algumas horas a Poção de Mandrágoras estará pronta e todos que foram petrificados voltarão à normalidade outra vez...

— Acho que ainda não lhe disse — falou Riddle em voz baixa — que matar sangues ruins não me interessa mais. Há muitos meses, meu novo alvo tem sido... você.

Harry encarou-o.

— Imagine a raiva que tive quando na vez seguinte que alguém abriu o meu diário, era a Gina que estava me escrevendo e não você. Ela o viu com o diário, sabe, e entrou em pânico. E se você descobrisse como usá-lo, e eu repetisse todos os segredos dela para você? E se, o que seria pior, eu contasse a você quem tinha andado estrangulando os galos? Então a boba da pirralha esperou o seu dormitório ficar deserto e roubou o diário. Mas eu sabia o que precisava fazer. Tinha ficado claro para mim que você estava na pista do herdeiro de Slytherin. Por tudo que Gina tinha me contado, eu sabia que você não mediria esforços para solucionar o mistério, principalmente se um dos seus melhores amigos fosse atacado. E Gina tinha me contado que a escola inteira estava alvoroçada porque você sabia falar a língua das cobras...

"Então fiz Gina escrever o bilhete de adeus na parede e descer aqui para esperar. Ela resistiu, chorou e ficou muito chateada. Mas não resta nela muita vida... Ela transferiu muita força para o diário, para mim. O suficiente para eu poder finalmente deixar aquelas páginas... Estive esperando você aparecer desde que chegamos aqui. Sabia que você viria. Tenho muitas perguntas a lhe fazer, Harry Potter."

— Por exemplo? — disse Harry com rispidez, os punhos ainda fechados.

— Bem — disse Riddle, dando um sorriso agradável —, como foi que *você*, um garoto magricela, sem nenhum talento mágico excepcional, conseguiu derrotar o maior bruxo de todos os tempos? Como foi que *você* escapou apenas com uma cicatriz, enquanto os poderes do Lorde Voldemort foram destruídos?

Surgia agora em seus olhos vorazes um brilho estranho e avermelhado.

— Que lhe interessa como escapei? — perguntou Harry lentamente. — Voldemort foi depois do seu tempo...

— Voldemort — disse Riddle com indulgência — é o meu passado, presente e futuro, Harry Potter...

E, tirando a varinha de Harry do bolso, ele escreveu no ar três palavras cintilantes:

TOM SERVOLEO RIDDLE

Em seguida, agitou a varinha uma vez e as letras do seu nome se rearrumaram:

EIS LORDE VOLDEMORT

— Entendeu? Era um nome que eu já estava usando em Hogwarts, só para os meus amigos mais íntimos, é claro. Você acha que eu usaria o nome nojento do meu pai trouxa para sempre? Eu, em cujas veias corre o sangue do próprio Salazar Slytherin, pelo lado de minha mãe? Eu, conservar o nome de um trouxa sujo e comum, que me abandonou mesmo antes de eu nascer, só porque descobriu que minha mãe era bruxa? Não, Harry, criei para mim um nome novo, um nome que eu sabia que os bruxos de todo o mundo um dia teriam medo de pronunciar, quando eu me tornasse o maior bruxo do mundo.

O cérebro de Harry parecia ter enguiçado. Chocado, ele fixava Riddle, o garoto órfão que crescera para assassinar seus pais e tantos outros... Finalmente forçou-se a falar.

— Não é. — Sua voz baixa cheia de ódio.

— Não é o quê? — perguntou Riddle com rispidez.

— Não é o maior bruxo do mundo — disse Harry, respirando depressa. — Desculpe desapontá-lo, e tudo o mais, mas o maior bruxo do mundo é Alvo Dumbledore. Todos dizem isso. Mesmo quando você era poderoso, você não se atreveu a tentar dominar Hogwarts. Dumbledore viu através de você quando frequentou a escola e ainda o amedronta hoje, onde quer que você se esconda...

O sorriso desaparecera da cara de Riddle, substituído por um olhar muito sinistro.

— Dumbledore foi afastado do castelo meramente pela minha *lembrança*! — sibilou.

— Ele não está tão afastado quanto você poderia pensar! — retorquiu Harry. Falava sem pensar, querendo apavorar Riddle, desejando mais do que acreditando que o que dizia fosse verdade...

Riddle abriu a boca, mas congelou.

Ouviram uma música vinda de algum lugar. Riddle se virou para percorrer com os olhos a Câmara vazia. A música se tornava cada vez mais alta. Era misteriosa, de dar arrepios, sobrenatural; fez os cabelos de Harry ficarem em pé e o seu coração parecer inchar até dobrar de tamanho. Então a música atingiu tal volume que Harry a sentiu vibrar dentro do peito, e chamas irromperam no alto da coluna mais próxima.

Um pássaro vermelho do tamanho de um cisne apareceu, cantando aquela música esquisita para a abóbada do teto. Tinha uma cauda dourada e faiscante, comprida como a de um pavão e garras douradas e reluzentes que seguravam um embrulho esfarrapado.

Um segundo depois, o pássaro voava direto para Harry. Deixou cair a seus pés o embrulho que carregava, depois pousou pesadamente em seu ombro. Quando fechou as asas enormes, Harry ergueu os olhos e viu que tinha um bico dourado, longo e afiado e olhos redondos e escuros.

O pássaro parou de cantar. Sentou-se imóvel e cálido junto à bochecha de Harry, olhando com firmeza para Riddle.

— É uma fênix... — disse Riddle, encarando-o de volta com um olhar astuto.

— *Fawkes?* — sussurrou Harry, e sentiu as garras douradas do pássaro apertarem gentilmente seu ombro.

— E isso — disse Riddle, agora examinando o embrulho esfarrapado que Fawkes deixara cair — seria o velho Chapéu Seletor...

E era. Remendado, esfiapado, sujo, o chapéu jazia imóvel aos pés de Harry.

Riddle começou a rir outra vez. Riu tanto que a Câmara ecoou com o seu riso, como se dez Riddles estivessem rindo ao mesmo tempo...

— Isto é o que Dumbledore manda ao seu defensor! Um pássaro canoro e um velho chapéu! Você se sente cheio de coragem, Harry Potter? Sente-se seguro agora?

Harry não respondeu. Talvez não entendesse qual era a utilidade de Fawkes ou do Chapéu Seletor, mas já não estava sozinho e esperou com crescente coragem Riddle parar de rir.

— Aos negócios, Harry — disse Riddle, ainda com um largo sorriso. — Duas vezes, no seu passado, ou no meu futuro, nós nos encontramos. E duas vezes não consegui matá-lo. Como foi que você sobreviveu? Conte-me tudo. Quanto mais tempo falar — acrescentou brandamente — mais tempo continuará vivo.

Harry começou a pensar depressa, avaliando suas chances. Riddle tinha a varinha. Ele, Harry, tinha Fawkes e o Chapéu Seletor, nenhum dos quais adiantaria muito em um duelo. A situação parecia ruim, não havia dúvida... mas quanto mais tempo Riddle ficasse ali, mais depressa a vida de Gina se esgotaria... entrementes, Harry reparou de repente que os contornos de Riddle estavam ficando mais nítidos, mais sólidos... Se tinha que haver uma luta entre ele e Riddle, quanto mais cedo melhor.

— Ninguém sabe por que você perdeu seus poderes ao me atacar — disse Harry abruptamente. — Nem mesmo eu sei. Mas sei por que você não pôde me matar. Foi porque minha mãe morreu para me salvar. Minha mãe trouxa e comum — acrescentou, sacudindo-se de raiva reprimida. — Ela impediu você de me matar. E eu vi o seu eu verdadeiro. Vi no ano passado. Você está uma ruína. Mal se mantém vivo. Foi isso que você ganhou com todo o seu poder. Você vive escondido. Você é feio, você é nojento...

O rosto de Riddle se contorceu. Então ele deu um horrível sorriso amarelo.

— Então, sua mãe morreu para salvar você. É, isso é um contrafeitiço poderoso. Estou entendendo agora... afinal de contas você não tem nada especial. Há uma estranha semelhança entre nós. Até você deve ter notado. Nós dois somos mestiços, órfãos, criados por trouxas. Provavelmente, desde o grande Slytherin, somos os dois falantes da língua das cobras a frequentar Hogwarts. E até nos parecemos fisicamente... mas no final foi um simples acaso que salvou você de mim. Era só o que eu queria saber.

Harry esperou tenso que Riddle erguesse a varinha. Mas o sorriso enviesado de Riddle voltou a se alargar.

— Agora, Harry, vou lhe dar uma liçãozinha. Vamos medir os poderes do Lorde Voldemort, herdeiro de Slytherin, com os do famoso Harry Potter, e as melhores armas que Dumbledore pode lhe dar...

Ele lançou um olhar divertido a Fawkes e ao Chapéu Seletor, em seguida se afastou. Harry, o medo se espalhando pelas pernas dormentes, observou Riddle parar entre as altas colunas e olhar para o rosto de pedra de Slytherin, muito acima dele na obscuridade. Riddle abriu bem a boca e sibilou – mas Harry entendeu o que ele estava dizendo...

"*Fale comigo, Slytherin, o maior dos Quatro de Hogwarts.*"

Harry se virou para olhar a estátua, Fawkes balançava em seu ombro. O gigantesco rosto de pedra de Slytherin se mexeu. Aterrorizado, Harry viu sua boca abrir, cada vez mais, e formar um enorme buraco negro.

E alguma coisa estava se mexendo dentro da boca da estátua. Alguma coisa começava a escorregar para fora de suas profundezas.

Harry recuou até bater na escura parede da Câmara e, ao fechar os olhos com força, sentiu a asa de Fawkes roçar sua bochecha quando o pássaro levantou voo. Harry queria gritar "Não me deixe!", mas que chance tinha uma fênix contra o rei das serpentes?

Algo descomunal bateu no piso de pedra da Câmara. Harry sentiu-o trepidar – ele sabia o que estava acontecendo, sentia, podia quase ver a cobra gigantesca se desenrolar para fora da boca de Slytherin. Então ouviu a voz sibilante de Riddle:

– Mate-o.

O basilisco estava vindo em sua direção; ele ouviu aquele corpo gigantesco deslizar pesadamente pelo chão empoeirado. Com os olhos ainda fechados, Harry começou a correr às cegas para os lados, as mãos estendidas à frente, tateando o caminho – Voldemort dava risadas...

Harry tropeçou. Caiu com força no chão e sentiu gosto de sangue – a cobra estava a uma pequena distância, ele a ouviu se aproximar...

Logo acima dele houve um som alto, explosivo e aquoso e então alguma coisa pesada bateu em Harry com tanto ímpeto que o esmagou contra a parede. Esperando ter o corpo atravessado por presas ele ouviu mais sibilos raivosos, alguma coisa irrompendo por entre os pilares...

Ele não aguentou – abriu os olhos o suficiente para espreitar o que estava acontecendo.

A enorme cobra, de um verde luzidio e venenoso, grossa como um tronco de carvalho, erguia-se no ar e sua enorme cabeça chanfrada balançava bêbeda entre as colunas. Trêmulo e pronto a fechar os olhos se a cobra se virasse, Harry viu o que a distraíra.

Fawkes sobrevoava sua cabeça e o basilisco tentava abocanhá-la, furioso, com as presas finas como sabres...

Fawkes mergulhou. Seu longo bico dourado desapareceu de vista e uma chuva repentina de sangue escuro salpicou o chão. O rabo da cobra chicoteou, errando Harry por pouco e, antes que o garoto pudesse fechar os olhos, ela se virou — o garoto olhou direto para a sua cara e viu que os olhos, os dois olhos bulbosos e amarelos, tinham sido furados pela fênix; o sangue escorria no chão e a cobra espumava de dor.

— NÃO! — Harry ouviu Riddle gritar. — *DEIXE O PÁSSARO! DEIXE O PÁSSARO! O GAROTO ESTÁ ATRÁS DE VOCÊ! VOCÊ AINDA PODE FAREJÁ-LO! MATE-O!*

A cobra cega balançou, confusa, ainda letal. Fawkes descrevia círculos em volta de sua cabeça, cantando aquela música estranha, atacando aqui e ali o nariz escamoso da cobra, enquanto o sangue jorrava dos seus olhos destruídos.

— Me ajudem, me ajudem — murmurou Harry —, alguém, qualquer um...

O rabo da cobra voltou a chicotear o chão. Harry se abaixou. Uma coisa macia bateu em seu rosto.

O basilisco varrera o Chapéu Seletor para os braços de Harry. O garoto agarrou-o. Era só o que lhe restava, sua única chance — enfiou-o na cabeça e se atirou ao comprido no chão quando o rabo do basilisco tornou a golpear passando por cima dele.

*Me ajudem, me ajudem*, pensou Harry, os olhos bem fechados sob o chapéu. *Por favor, me ajudem...*

Nenhuma voz lhe respondeu. Em lugar disso, o chapéu encolheu, como se uma mão invisível o apertasse com força.

Uma coisa dura e pesada bateu na cabeça de Harry com força, deixando-o quase desacordado. Com estrelas piscando diante dos seus olhos, ele agarrou a ponta do chapéu com firmeza para tirá-lo e sentiu uma coisa comprida e dura em seu interior.

Uma refulgente espada de prata aparecera dentro do chapéu, o punho cravejado de rubis rutilantes do tamanho de ovos.

— *MATE O GAROTO! DEIXE O PÁSSARO! O GAROTO ESTÁ ATRÁS DE VOCÊ! FAREJE, FAREJE!*

Harry estava de pé, pronto. A cabeça do basilisco foi baixando, o corpo se enroscando, batendo nas colunas ao se torcer para atacá-lo de frente. Harry viu o corpo imenso, as órbitas ensanguentadas, a boca escancarada, grande suficiente para engoli-lo inteiro, cheia de dentes compridos como a sua espada, pontiagudos, faiscantes, venenosos...

A cobra atacou às cegas... Harry evitou-a e bateu na parede da Câmara. Ela atacou de novo, e sua língua bifurcada golpeou o lado de Harry. Ele ergueu a espada com as duas mãos...

O basilisco tornou a atacar, e desta vez na direção certa... Harry pôs todo o seu peso na espada e enfiou-a até a bainha no céu da boca da cobra...

Mas quando o sangue quente encharcou os braços de Harry, ele sentiu uma dor excruciante logo acima do cotovelo. Uma presa comprida e venenosa estava se enterrando cada vez mais fundo em seu braço e se partiu quando o basilisco tombou para o lado e caiu, estrebuchando no chão.

Harry escorregou pela parede. Agarrou a presa que espalhava veneno pelo seu corpo e arrancou-a do braço. Mas percebeu que era tarde demais. Uma dor terrível se irradiava do ferimento de modo lento e contínuo. Na hora em que deixou cair a presa e viu o próprio sangue empapar suas vestes, sua visão se embaçou. A Câmara se dissolveu num rodamoinho de cores opacas.

Uma nesga de vermelho passou por ele, e Harry ouviu unhas baterem ao seu lado suavemente.

— Fawkes — disse com a voz engrolada. — Você foi fantástico, Fawkes... — Ele sentiu o pássaro deitar a bela cabeça no lugar em que a presa da serpente o furara.

Ouviu ecoarem passos e depois uma sombra escura passar à sua frente.

— Você está morto, Harry Potter — disse a voz de Riddle do alto. — Morto. Até o pássaro de Dumbledore sabe disso. Você está vendo o que ele está fazendo, Potter? Está chorando.

Harry piscou os olhos. A cabeça de Fawkes entrava e saía de foco. Lágrimas grossas e peroladas escorriam por suas penas de cetim.

— Vou me sentar aqui e apreciar você morrer, Harry Potter. Pode demorar à vontade. Não tenho pressa.

Harry se sentiu sonolento. Tudo à sua volta parecia estar girando.

— Assim termina o famoso Harry Potter — disse a voz distante de Riddle. — Sozinho na Câmara Secreta, abandonado pelos amigos, finalmente derrotado pelo Lorde das Trevas que ele tão insensatamente desafiou. Você vai voltar para a sua querida mãe de sangue ruim em breve, Harry... Ela comprou para você mais doze anos de vida... mas Lorde Voldemort acabou por vencê-lo, como você sabia que ele faria...

Se isto for morrer, pensou Harry, não é tão mau assim.

Até mesmo a dor abandonou-o aos poucos...

Mas será que isto era morrer? Em vez de escurecer, a Câmara parecia estar voltando a entrar em foco. Harry fez um pequeno movimento com a cabeça e lá estava Fawkes, ainda descansando a cabeça em seu braço. Uma pocinha de lágrimas peroladas brilhava em torno do ferimento — só que não havia ferimento...

— Afaste-se dele, pássaro — disse a voz de Riddle inesperadamente. — Afaste-se dele, eu falei, afaste-se...

Harry levantou a cabeça. Riddle estava apontando a varinha de Harry para Fawkes; ouviu-se um estampido como o de um revólver e Fawkes levantou voo outra vez num redemoinho dourado e vermelho.

— Lágrimas de fênix... — disse Riddle baixinho, olhando o braço de Harry. — É claro... poderes curativos... me esqueci...

Ele olhou para o rosto de Harry.

— Mas não faz diferença. Na realidade, prefiro assim. Só você e eu, Harry Potter... você e eu...

E ergueu a varinha...

Então num farfalhar de penas, Fawkes sobrevoou os dois e uma coisa caiu no colo de Harry — o diário.

Por uma fração de segundo, Harry e Riddle, a varinha ainda erguida, olharam para o diário. Então, sem pensar, sem raciocinar, como se tivesse pretendido fazer isso o tempo todo, Harry agarrou a presa do basilisco no chão ao lado dele e enterrou-a direto no centro do livro.

Ouviu-se um grito longo e cortante. Um rio de tinta jorrou do diário, escorreu pelas mãos de Harry, inundou o chão. Riddle estrebuchava e se contorcia, gritando e se debatendo e então...

Desapareceu. A varinha de Harry caiu no chão com estrépito e em seguida fez-se silêncio. Silêncio, exceto pelo pinga-pinga da tinta que ainda escorria do diário. O veneno do basilisco abrira a fogo um buraco no livro.

O corpo inteiro tremendo, Harry se levantou. Sua cabeça rodava como se tivesse acabado de viajar quilômetros com o Pó de Flu. Lentamente, recolheu a varinha e o Chapéu Seletor e, com um violento puxão, retirou a espada faiscante do céu da boca do basilisco.

Então chegou aos seus ouvidos um gemido fraco lá do fundo da Câmara. Gina estava se mexendo. Enquanto Harry corria para a garota, ela se sentou. Seus olhos espantados ziguezaguearam do enorme vulto do basilisco morto para Harry, com as vestes encharcadas de sangue, e daí para o diário em sua mão. Ela inspirou profundamente, estremecendo, e as lágrimas começaram a rolar pelo seu rosto.

— Harry, ah, Harry, eu tentei lhe contar no caf-f-é, mas não p-*pude* contar na frente do Percy... fui *eu*, Harry... mas... j-juro que não t-tive intenção... Riddle me obrigou, ele me l-levou até lá... e... *como* foi que você matou aquele... aquela coisa? Onde está Riddle? A última coisa que me lembro é dele saindo do diário...

— Tudo bem — disse Harry, levantando o diário e mostrando à Gina o furo feito pela presa —, o Riddle acabou. Olhe! Ele *e* o basilisco. Anda, Gina, vamos dar o fora aqui!

— Vou ser expulsa! — choramingou Gina enquanto Harry a ajudava, desajeitado, a ficar em pé. — Sonhei em vir para Hogwarts desde que G-Gui veio e ag-gora vou ter que sair e... *q-que é que papai e mamãe vão dizer?*

Fawkes estava à espera deles, sobrevoando a entrada da Câmara. Harry instava Gina a avançar; os dois saltaram por cima das voltas inertes do basilisco morto, atravessando a penumbra cheia de ecos e voltaram ao túnel. Harry ouviu as portas de pedra se fecharem às suas costas com um silvo fraco.

Depois de caminharem alguns minutos pelo túnel escuro, Harry ouviu o som distante de pedras que se deslocavam lentamente.

— Rony! — berrou, se apressando. — Gina está bem! Está comigo!

Ouviram Rony soltar um viva sufocado e, ao virarem a curva seguinte, divisaram a sua carinha ansiosa espiando por uma brecha de bom tamanho, que ele conseguira abrir entre as pedras desmoronadas.

— Gina! — Rony enfiou um braço pelo buraco para puxá-la primeiro. — Você está viva! Não acredito! Que aconteceu! Como... que... de onde veio o pássaro?

Fawkes mergulhou no buraco atrás de Gina.

— É do Dumbledore — respondeu Harry, espremendo-se para passar.

— Onde arranjou uma *espada*? — disse Rony, boquiabrindo-se ao ver a arma na mão de Harry.

— Explico quando sairmos daqui — disse Harry com um olhar de esguelha para Gina, que agora chorava mais do que antes.

— Mas...

— Mais tarde — disse Harry concisamente. Não achou uma boa ideia naquele momento contar a Rony quem andara abrindo a Câmara, pelo menos não na frente de Gina. — Onde anda Lockhart?

— Lá atrás — disse Rony, ainda com uma expressão intrigada, mas indicando com a cabeça o túnel na direção do cano de entrada. — Está bem ruinzinho. Venha ver.

Guiados por Fawkes, cujas penas vermelhas produziam uma luminosidade dourada no escuro, eles caminharam de volta à boca do cano. Gilderoy Lockhart estava sentado, cantarolando tranquilamente para si mesmo.

— A memória dele desapareceu — disse Rony. — O Feitiço da Memória saiu pela culatra. Atingiu ele em vez de nós. Ele não tem a menor ideia de quem é, onde está ou de quem somos. Eu o mandei vir esperar aqui. É um perigo para ele mesmo.

Lockhart mirou os garotos, bem-humorado.

— Alô — disse ele. — Lugar esquisito, esse, não acham? Vocês moram aqui?

— Não — respondeu Rony, erguendo as sobrancelhas para Harry.

Harry se abaixou e espiou para dentro do cano longo e escuro.

— Você já pensou como é que vamos subir por isso para voltar? — perguntou a Rony.

Rony sacudiu a cabeça, mas Fawkes, a fênix, passara por Harry e agora esvoaçava à sua frente, seus olhos de contas brilhando no escuro. Ela acenava com as compridas penas douradas da cauda. Harry olhou-a hesitante.

— Parece que ela quer que você a agarre... — disse Rony, com um olhar perplexo. — Mas você é pesado demais para um pássaro arrastá-lo por ali...

— Fawkes não é um pássaro comum. — Harry se virou depressa para os outros. — Temos que nos segurar uns nos outros. Gina, agarre a mão de Rony. Prof. Lockhart...

— Ele está se referindo ao senhor — disse Rony rispidamente a Lockhart.

— Segure a outra mão de Gina...

Harry prendeu a espada e o Chapéu Seletor no cinto, Rony segurou as costas das vestes de Harry e este esticou a mão e agarrou a cauda estranhamente quente de Fawkes.

Uma leveza extraordinária pareceu se espalhar por todo o seu corpo e, no segundo seguinte, o grupo voava pelo cano em meio a um farfalhar de asas. Harry ouviu Lockhart, pendurado atrás dele, exclamar: "Espantoso! Espantoso! Isso parece mágica!" O ar frio fustigava os cabelos de Harry e, antes que ele tivesse enjoado da viagem, ela terminou — os quatro bateram no chão molhado do banheiro da Murta Que Geme, e enquanto Lockhart endireitava o chapéu, a pia que escondera o cano voltou a se encaixar suavemente no lugar.

Murta arregalou os olhos para Harry.

— Você está vivo! — exclamou desconcertada.

— Não precisa parecer tão desapontada — disse o garoto, sério, limpando os salpicos de sangue e o limo dos óculos.

— Ah, bem... andei pensando... se você tivesse morrido, seria bem-vindo a dividir o meu boxe — disse Murta, com o rosto tingindo-se de prateado.

— Arre! — exclamou Rony ao saírem do banheiro para o corredor escuro e deserto. — Harry! Acho que Murta está *gostando* de você! Gina, você ganhou uma concorrente!

Mas as lágrimas continuavam a escorrer silenciosamente pelo rosto de Gina.

— Onde agora? — perguntou Rony, lançando um olhar ansioso a Gina. Harry apontou.

Fawkes tomou a frente, refulgindo ouro pelo corredor. Eles o seguiram e momentos depois se encontravam à porta da sala da Profª McGonagall.

Harry bateu e empurrou a porta, abrindo-a.

# 18

## A RECOMPENSA DE DOBBY

Quando Harry, Rony, Gina e Lockhart surgiram à porta, cobertos de sujeira e limo, e no caso de Harry, sangue, houve um silêncio momentâneo. Em seguida ouviu-se um grito.

— *Gina!*

Era a Sra. Weasley, que estivera sentada chorando, diante da lareira. Ela se levantou num salto, seguida de perto pelo Sr. Weasley, e os dois se atiraram à filha.

Harry, no entanto, olhou mais além. O Prof. Dumbledore estava parado junto ao console da lareira, sorrindo, ao lado da Prof.ª McGonagall, que inspirou várias vezes, as mãos no peito. Fawkes passou voando pela orelha de Harry e pousou no ombro de Dumbledore, na mesma hora em que Harry e Rony se viram envolvidos pelo abraço apertado da Sra. Weasley.

— Você salvou minha filha! Você a salvou! *Como* foi que você fez isso?

— Acho que todos nós gostaríamos de saber — disse a Prof.ª McGonagall com a voz fraca.

A Sra. Weasley soltou Harry, que hesitou um instante, caminhou até a escrivaninha e depositou em cima dela o Chapéu Seletor, a espada cravejada de rubis e o que sobrara do diário de Riddle.

Então começou a contar tudo. Durante uns quinze minutos ele falou cercado de atenção e silêncio: contou sobre a voz invisível que ouvira, como Hermione finalmente percebera que ele estava ouvindo um basilisco na tubulação; como ele e Rony tinham seguido as aranhas até a floresta, que Aragogue revelara onde a última vítima do basilisco morrera; como tinham adivinhado que Murta Que Geme fora essa vítima e que a entrada para a Câmara Secreta poderia estar no banheiro...

— Muito bem — encorajou-o a Prof.ª McGonagall quando ele parou —, então vocês descobriram onde era a entrada, e eu acrescentaria: atropelando umas cem regras do nosso regulamento, mas, *por Deus*, Potter, como foi que vocês conseguiram sair de lá com vida?

Harry, com a voz rouca de tanto falar, contou então sobre a chegada providencial de Fawkes e do Chapéu Seletor com a espada dentro. Mas, nesse ponto, lhe faltaram palavras. Até ali, ele evitara mencionar o diário de Riddle – ou Gina. Ela estava de pé, com a cabeça apoiada no ombro da Sra. Weasley, e as lágrimas ainda escorriam silenciosamente pelo seu rosto. *E se eles a expulsassem?*, pensou Harry em pânico. O diário de Riddle não servia para mais nada... Como iriam provar que fora *ele* que a obrigara a fazer tudo?

Instintivamente, Harry olhou para Dumbledore, que lhe deu um breve sorriso, os seus óculos de meia-lua refletindo a luz do fogo.

– O que *me* interessa mais – disse ele com brandura – é como foi que Lorde Voldemort conseguiu enfeitiçar Gina, quando as minhas fontes me informaram que no momento ele está escondido nas florestas da Albânia.

Um alívio – um alívio morno, envolvente, glorioso – invadiu Harry.

– Q-que foi que disse? – perguntou o Sr. Weasley com a voz aturdida. – *Você-Sabe-Quem?* En-enfeitiçou *Gina?* Mas Gina não... Gina não esteve... esteve?

– Com esse diário – respondeu Harry depressa, apanhando-o na mesa e mostrando-o a Dumbledore. – Riddle escreveu nele quando tinha dezesseis anos...

Dumbledore recebeu o diário de Harry e examinou-o com atenção, por cima do nariz comprido e torto, as páginas queimadas e encharcadas.

– Genial – disse baixinho. – É claro, ele foi provavelmente o aluno mais brilhante que Hogwarts já teve. – E se virou para os pais de Gina, que pareciam inteiramente perplexos.

"Muito pouca gente sabe que Lorde Voldemort um dia se chamou Tom Riddle. Eu fui seu professor há cinquenta anos, em Hogwarts. Ele desapareceu depois que terminou a escola... viajou por toda parte... aprofundou-se nas Artes das Trevas, associou-se com os piores elementos do nosso povo, passou por tantas transformações mágicas e perigosas que, quando reapareceu como Lorde Voldemort, quase não dava para reconhecê-lo. Muito pouca gente ligou Lorde Voldemort ao garoto inteligente e bonito que, no passado, fora monitor-chefe aqui."

– Mas, Gina – perguntou a Sra. Weasley. – Que é que a nossa Gina tem a ver com... com... *ele?*

– O d-diário dele! – soluçou Gina. – And-dei escrevendo no diário, e ele andou me respondendo o ano todo...

– Gina! – exclamou o Sr. Weasley, espantado. – Será que não lhe ensinei *nada?* Que foi que sempre lhe disse? Nunca confie em nada que é capaz de pensar *se você não pode ver onde fica o seu cérebro*. Por que não mostrou o diário a mim ou a sua mãe? Um objeto suspeito desses estava *obviamente* carregado de Artes das Trevas...

— Eu n-não sabia — soluçou Gina. — Encontrei o diário junto com os livros que mamãe comprou para mim. P-pensei que alguém o deixara ali e se esquecera dele...

— A Srta. Weasley devia ir imediatamente para a ala hospitalar. — Dumbledore interrompeu-a com firmeza. — Ela passou por uma terrível provação. Não haverá castigo. Bruxos mais velhos e mais sensatos que ela já foram enganados por Lorde Voldemort. — Encaminhou-se, então, para a porta e abriu-a. — Repouso e talvez uma boa xícara de chocolate fumegante. Sempre acho que isto me reanima — acrescentou ele, piscando bondosamente para a garota. — Os senhores encontrarão Madame Pomfrey ainda acordada. Está administrando suco de mandrágoras, imagino que as vítimas do basilisco irão acordar a qualquer momento.

— Então Mione está bem! — exclamou Rony, animado.

— Não houve dano permanente — disse Dumbledore.

A Sra. Weasley levou Gina embora e o Sr. Weasley a acompanhou, ainda parecendo profundamente abalado.

— Sabe, Minerva — disse o Prof. Dumbledore pensativo —, acho que tudo isto merece uma boa *festança*. Será que eu poderia lhe pedir para avisar às cozinhas?

— Certo — disse a professora, eficiente, encaminhando-se também para a porta. — Vou deixar você lidar com Potter e Weasley, concorda?

— Com certeza.

Ela saiu, e Harry e Rony olharam inseguros para Dumbledore. Que será que a professora quisera dizer com aquele *lidar* com eles. Certamente — *certamente* — eles não iriam ser castigados?

— Estou-me lembrando que disse a ambos que teria de expulsá-los se infringissem mais um artigo do regulamento da escola — começou Dumbledore.

Rony abriu a boca horrorizado.

— O que prova que até o melhor de nós às vezes precisa engolir o que disse — continuou o diretor, sorrindo. — Os dois receberão prêmios especiais por serviços prestados à escola e... vejamos... é, acho que duzentos pontos para a Grifinória, por cabeça.

Rony ficou tão vermelho que parecia as flores de Lockhart para o Dia dos Namorados e tornou a fechar a boca.

— Mas um de nós parece que está caladíssimo sobre a parte que teve nesta aventura perigosa — acrescentou Dumbledore. — Por que tão modesto, Gilderoy?

Harry se assustou. Esquecera-se completamente de Lockhart. Virou-se e viu o professor parado a um canto da sala, um sorriso vago ainda no rosto. Quando Dumbledore lhe dirigiu a palavra, ele espiou por cima do ombro para ver com quem o diretor estava falando.

— Prof. Dumbledore — disse Rony depressa —, houve um acidente lá na Câmara Secreta. O Prof. Lockhart...

— Eu sou professor? — perguntou Lockhart, ligeiramente surpreso. — Nossa! Acho que fui inútil, não fui?

— Ele tentou lançar um Feitiço da Memória, e a varinha estava virada para ele — explicou Rony, calmamente, a Dumbledore.

— Ai, ai — exclamou Dumbledore, balançando a cabeça, seus longos bigodes prateados tremendo. — Empalado com a própria espada, Gilderoy?

— Espada? — repetiu Lockhart confuso. — Não tenho espada. Mas esse menino tem. — E apontou para Harry. — Ele pode lhe emprestar uma.

— Importa-se de levar o Prof. Lockhart à enfermaria, também? — pediu Dumbledore a Rony. — Gostaria de dar mais uma palavrinha com o Harry...

Lockhart saiu. Rony lançou um olhar curioso a Dumbledore e Harry ao fechar a porta.

O diretor caminhou até uma poltrona diante da lareira, do outro lado da sala.

— Sente-se, Harry — disse ele, e o garoto obedeceu, sentindo-se inexplicavelmente nervoso.

"Antes de mais nada, Harry, eu quero lhe agradecer", disse Dumbledore com os olhos novamente cintilantes. "Você deve ter mostrado verdadeira lealdade a mim lá na Câmara. Nenhuma outra coisa teria levado Fawkes a você."

Ele alisou a fênix, que voara para o seu joelho. Harry sorriu, sem jeito, diante do olhar do diretor que o observava.

— Com que então você conheceu Tom Riddle — disse Dumbledore, pensativo. — Imagino que ele estivesse *interessadíssimo* em você...

De repente, uma coisa que estava preocupando Harry, escapou de sua boca.

— Prof. Dumbledore... Riddle disse que eu sou igual a ele. "Uma estranha semelhança", foi o que me disse...

— Foi, mesmo? — disse olhando pensativo para o garoto por baixo das grossas sobrancelhas prateadas. — E o que é que você acha, Harry?

— Acho que não sou igual a ele! — exclamou ele, mais alto do que pretendia. — Quero dizer, pertenço... pertenço a Grifinória, sou...

Mas se calou, uma dúvida furtiva surgia em sua mente.

— Professor — recomeçou após um momento. — O Chapéu Seletor me disse... que eu teria sido bem-sucedido na Sonserina. Todo mundo achou que eu era o herdeiro de Slytherin por algum tempo... porque falo a língua das cobras...

— Você fala a língua das cobras, Harry — disse Dumbledore, calmamente —, porque Lorde Voldemort, que é o último descendente de Salazar Slytherin, sabe falar a língua das cobras. A não ser que eu muito me engane, ele transferiu alguns dos seus poderes para você na noite em que lhe fez essa cicatriz. Não era uma coisa que tivesse intenção de fazer, com toda certeza...

— Voldemort deixou um pouco dele em mim? — disse Harry, estupefato.

— Parece que sim.

— Então eu deveria estar na Sonserina — disse, olhando desesperado para Dumbledore. — O Chapéu Seletor viu poderes de Slytherin em mim, e...

— Pôs você na Grifinória — completou Dumbledore, serenamente. — Ouça, Harry. Por acaso você tem muitas das qualidades que Salazar Slytherin prezava nos alunos que selecionava. O seu dom raro de falar a língua das cobras, criatividade, determinação, um certo desprezo pelas regras — acrescentou, os bigodes tremendo outra vez. — Contudo, o Chapéu Seletor colocou você na Grifinória. E você sabe o porquê. Pense.

— Ele só me pôs na Grifinória — disse Harry com voz de derrota — porque pedi para não ir para a Sonserina...

— Exatamente — disse Dumbledore, abrindo um grande sorriso. — O que o faz muito diferente de Tom Riddle. São as nossas escolhas, Harry, que revelam o que realmente somos, muito mais do que as nossas qualidades. — Harry ficou sentado na poltrona, atordoado. — Se quiser uma prova, Harry, de que pertence à Grifinória, sugiro que olhe para isto com maior atenção.

Dumbledore esticou o braço para a escrivaninha da Prof.ª McGonagall, apanhou a espada de prata suja de sangue e entregou-a a Harry. Embotado, Harry revirou-a, os rubis rutilaram à luz da lareira. E então viu o nome gravado logo abaixo da bainha.

Godric Gryffindor.

— Somente um verdadeiro membro da Grifinória poderia ter tirado isto do chapéu, Harry — concluiu Dumbledore com simplicidade.

Durante um minuto nenhum dos dois falou. Depois Dumbledore abriu uma gaveta da escrivaninha da Prof$^a$ McGonagall e tirou uma pena e um tinteiro.

— O que você precisa, Harry, é de comida e de um bom sono. Sugiro que desça para a festa enquanto escrevo a Azkaban, precisamos ter o nosso guarda-caça de volta. E preciso preparar o anúncio para o *Profeta Diário* também — acrescentou pensativo. — Vamos ter que contratar um novo professor de Defesa Contra as Artes das Trevas... Ai, ai, parece que gastamos esses professores muito depressa, não é mesmo?

Harry se levantou e saiu em direção à porta. Tinha acabado de levar a mão à maçaneta, quando a porta se abriu com tanta violência que bateu na parede e voltou.

Lúcio Malfoy achava-se parado ali, com uma expressão furiosa no rosto. E encolhendo-se por trás de suas pernas, todo enfaixado, achava-se *Dobby*.

— Boa noite, Lúcio — disse Dumbledore em tom agradável.

O Sr. Malfoy quase derrubou Harry ao entrar na sala. Dobby disparou atrás dele, agachando-se à barra de sua capa, um olhar de abjeto terror em seu rosto.

O elfo trazia nas mãos um trapo manchado com que tentava terminar de limpar os sapatos do Sr. Malfoy. Seu dono, aparentemente, saíra com muita pressa, porque não só trazia os sapatos engraxados pela metade como também os seus cabelos, em geral assentados, estavam despenteados. Sem dar atenção ao elfo que se sacudia aos seus tornozelos pedindo desculpas, ele fixou os olhos frios em Dumbledore.

— Então! — disse. — Você está de volta. Os conselheiros o suspenderam, mas mesmo assim você achou que devia voltar a Hogwarts.

— Bom, sabe, Lúcio — respondeu Dumbledore sorrindo serenamente —, os outros onze conselheiros entraram em contato comigo hoje. Foi como se eu tivesse sido apanhado por uma tempestade de corujas, para lhe dizer a verdade. Eles tinham ouvido falar que a filha de Arthur Weasley fora morta e queriam que eu voltasse imediatamente. Parece que acharam que afinal eu era o melhor homem para enfrentar a situação. Contaram-me coisas muito estranhas... Vários deles pareciam pensar que você ameaçara enfeitiçar a família deles se não concordassem em me suspender.

O Sr. Malfoy ficou mais pálido do que costumava ser, mas seus olhos ainda pareciam fendas de fúria.

— Então, você já fez os ataques pararem? — zombou. — Já apanhou o culpado?

— Apanhamos — respondeu Dumbledore com um sorriso.

— E? — tornou o Sr. Malfoy, ríspido. — Quem é?

— A mesma pessoa da última vez, Lúcio. Mas agora, Lorde Voldemort agiu por intermédio de outra pessoa. Por intermédio do seu diário.

Dumbledore segurou o livrinho com o enorme buraco no centro, observando, atentamente, o Sr. Malfoy. Harry, porém, observava Dobby.

O elfo agia de maneira muito estranha. Seus olhos estavam fixos em Harry, cheios de significação, e ele apontava primeiro para o diário, depois para o Sr. Malfoy, e por fim dava murros na própria cabeça.

— Entendo... — disse o Sr. Malfoy lentamente para Dumbledore.

— Um plano engenhoso — disse Dumbledore com a voz inexpressiva, ainda encarando o Sr. Malfoy nos olhos. — Porque se Harry aqui — Malfoy lançou um olhar rápido e incisivo ao garoto — e seu amigo Rony não tivessem descoberto este livro, ora, Gina Weasley teria levado toda a culpa. Ninguém teria sido capaz de provar que ela não agira de livre e espontânea vontade...

O Sr. Malfoy ficou calado. Seu rosto de repente se transformara numa máscara.

— E imagine — continuou Dumbledore — o que teria acontecido então... Os Weasley são uma de nossas famílias puro sangue mais importantes. Imagine o efeito que isto teria em Arthur Weasley e na sua lei de proteção aos trouxas, se descobríssemos que sua própria filha andava atacando e matando alunos nascidos trouxas... Foi uma sorte o diário ter sido descoberto e as memórias de Riddle apagadas. Caso contrário, quem sabe quais seriam as consequências...

O Sr. Malfoy fez um esforço para falar.

— Teve muita sorte — disse secamente.

Mas ainda às suas costas Dobby continuava a apontar, primeiro para o diário, depois para Lúcio Malfoy e por fim dava murros na própria cabeça.

E Harry subitamente entendeu. Fez sinal a Dobby e este recuou para um canto, agora torcendo as orelhas para se castigar.

— O senhor não quer saber como foi que Gina chegou a esse diário, Sr. Malfoy? — perguntou Harry.

Lúcio Malfoy voltou-se contra ele.

— Como vou saber como essa menininha burra chegou ao diário? — perguntou.

— Porque foi o senhor quem deu o diário a ela — disse Harry. — Na Floreios e Borrões. O senhor apanhou o velho exemplar de Transfiguração que ela levava e escorregou o diário para dentro dele, não foi? Ele viu as mãos brancas do Sr. Malfoy se fecharem e se abrirem.

— Prove — sibilou.

— Ah, ninguém vai poder fazer isso — disse Dumbledore, sorrindo para Harry. — Não agora que Riddle desapareceu do livro. Por outro lado, eu aconselharia você, Lúcio, a não sair distribuindo o material escolar que pertenceu a Lorde Voldemort. Se mais algum objeto chegar a mãos inocentes, acho que Arthur Weasley é um que vai providenciar para que seja rastreado até você...

Lúcio Malfoy ficou parado por um instante, e Harry viu distintamente sua mão direita fazer um gesto involuntário como se quisesse alcançar a varinha. Em vez disso, ele se virou para o elfo doméstico.

— Vamos embora, Dobby!

Abriu a porta com violência e quando o elfo veio correndo para alcançá-lo, ele o chutou porta afora. Eles ouviram Dobby guinchar de dor por todo o corredor. Harry ficou parado um instante, pensando com todas as suas forças. Então lhe ocorreu...

— Prof. Dumbledore — disse apressado. — Por favor, posso devolver esse diário ao Sr. Malfoy?

— Claro, Harry — disse Dumbledore tranquilamente. — Mas se apresse. A festa, já se esqueceu?

Harry agarrou o diário e saiu correndo da sala. Ouvia os guinchos de dor de Dobby se afastando para além da curva do corredor. Rapidamente, duvidando que seu plano pudesse dar certo, descalçou um sapato, depois a meia pegajosa e imunda e meteu o diário dentro dela. Em seguida correu pelo corredor escuro.

Alcançou os dois no alto da escada.

— Sr. Malfoy — disse sem fôlego, derrapando até parar. — Tenho uma coisa para o senhor...

E forçou a meia fedorenta na mão de Lúcio Malfoy.

— Que di...?

O Sr. Malfoy arrancou a meia do diário, atirou-a para o lado, depois olhou, furioso, do livro estragado para Harry.

—Você vai ter o mesmo fim sangrento dos seus pais um dia desses, Harry Potter — disse baixinho. — Eles também eram tolos e metidos.

E virou-se para ir embora.

—Venha, Dobby. Eu disse, *venha*.

Mas Dobby não se mexeu. Segurava no alto a meia pegajosa e nojenta de Harry, admirando-a como se fosse um tesouro inestimável.

— O meu dono me deu uma meia — disse o elfo cheio de assombro. — O meu dono deu a Dobby.

— Que foi? — cuspiu o Sr. Malfoy. — Que foi que você disse?

— Ganhei uma meia — disse Dobby, incrédulo. — Meu dono atirou a meia e Dobby a apanhou, e Dobby... Dobby está *livre*.

Lúcio Malfoy ficou imóvel, encarando o elfo. Então, atirou-se contra Harry.

—Você me fez perder o criado, seu moleque!

Mas Dobby gritou:

— O senhor não fará mal a Harry Potter!

Ouviu-se um forte estampido, e o Sr. Malfoy foi lançado para trás. Rolou pelas escadas, três degraus de cada vez, e aterrissou como se fosse um monte disforme no patamar de baixo. Ele se levantou, o rosto lívido, e puxou a varinha, mas Dobby ergueu um dedo longo e ameaçador.

— O senhor irá embora agora — disse com ferocidade, apontando para o Sr. Malfoy. — O senhor não tocará em Harry Potter. O senhor irá embora agora.

Lúcio Malfoy não teve escolha. Com um último olhar rancoroso aos dois, puxou a capa para junto do corpo num rodopio e desapareceu depressa de vista.

— Harry Potter libertou Dobby! — disse o elfo com voz aguda, erguendo a cabeça para Harry, seus olhos redondos refletindo o luar que entrava pela janela mais próxima. — Harry Potter deu liberdade a Dobby!

— Foi o mínimo que pude fazer, Dobby — disse Harry sorridente. — Só me prometa que nunca mais vai tentar salvar minha vida.

A cara feia e escura do elfo se abriu de repente num sorriso largo e cheio de dentes.

— Eu só tenho uma pergunta, Dobby — disse Harry enquanto o elfo puxava a meia com as mãos trêmulas. — Você me disse que toda essa história não estava ligada a Aquele-Que-Não-Deve-Ser-Nomeado, lembra-se? Bem...

— Foi uma pista, meu senhor — disse Dobby arregalando os olhos. — Estava lhe dando uma pista. O Lorde das Trevas, antes de mudar de nome, podia ser nomeado livremente, entende?
— Certo — disse Harry sem muita convicção. — Bom, é melhor irmos andando. Vai haver uma festa e minha amiga Hermione já deve estar acordada a essas horas...
Dobby atirou os braços em torno da cintura de Harry e apertou-o.
— Harry Potter é muito maior do que Dobby pensou! — soluçou. — Adeus, Harry Potter!
E com um estampido final, desapareceu.

Harry estivera em muitas festas de Hogwarts, mas nenhuma igual a esta. Todos estavam de pijamas, e a comemoração durou a noite inteira. Harry não sabia se a melhor parte fora Hermione correndo para ele aos gritos de "Você solucionou o mistério! Você solucionou o mistério!" ou se fora Justino saindo às pressas da mesa da Lufa-Lufa para apertar sua mão com força e pedir desculpas infindáveis por ter suspeitado dele, ou se fora Hagrid aparecendo às três e meia, dando socos tão fortes nos ombros de Harry e Rony que os garotos quase foram parar em cima dos pratos de gelatina caramelada, ou se foram os quatrocentos pontos que ele e Rony tinham ganhado para a Grifinória, garantindo, assim, a posse da Copa da Casa pelo segundo ano consecutivo, ou se fora a Profª McGonagall se levantando para anunciar que todos os exames tinham sido cancelados como um presente da escola ("Ah, não!", exclamou Hermione), ou se fora Dumbledore anunciando que, infelizmente, o Prof. Lockhart não poderia voltar no próximo ano, porque precisava se afastar para recuperar a memória. Muitos professores participaram dos aplausos que saudaram esta última notícia.

— Que pena! — disse Rony, servindo-se de uma rosquinha com geleia. — Eu estava começando a gostar dele.

O restante do trimestre final passou numa névoa resplandecente de sol. Hogwarts voltou ao normal com apenas algumas diferenças — as aulas de Defesa Contra as Artes das Trevas foram canceladas ("mas tivemos bastante treinamento nisso", disse Rony a uma Hermione irritada), e Lúcio Malfoy foi dispensado do cargo de conselheiro. Draco parou de se exibir pela escola como se fosse dono do lugar. Pelo contrário, parecia cheio de rancor e mágoa. Por outro lado, Gina Weasley voltou a ser absolutamente feliz.

Demasiado cedo, chegou a hora de voltar para casa no Expresso de Hogwarts. Harry, Rony, Hermione, Fred, Jorge e Gina conseguiram uma cabine só para eles. Aproveitaram ao máximo as últimas horas em que tinham permissão para fazer mágicas antes das férias. Brincaram de snap explosivo, queimaram os últimos fogos Filibusteiro de Fred e Jorge e treinaram como desarmar uns aos outros com feitiços. Harry estava ficando muito bom nisso.

Estavam quase chegando a King's Cross quando Harry se lembrou de uma coisa.

– Gina... que foi que você viu Percy fazendo, que ele não queria que contasse a todo mundo?

– Ah, aquilo – disse Gina entre risinhos. – Bom... Percy tem uma *namorada*.

Fred deixou cair uma pilha de livros na cabeça de Jorge.

– Quê?

– É aquela monitora da Corvinal, Penelope Clearwater. Foi para ela que esteve escrevendo o verão todo. Eles têm se encontrado escondido por toda a escola. Um dia eu peguei os dois se *beijando* numa sala vazia. Ele ficou tão perturbado quando ela foi... sabe, atacada. Vocês não vão caçoar dele, vão? – acrescentou, ansiosa.

– Eu nem sonharia – respondeu Fred, que parecia um menino cujo aniversário tivesse chegado mais cedo.

– De jeito nenhum – disse Jorge, abafando o riso.

O Expresso de Hogwarts reduziu a velocidade e finalmente parou.

Harry tirou uma pena e um pedaço de pergaminho e se virou para Rony e Hermione.

– Isto se chama um número de telefone – disse a Rony, escrevendo duas vezes, rasgando o pergaminho em dois e entregando um pedaço a cada um. – No verão passado, contei ao seu pai como se usa um telefone, ele vai saber. Me liguem na casa dos Dursley, está bem? Não vou suportar outros dois meses tendo só o Duda para conversar...

– Mas os seus tios vão se sentir orgulhosos, não vão? – perguntou Hermione quando desembarcaram do trem e se juntaram à multidão de alunos que se dirigia à barreira encantada. – Quando você contar o que fez este ano?

– Orgulhosos? – disse Harry. – Você enlouqueceu? Depois de todas aquelas vezes que eu podia ter morrido e não morri? Eles vão ficar furiosos...

E juntos eles atravessaram a barreira para o mundo dos trouxas.

MARY GRANDPRÉ ilustrou mais de vinte livros para crianças, incluindo as capas das edições brasileiras dos livros da série Harry Potter. Os trabalhos da ilustradora norte-americana estamparam as páginas da revista *New Yorker* e do *Wall Street Journal*, e seus quadros foram exibidos em galerias de todo os Estados Unidos. GrandPré vive com a família em Sarasota, na Flórida.

KAZU KIBUISHI é o criador da série Amulet, bestseller do *New York Times*, e *Copper*, uma compilação de seus populares quadrinhos digitais. Ele também é fundador e editor da aclamada antologia Flight. As obras de Kibuishi receberam alguns dos principais prêmios dedicados à literatura para jovens adultos nos Estados Unidos, inclusive os concedidos pela prestigiosa Associação dos Bibliotecários da América (ALA). Ele vive e trabalha em Alhambra, na Califórnia, com a mulher Amy Kim, que também é cartunista, e os dois filhos do casal. Visite Kibuishi no site www.boltcity.com.